Lothar von Seltmann

Annegret

die fremde Tochter

Das dramatische Schicksal
eines Mädchens in der DDR

BRUNNEN
Verlag GmbH · Giessen

Folgender Liedtext wurde mit
freundlicher Genehmigung abgedruckt:

„Abend ward, bald kommt die Nacht“, aus:
Rudolf Alexander Schröder, Gesammelte Werke in fünf Bänden.
Band I: Die Gedichte.

FSC www.fsc.org
MIX
Papier aus verantwortungsvollen Quellen
FSC® C014496

www.brunnen-verlag.de
Umschlaggestaltung: Ralf Simon
Umschlagfoto: Corbis
Satz: DTP Brunnen
Druck: GGP Media GmbH, Pößneck
ISBN 978-3-7655-0920-9

Inhalt

Vorwort

Mit diesem Buch ist für mich ein lang gehegter Traum in Erfüllung gegangen. Seit vielen Jahren habe ich mir gewünscht, das Thema Zwangsadoptionen in der DDR einem breiteren Publikum bekannt zu machen. Mein sehr geliebter Sohn hat mich darin bestärkt. Dafür möchte ich ihm von ganzem Herzen danken. Es ist die Geschichte seiner Mutter.

Gleichzeitig sind diese Seiten für mich die Erinnerung und Gewissheit, wie Gott einen Menschen durchs Leben führt. Sie sollen Mut machen, an die Hand Gottes über unserem Leben zu glauben.

Ebenso sehe ich es als seine Führung, dass ich Lothar von Seltmann kennenlernen durfte, der meine Geschichte zu Papier gebracht hat. Dafür bin ich ebenso dankbar.

Ich freue mich, mit welch großem Interesse der Brunnen Verlag Gießen unser gemeinsames Projekt vorangetrieben hat, damit dieser kleine Teil deutsch-deutscher Geschichte erzählt wird.

Durch die intensive Zusammenarbeit mit Lothar von Seltmann für dieses Buch habe ich den Mut bekommen, mich zum ersten Mal auch öffentlich zu meiner Geschichte zu stellen. „Annegret“ – das bin ich – Rita Roll. Und Annegrets Geschichte ist meine Geschichte.

Allen Leserinnen und Lesern wünsche ich viel Freude bei der Lektüre.

Rita Roll alias Annegret Range

Güstrow 1957

Nein, das war kein Sommertag, wie Menschen ihn sich gerne wünschen, dieser 8. August 1957. Der machte als Donnerstag seinem Namen alle Ehre. Die Schlechtwetterfront, die sich seit Tagen über dem Mecklenburger Land festgesetzt hatte, kam an diesem Tag offenbar zu ihrem Höhepunkt. Seit dem Vormittag folgte ein heftiges Gewitter dem anderen, und alle entluden sich mit grellen Blitzen und dumpf rollendem Donner und mit ergiebigen Regengüssen auch über dem Stadtgebiet von Güstrow, der idyllischen Kreisstadt südlich von Rostock an der Grenze zur Mecklenburgischen Seenplatte.

Die Nebel, dieses sonst so stille Flüsschen, das die Stadt auf ihrem Weg von Süden her hinauf zur Warnow durchzog, wusste kaum wohin mit dem vielen Wasser, das ihr von den Hügeln der die Stadt umgebenden Moränenlandschaft zufloss. Und auch der Bützow-Güstrow-Kanal, der freilich in der Stadt im Bett der Nebel verläuft, zeigte bald einen ungewohnt hohen Wasserstand. Nun, der würde wohl an diesem Tag kaum jemandem schaden. Wer wollte sich auch bei Blitz und Donner dem Wassersport hingeben? Zu mehr als diesem wurde der Kanal inzwischen nämlich nicht mehr genutzt. Dafür drückte das Wasser hier und da in die Keller und Wohnungen tief liegender Häuser nahe dem Wasserlauf und richtete dort deutliche Schäden an.

Nein, das war kein Sommertag, wie man ihn sich wünschte. Wer bei diesem Wetter in Güstrows Straßen und Gassen unterwegs sein musste, wurde trotz Regenschutz von allen Seiten nass und bekam trotz gutem Schuhwerk feuchte

Füße. Selbst dann, wenn es ihm gelang, eine der kurzen Pausen zwischen den Regengüssen zu nutzen, um einen nötigen Weg unbedingt hinter sich zu bringen. Denn das Regenwasser in den Straßen und Gassen der Stadt konnte gar nicht so schnell ablaufen, wie der Nachschub schon wieder aus den schwarzen Wolken fiel.

Zwei sehr unterschiedliche Menschen mussten am Nachmittag dieses 8. August einer besonderen Aufgabe nachkommen und waren dadurch zu einem Gang durch den Regen gezwungen. Da war zum einen eine ältere Mitarbeiterin des Rates des Kreises Güstrow, Abteilung Volksbildung, Referat Jugendhilfe. Mit einer dünnen braunen Aktentasche in der freien Hand – die andere hielt natürlich einen Schirm, der gegen die Gewitterböen und den Regen freilich nur wenig Schutz bieten konnte – eilte die schlanke Dame im grauen Sommerkostüm und mit strenger Knotenfrisur vom Rathaus in der Altstadt ihrem Ziel entgegen, dem „Kinderheim Clara-Dieckhoff-Haus" in der Grünen Straße.

Mit demselben Ziel vor Augen eilte wiederum eine Krankenschwester des städtischen Krankenhauses am nördlichen Stadtrand durch die Gassen. Die Frau mittleren Alters, unter der weißen Schwesternhaube und auch sonst an ihrer Dienstkleidung leicht zu erkennen, kämpfte natürlich auch mit einem Schirm gegen das Wetter. Sie trug in ihrer freien Hand zudem eine größere Tasche, die dem Oberteil eines Kinderwagens glich und mit einem Wachstuch abgedeckt war. Offenkundig keine leichte Last.

Beide Frauen mochten sich freuen, dass der Regen plötzlich nachließ und sie für den größeren Teil ihres Weges eine kurze Gewitter- und Regenpause nutzen konnten. Einigermaßen trocken erreichten die beiden von ihren unterschiedlichen Arbeitsorten her das Kinderheim mit dem Namen seiner einstmaligen Gründerin. Diese Einrichtung in der Grünen Straße lag unweit der Altstadt von Güstrow und war bekannt als ein Haus, in dem Kinder beiderlei Geschlechts und unterschiedlichen Alters in „Kost und Pflege" lebten, die aus welchen Gründen auch immer kein eigenes Zuhause hatten. Hier wurden sie von einigen Diakonieschwestern des Evangelischen Diakonievereins Berlin-Zehlendorf versorgt, gepflegt, erzogen und auf das Leben vorbereitet, bis sie zu ihren Eltern zurückkehren konnten, bis sich für sie bei geeigneten Pflegeeltern ein Zuhause fand oder bis sie als Jugendliche einer anderen, altersgerechten Einrichtung zugewiesen wurden.

Schwester Erna, die Leiterin des Kinderheims, öffnete den beiden Frauen, die beinahe gleichzeitig das Haus erreichten, die Tür, nahm ihnen ihre nassen Regenschirme ab und bat sie in einen kleinen Raum gleich neben dem Eingang. Änne Lehmann, die Jugendfürsorgerin der Stadt, entnahm ihrer schlichten Tasche eine Mappe mit einigen Papieren, legte Tasche und Mappe vor sich hin und setzte sich an den Tisch, der zu den einfachen Stühlen das einzige weitere Möbelstück im Raum war. Krankenschwester Christine stellte ihre Tasche auf den Boden, nahm die Decke herunter und lüftete das Kissen, unter dem ein kleines, rosiges Gesichtchen hervorlugte, dessen Augen fest geschlossen waren. Der Säugling schlief offenbar tief und fest. Dann nahm auch sie Platz, gegenüber von Schwester Erna, die erwartungsvoll zwischen den beiden Frauen hin- und herschaute.

„Welchen kleinen Menschen bringst du mir diesmal,

Schwester Christine?", fragte sie an die Krankenschwester gewandt.

Ehe die antworten konnte, nahm die Fürsorgerin schon das Wort: „Schwester Christine bringt Ihnen ein kleines Mädchen, Annegret, dreieinhalb Wochen alt."

Die Leiterin des Kinderheims erschrak ein wenig und atmete einmal schwer auf: „Annegret? Dreieinhalb Wochen alt? Armes Wesen!"

„Du hast recht, Schwester Erna", erklärte die Krankenschwester. „Armes kleines Wesen. Die Mutter sei krank und könne sich vorläufig um das Kind nicht kümmern, hat man mir gesagt. Sie soll so etwas wie eine postpartale Depression, also eine Wochenbettdepression, entwickelt haben."

Diese Bemerkung schien Frau Lehmann ganz und gar nicht zu gefallen. „Sie reden Unsinn, Schwester!", warf sie heftig ein. „Die Mutter ist nicht krank. Sie tut vielleicht so. Sie ist meinen Unterlagen nach amtlich als asozial eingestuft, und deshalb ist sie nicht erziehungsfähig. Sie scheint das Kind auch gar nicht haben zu wollen."

„Bitte, Frau Lehmann", versuchte Schwester Erna die Schärfe aus der Situation zu nehmen. „Das ist ein hartes Urteil über einen Menschen. Darf ich erfahren, wie die Einstufung ‚asozial' begründet wird?"

„Ich müsste Ihnen das eigentlich gar nicht begründen, Schwester", gab die Fürsorgerin spitz zurück.

„Dann tun Sie es ausnahmsweise", bat jetzt die andere Schwester.

„Wenn es denn unbedingt sein soll", lenkte Frau Lehmann ein und fuhr fort mit einer Stimme, die keinerlei innere Anteilnahme zeigte: „Die Mutter der kleinen Annegret, eine Frau Agnes Sawetzki, ist 25 Jahre alt und gibt an, sie sei angestellte Bürokraft. Sie ist verheiratet mit einem gleichaltrigen Mann als dessen zweite Frau. Erich Sawetzki ist polnischer Herkunft und wegen Diebstahls vorbestraft, kürzlich erneut verurteilt und zurzeit für fünf weitere Jahre eingebuchtet. Schwere Vergehen gegen die Autorität unseres Arbeiter- und Bauernstaates durch Untergrabung des Vertrauens unserer deutschen Bevölkerung zu einem unserer größten staatlichen Betriebe, der Deutschen Reichsbahn. Nachgewiesener schwerer Missbrauch seines Amtes als Transportschaffner. – Das ist doch wohl asoziales Verhalten, oder etwa nicht?"

„Aber deswegen muss doch nicht die Frau auch ...", meldete Schwester Erna Bedenken an.

Die städtische Fürsorgerin wischte sich mit einem Taschentuch den Schweiß von der Stirn – es war schwül in dem kleinen Raum –, warf ihren Kopf in den Nacken, nahm eine straffe Haltung ein und verlor die letzten sanften Regungen aus dem Gesicht. „Die Einstufung der Agnes Sawetzki ist amtlich festgestellt, meine Damen, und deshalb nicht weiter zu hinterfragen. Sie ist mit einem Straffälligen verheiratet, und es ist nicht geklärt, ob und wie tief sie an den üblen Machenschaften ihres Ehemannes beteiligt ist. Die Frau ist dubios und nach den Maßgaben unseres Staates nicht fähig zur Erziehung eines Kindes zu einer sozialistischen Persönlichkeit."

Harte, unbarmherzige Worte, mochte es den beiden Frauen in der Schwesterntracht durch den Kopf gehen, während Änne Lehmann der vor ihr liegenden Mappe ein Papier entnahm und es der Hausleiterin über den Tisch reichte: „Bitte, Schwester Erna, unterschreiben Sie die Empfangsbescheinigung für Annegret Sawetzki und denken Sie daran, mittels der Daten auf dem Durchschlag Ihre Hausunterlagen zu vervollständigen. Dass die Vormundschaft über das Kind bei uns liegt, versteht sich von selbst. Amtlicher Vormund des Kindes ist meine Kollegin Bianka Hasenwerk. Sie ist neu im Referat Jugendhilfe. Sie wird sich sicher gelegentlich bei Ihnen vorstellen. Wenn Sie sie früher brauchen, melden Sie sich bei uns. Genossin Hasenwerk ist für Sie da.

Das war es meinerseits. Haben Sie bitte Verständnis, dass ich mich bald verabschiede. Ich habe noch andere Termine, und Sie müssen ja auch jetzt das Kind versorgen."

Schwester Erna unterschrieb das graue Papier mit einem gewissen inneren Grausen und einem leichten Zittern in der Hand. Dann reichte sie es der städtischen Angestellten zurück. Die verstaute den Bogen wieder in ihrer Mappe und diese in ihrer Tasche, ohne dabei auch nur den Anflug einer inneren Regung zu zeigen. Dann erhob sie sich und reichte der Heimleiterin über den Tisch die Hand zum Abschied. „Ich wünsche dem Kind alles Gute und Ihnen Erfolg bei Ihrer Arbeit. Freundschaft!"

Schwester Erna nahm die Hand, reagierte aber nicht auf den Wunsch. Den „sozialistischen Gruß" pflegte sie ohnehin nicht zu gebrauchen, auch nicht als Erwiderung. Der Moment erschien der Hausleiterin sowieso nur traurig, äußerst traurig. Vor ihrem inneren Auge hatte sich ein düsteres Bild aufgebaut, das sie schon mehrfach hatte sehen müssen: Wieder war Eltern ihr Kind genommen worden und ein Kind seinen Eltern. Die Obrigkeit der DDR war radikal und herzlos gegenüber Menschen, die nicht nach den sozialistischen Normen lebten und nicht in ihr ideologisches Schema passten. Und die Leidtragenden waren die Kinder ...

Schwester Ernas Gedankenausflug war aber nur kurz. Die Frau unter der Haube war sofort wieder präsent, als sie die Bemerkung mithörte, die die Fürsorgerin Schwester Christine zum Abschied mitgab: „Leben Sie wohl, Schwester, und vergessen Sie die Wochenpression oder wie die angebliche Krankheit der Frau Sawetzki heißt. Die gibt es nicht! Die Bedingungen sind asozial! Punkt!" An Schwester Erna gewandt bemerkte die Fürsorgerin: „Ich finde hinaus, Schwester. Bemühen Sie sich nicht." Während sie im Flur ihren Schirm aus dem Ständer zog, schob sie nach: „Ach ja, sollten Sie irgendwann mögliche geeignete Adoptiveltern finden, teilen Sie es uns bitte mit, damit wir die nötigen Schritte einleiten."

Bereits auf den Stufen der kleinen Außentreppe stehend, wandte sich Frau Lehmann dann noch einmal um und fragte, als hätte sie es beinahe vergessen: „Wie steht es übrigens mit den notwendigen Versorgungsgütern für einen Säugling? Haben Sie noch genug Vorrat?"

Schwester Erna trat aus dem Flur in die Haustür. „Ja, das haben wir, Frau Lehmann. Wir haben Vorräte dank unserer Freunde in der Handwerkerschaft unserer Stadt. Das Hilfskomitee kümmert sich rührend und das schon seit Jahren. Eine Bitte genügt, dann legen die Güstrower Meisterfamilien zusammen. Der Rat der Stadt oder auch das Jugendfürsorgeamt sollten sich daran ein Beispiel nehmen, Frau Lehmann."

Die letzte Bemerkung schien der Fürsorgerin gar nicht zu gefallen. Sie wandte sich abrupt um, murmelte etwas vor sich hin, das die beiden Schwestern in der Haustür aber nicht verstanden, und entfernte sich schnellen Schrittes, ohne sich noch einmal umzusehen.

„Deine Antwort war sehr mutig, Schwester Erna“, stellte Schwester Christine fest, während sie die Haustüre von innen schloss.

„Meinst du?“, fragte die Heimleiterin mit einem hintergründigen Lächeln. „Zuweilen muss man es den Behörden sagen. Die kümmern sich nämlich höchst selten um das, was wir hier brauchen. Die Mittel seien knapp, bekommen wir jedes Mal zu hören. Die Leute von der örtlichen Handwerkerschaft, besser das, was von ihr übrig geblieben ist nach den Enteignungen und Verstaatlichungen der meisten Betriebe, die haben ein Herz für unsere Kinder und kümmern sich wirklich rührend.“

Die beiden Schwestern in dem schlichten kleinen Raum neben dem Hauseingang verharrten ein paar Momente schweigend vor dem kleinen Mädchen, das in seiner Tasche auf dem Boden immer noch schlief. Schließlich fragte Schwester Erna, ohne dabei den Blick von dem Würmchen in seinem Kissen abzuwenden: „Hast du weitere Papiere der kleinen Annegret mitgebracht?“

„Welche sollte ich haben?“, fragte Schwester Christine zurück, die übrigens auch eine Zehlendorfer Diakonieschwester war.

„Eine Geburtsurkunde zum Beispiel? Oder eine Bescheinigung über den Gesundheitszustand des Säuglings und über die ersten ärztlichen Maßnahmen wie zum Beispiel Impfungen?“

„Habe ich nicht“, kam es bedauernd zurück. „Es gab im Krankenhaus wohl keine. Zumindest hat man mir keine mitgegeben. Die Papiere zu dem Mädchen lägen beim Standesamt oder seien an die Jugendhilfe gegangen, wurde mir gesagt. Der Name und das Geburtsdatum des Kindes stünden auf der Übernahme-Bescheinigung: Annegret Sawetzki, geboren am 14. Juli 1957 in Güstrow."

„Dann hätte ich die Frau Lehmann doch besser noch …", seufzte Schwester Erna auf. „Aber es ist diesmal nicht anders als bei früheren Fällen. Unterlagen über die Kinder, die man uns von Amts wegen bringt, bekommen wir beinahe nie. Unser sozialistischer Staat ist wenig sozial. Er ist herzlos und zuweilen sehr merkwürdig organisiert!"

„Schwester! Weißt du, was du da sagst?", gab Schwester Christine leise zurück. „Wenn das jemand mithört!"

„Damit unser Reden niemand mithört, meine Liebe, bin ich in diesen Raum gegangen", erklärte Schwester Erna wieder mit einem leichten Lächeln auf dem Gesicht. „Schau dich um. Siehst du irgendwo die Möglichkeit, dass jemand mithört? In meinem Büro bin ich nicht so sicher, ob nicht jemand moderne Technik hinterlassen hat. Und zu dir habe ich größtes Vertrauen."

„Danke, Schwester Erna!", freute sich die jüngere der beiden Frauen unter gleichen Hauben. „Im Krankenhaus muss man sehr vorsichtig sein mit dem, was man sagt. Da gibt es immer Leute mit großen Ohren und guten Beziehungen zur Stasi, zur Vopo, zur Krankenhausleitung und zu weiß ich wohin noch."

Bei diesen Worten hob Schwester Christine die Babytasche vorsichtig auf den Tisch und lüftete erneut das Kissen über dem Säugling. Dem Mädchen musste es doch auch sehr warm sein in seinem besonderen Bett. Dass das Kind immer noch schlief!

„Man hat mir übrigens verweigert, die Mutter zu sehen", sprach die Überbringerin weiter, während sie mit dem Rücken ihres Zeigefingers dem Kind sanft über die Wangen streichelte. „Vielleicht hätte ich ja festgestellt, dass die junge Frau eine ganz normale Frau und Mutter ist, die leider einen Kriminellen geheiratet hat. Schon das hat sie wohl für unsere DDR-Behörden zur Asozialen gemacht.

Armes Wesen Annegret, man hat dich mir einfach in die Hand gedrückt und angeordnet, dich hierherzubringen. Ob deine Mutti dich jemals wieder in die Arme nehmen darf? Und ob du die Mutti überhaupt jemals kennenlernst? Wer weiß das schon?!"

„Weiß die Mutter, dass ihr Kind bei uns ...?"

„Wohl nicht", vermutete Schwester Christine. „Es sind schon viele Säuglinge wenige Tage oder Wochen nach ihrer Geburt plötzlich ‚gestorben' an irgendwelchen merkwürdigen Krankheiten, die Ärzte auf Anweisung oder auch als Folge besonderer Systemtreue diagnostiziert haben, weil die Eltern als asozial eingestuft worden sind."

„Und was wird man deiner Mutter sagen, wenn sie später nach dir fragt, Annegretchen?", wandte sich Schwester Erna ihrer neuen Heimbewohnerin zu und streichelte dem kleinen, immer noch schlafenden Wesen ebenfalls die Wangen. „Ich könnte weinen bei diesem Gedanken."

„Mir geht es genauso", seufzte Schwester Christine, „aber was hilft's? Ich werde nicht mitbekommen, was man der Mutter erzählt. Mir ist der Zutritt zur Geburts- und Wöchnerinnenstation untersagt. Und mich heimlich hinstehlen geht auch nicht." Schwester Christine hielt einen Moment inne und gab dann schweren Herzens zu: „Ich möchte auch gar nicht wissen, was da vor sich geht, Schwester Erna. Das belastet meine Seele und mein Gewissen über die Maßen. Das Kind hierherzubringen, hat mich schon stark gefordert. Aber Auftrag ist eben Auftrag. Ablehnen ging nicht."

„Du empfindest deinen Auftrag wohl als Beihilfe zum Diebstahl oder gar Menschenraub, meine liebe Schwester“, vermutete die Heimleiterin mitfühlend.

„So geht es mir tatsächlich, Schwester Erna“, bestätigte die Krankenschwester „Ich traue dem ganzen Behörden-Braten nicht. Ich vertraue eher der Aussage von wegen postpartaler Depression. Die Mutter weiß doch, dass sie zumindest vorläufig nicht mit dem Vater zusammenleben wird. Und woher sie für das Kind Unterhalt bekommt, wird für sie auch ungewiss sein. Die junge Frau und Mutter hat doch gar keine Perspektive. Da ist eine nachgeburtliche Depression oder Wochenbettdepression durchaus erklärbar. Was nicht heißt, dass man ihr gleich ihr Kind nehmen muss.“

„Dem kann ich nur zustimmen“, gab Schwester Erna zurück. „Gott möge sich über all dem erbarmen, sich der Frau annehmen und des Kindes – des Vaters in seiner Haft übrigens auch. Und uns mag er helfen, alles richtig zu machen – für jetzt und immer.“

„Und er möge irgendwo Leute bereit machen, die das Kind bei sich aufnehmen“, ergänzte Schwester Christine. „Eine Kindheit im Heim ist nicht gut, auch nicht bei noch so großer Liebe, die den Kleinen und den Jugendlichen in euerm Haus entgegengebracht wird.“

Während die beiden Frauen in ihrer Schwesterntracht sich noch weiter über die traurige Geschichte unterhielten, war es draußen allmählich wieder dunkler geworden und ein fernes Grollen kam rasch näher. Es dauerte nicht lange, bis ein erneutes Gewitter sich kräftig mit Blitz und Donner und heftigem Regen entlud.

„Ob es nach diesem Wetter endlich ruhig wird?“, fragte

Schwester Christine. „Ich muss wieder hinüber zum Krankenhaus. Ich war schon viel zu lange weg."

„Mach dir mal darüber keine Gedanken", versuchte die ältere der beiden Zehlendorf-Schwestern die jüngere zu beruhigen. „Sag deiner Stationsleitung, dass du hier noch hast aushelfen müssen, unseren Neuzugang zu versorgen. Genau darum bitte ich dich nämlich jetzt. Wir sind personell schlecht besetzt. Meine Mitschwestern und ihre Helferinnen haben sicher eine Menge damit zu tun, unsere kleineren Kinder in ihren Gewitterängsten zu beruhigen. Gut, dass Annegret von diesem Gewittertag in ihrem kleinen Leben noch nicht viel mitbekommt."

„Da werden andere Gewittertage in Annegrets Leben kommen, Schwester Erna", mutmaßte Schwester Christine.

„Mit Sicherheit", bestätigte die Heimleiterin. „Es kommt unweigerlich der Tag, an dem das Kind fragen wird: Wer bin ich? Wo lebe ich? Wo komme ich her? Wer ist meine Mutter? Wer sind meine Eltern? Wo ist mein Vater? – Unser Geschäft ist zuweilen zum Heulen, Schwester Christine."

„Und zum Zornig- und Wütendwerden", ergänzte die. „Ich möchte einen solchen Auftrag wie den heutigen nicht oft ausführen müssen. Er geht mir ans Gemüt."

Schwester Erna verstand sie. „Ich verkrafte solche Dinge auch nur, weil ich sie immer wieder abgeben kann, wie es der 55. Psalm rät: ‚Wirf dein Anliegen auf den Herrn; der wird dich versorgen und wird den Gerechten in Ewigkeit nicht wanken lassen.' – Ich zähle mich zu den Gerechten – und du dich doch wohl auch."

„Das ist ein sehr gutes Wort, Schwester Erna", freute sich Schwester Christine über die Erinnerung an diese Entlastung. „Der Vers hat dazu noch eine gute Fortsetzung."

Schwester Erna verstand nicht gleich.

„Wie meinst du das?"

„Na, ich zitiere aus dem Gedächtnis, wie es weiter heißt", kam die Antwort, wobei der Schwester ein hintergründiges Lächeln auf dem Gesicht lag: „Du, Gott, wirst sie hinunterstoßen in die tiefe Grube. Die Blutgierigen und Falschen werden ihr Leben nicht bis zur Hälfte bringen."

Jetzt musste auch Schwester Erna lächeln. „Wenn man das richtig sieht, signalisiert diese Aussage das Ende unseres herzlosen sozialistischen Systems. Wir wissen nur nicht, wie lange das Ganze dauert. Also wissen wir auch nicht, wie lang die Hälfte ist. Deshalb halten wir fest am letzten Satz des Psalms."

„Und der heißt?" Jetzt stand Schwester Christine ein wenig auf der Leitung.

„Der Vers ist wie ein trotziges Bekenntnis gegenüber den üblen Bedingungen der Zeit und heißt: ‚Ich aber hoffe auf dich!'", wusste ihre ältere Mitschwester.

„Genau so machen wir das!", bestätigte Schwester Christine und fuhr fort: „Schau, unser kleines Würmchen öffnet die Augen. Es reckt seine kleinen Ärmchen und zeigt, dass es auch ein Stimmchen hat. Du solltest Annegret endlich wirklich in dein Heim aufnehmen und dem Kind einen Platz und die richtige Betreuung zuweisen."

„Genau das tun wir jetzt, meine Liebe." Die Heimleiterin ergriff die Tasche. „Komm, kleine Annegret Sawetzki, beginnen wir dein Leben bei uns. Schwester Hildegard ist für dich zuständig. Sie wird sich ganz besonders um dich kümmern. Sie ist eine ganz Zärtliche und eine ganz Liebe und wartet schon auf dich.

Dein Körbchen muss Schwester Christine wieder mit zurück ins Krankenhaus nehmen. Wer weiß, wann es wieder gebraucht wird."

Etwa eine halbe Stunde später hatte der Säugling seinen Platz in einem großen Flechtkorb mit Himmel eingenommen, nachdem ihn die zärtliche Schwester Hildegard liebevoll und warmherzig versorgt hatte. Jetzt wurde es auch für Schwester Christine höchste Zeit, sich zu verabschieden und an ihre Arbeit im städtischen Krankenhaus zurückzukehren. Schwester Erna begleitete sie an die Haustür und verabschiedete sie mit den ermutigenden Worten: „Mach dir nicht zu viele Gedanken, Schwester Christine. Erfüll du an deinem Platz weiter das Gesetz Christi, und wir tun es hier an unserem ..."

„... und tragen einer des anderen Last nach Galater 6,2, wie du wahrscheinlich meinst", gab die Jüngere zurück.

Die beiden Frauen drückten sich fest die Hand. „Übrigens, Schwester Christine", musste Schwester Erna noch eine Nachricht loswerden, „wir beide und unsere Mitschwestern werden das Elend hier nicht ewig ertragen müssen."

„Hast du etwa einen prophetischen Blick, Schwester, und siehst ein Ende der politischen und sonstigen Verhältnisse?" Schwester Christine schaute der Heimleiterin fragend ins Gesicht.

„Nein, so weit schauen kann ich nicht", gab die zurück. „Aber ich habe aus Berlin erfahren, dass die Werksleitung überlegt, uns Zehlendorfer Schwestern aus Güstrow abzuziehen und andernorts einzusetzen. Ich vermute freilich eher, dass man uns hier nicht mehr will. Wir sind zu fromm und dem Staat gegenüber nicht genügend loyal, wie das heißt."

„Gut, wenn es denn so sein soll", nahm Schwester Christine diese Nachricht recht gelassen auf. „Ob andernorts die Verhältnisse allerdings besser sind als hier, wird sich erweisen. Unsere glorreiche sozialistische Deutsche Demokratische Republik wird wohl an anderen Orten nicht anders funktionieren als hier."

„Aber auch Gott ist überall derselbe, auf den es zu hoffen gilt, meine Liebe. Das tröstet und macht Mut zum Weitergehen und zum Bleiben in unserer frommen Art." Mit einem Blick nach oben ergänzte die Heimleiterin noch: „Und jetzt ist dir sogar das Wetter hold. Schau, Schwester Christine, es wird hell am Horizont. Die Gewitterfront scheint abzuziehen und du kommst trockenen Fußes hinüber. Unser Gott helfe dir vorwärts und durch."

„Dir so wie mir, Schwester Erna! Und pass gut auf die Kleine auf! Annegret liegt mir am Herzen. Ich werde ihr einen guten Weg erbitten."

Neue Eltern

Ist das nicht ein herrlicher Herbsttag heute, Frau Kahle? Sonne, ruhige Wärme, buntes Laub, blühende Herbstblumen, fröhlich und friedlich spielende Kinder ..." Schwester Erna, die Leiterin des Clara-Dieckhoff-Kinderheims – noch waren die Zehlendorfer Schwestern aus der Arbeit in Güstrow nicht abgezogen worden –, saß mit ihrer Besucherin auf einer Bank im kleinen Park hinter dem Haus und freute sich mit ihr über den licht- und freudedurchfluteten Oktobernachmittag des Jahres 1960 und über das fröhliche, laute Gewusel der etwa fünfzig Kinder unterschiedlichen Alters. Die backten unter der Aufsicht einiger Betreuerinnen mit und ohne Hauben im Sandkasten ihre Kuchen, turnten auf verschiedenen Spielgeräten herum oder spielten auf der Wiese mit Springseilen, Bällen und Reifen.

„So richtig zum Lob Gottes", gab Frau Kahle zurück. „Man möchte es singen: ‚Dich, Schöpfer, lobt die ganze Welt, das Licht der tausend Sonnen, das herrlich bunte Freudenspiel von Kindern voller Wonnen …'"

„Ein schönes Lied von Gerhard Fritzsche, das Sie da ein wenig umgedichtet haben, Frau Kahle", bestätigte berührt die Heimleiterin. „Wenn dieser sächsische Kirchenmann nicht im Krieg geblieben wäre, wer weiß, welche Texte der uns noch geschenkt hätte."

„Dafür haben wir aber den Mann noch, der zu den schönen Fritzsche-Texten seine anmutigen Melodien gemacht hat", wusste die Besucherin und ergänzte: „Diese Lieder gehören zu meinen Lieblingsliedern."

„Sie meinen Johannes Petzold, den Kirchenmusiker aus dem Vogtland. Ein begnadeter Musiker Gottes. Wir singen seine Lieder auch gerne in unseren Hausandachten. – Aber woher wissen Sie um den Textdichter und den Notenschreiber, Frau Kahle? Beide gehören doch nicht in den Lehrplan unserer sozialistischen Schulen", war Schwester Erna neugierig geworden.

„Wir singen in unserer Baptisten-Gemeinde in Teterow gerne die schönen Lieder dieser beiden Männer", antwortete Frau Kahle und fügte hinzu: „Aber ich bin eigentlich nicht hier, um mich mit Ihnen über …"

„... geistliche Lieder zu unterhalten. Entschuldigung, Frau Kahle“, unterbrach sie Schwester Erna. „Ich habe vom Thema abgelenkt, ehe wir es überhaupt begonnen haben. Aber Ihr Zitat war mir bedeutsam. – Also, Sie sind hier, weil Sie und Ihr Mann ein Heimkind in die häusliche Pflege nehmen möchten. Haben Sie eigene Kinder?“

Bei dieser Frage seufzte die Besucherin leicht auf und sagte dann mit deutlich belegter Stimme: „Wir hatten Kinder – drei – drei Mädchen. Wir haben sie alle drei verloren. Eins ist als Säugling gestorben; eins wurde mit sieben auf der Flucht aus Masuren gen Westen von einer feindlichen Kugel tödlich getroffen, das letzte starb mit 19 an Tbc.

Wir mussten durch eine harte Schule, Schwester Erna. Das Leben kann sehr grausam sein.“

„Das kann es in der Tat“, stimmte die Heimleiterin zu und hängte an: „Es tut mir sehr leid, was Sie mitmachen mussten.“ Nach einem Moment des mitfühlenden Schweigens sagte sie: „Schauen Sie unser Völkchen hier draußen an. Jedes einzelne Kind bestätigt Ihren Satz von der Grausamkeit des Lebens, auch wenn das, was Ihnen da widerfahren ist, wohl nicht vergleichbar ist mit den Schicksalen unserer Kinder.“

„Deshalb soll auch eins von ihnen es künftig besser haben, Schwester. Wir haben die amtliche Erlaubnis bekommen, uns ein Kind aus einem Heim zu holen, damit wir ihm Familie bieten und Eltern sein können.“

„Und deshalb kommen Sie von Teterow ausgerechnet zu uns nach Güstrow?“

„Richtig. Wir haben uns nach verschiedenen Kinderheimen in der Region erkundigt und erfahren, dass das Clara-Dieckhoff-Haus hier in Güstrow von frommen

Schwestern christlich geführt wird. Dieser Hintergrund war uns wichtig. – Haben Sie ein Kind für uns, Schwester Erna?"

„Schauen Sie sich um. Unter den fünfzig Jungen und Mädchen sind einige, die infrage kämen, weil ihre Vormundschaft bei den Jugendbehörden liegt, und die sind froh, wenn sie wieder einmal eine ihrer Vormundschaften auflösen können. Haben Sie schon eine bestimmte Vorstellung, ob Junge oder Mädchen und in welchem Alter?"

Frau Kahle ließ ihren Blick für einen Moment über die Spielenden schweifen, bis er an den Kindern im Sandkasten hängenblieb. Sie sagte: „Ein Mädchen wäre uns lieb, wo wir doch nur Mädchen hatten. Und es sollte sich noch formen lassen, also vielleicht drei oder vier Jahre alt sein. So alt sind wohl Ihre Jüngsten drüben in der Sandbäckerei."

„Und würden Sie das Kind auch adoptieren wollen?"

„Wir wollen gerne", antwortete Frau Kahle. „Wenn wir ein Kind in Familienpflege nehmen würden, dann sei die Adoption nach einer erfolgreichen Probezeit ohnehin die notwendige Konsequenz, wurde uns gesagt."

„Das würde heißen, dass die Eltern, sofern man sie kennt, ihre Freigabe zur Adoption erklärt haben müssten."

„Auch das sei kein Problem, hieß es. Wenn die Eltern behördlich bekannt seien und es Gründe dafür gäbe, dass ihr Kind zum Heimkind geworden ist, dann würde man notfalls auf der Freigabe bestehen."

Schwester Erna seufzte bei diesem Satz wieder einmal auf: „So macht das unser ruhmreicher Staat, Frau Kahle. Wenn ihm die Eltern nicht in die Linien passen und sie ihm unliebsam sind, dann handelt er ohne Rücksicht auf Familienbindung oder Ähnliches. Diese Erfahrung haben wir als Kinderheim immer wieder gemacht.

Warten Sie, ich hole Ihnen Annegret her. Das Mädchen ist so ein armes Ding mit Vater und Mutter und doch ohne Eltern. Die haben nach offizieller behördlicher Lesart nicht staatskonform gelebt und deshalb ..."

„... ist das Kind bei Ihnen. Sie kennen seine Eltern aber nicht?", mutmaßte die Besucherin.

„Natürlich nicht, Frau Kahle", bestätigte Schwester Erna. „Ich kenne zwar ihre Namen, weiß aber nicht, wo und wie sie heute leben. Den Eltern ist das Erziehungsrecht genommen worden, weil sie als asozial eingestuft waren. Die Vormundschaft für das Mädchen liegt beim Rat des Kreises Güstrow, Abteilung Volksbildung, Referat Jugendhilfe. Zuständig für Annegret ist eine stramme Genossin, eine junge Frau, Bianka Hasenwerk. Ich kenne sie wenig. Sie war in den vergangenen drei Jahren nur ein-, zweimal hier, um nach ihren Mündeln zu sehen. Die Frau wäre wohl froh, dem Mädchen zur Adoption verhelfen zu können. Das wäre eins weniger auf ihrer Liste. Aber ich wollte Annegret ja herholen." Schwester Erna erhob sich, ging raschen Schrittes hinüber zum Sandkasten und kam bald mit einem dunkelgelockten, pausbäckigen Mädchen an der Hand zurück. „Das ist Annegret, unsere ‚begnadete Perle'."

Frau Kahle schaute ein wenig hilflos wegen dieser Namensgebung, bekam dann aber sofort die Erklärung: „Annegret ist zusammengesetzt aus dem hebräischen *Anna* gleich ‚Channah' gleich ‚die Begnadete' und dem griechischen *Margarethe* gleich ‚Perle', also unsere ‚begnadete Perle'. – Gib unserem Gast die Hand, Kind."

Gehorsam reichte das Mädchen seine kleine sandige Hand, um sie dann sofort wieder zurückzuziehen und auf dem Rücken mit der anderen zu verschränken. Dabei hielt es seinen Blick auf den Boden gerichtet. „Annegret ist ein wenig schüchtern fremden Menschen gegenüber“, erklärte Schwester Erna und strich dabei dem Mädchen liebevoll über seinen Wuschelkopf. „Das gibt sich, wenn sie längeren Kontakt hat. Im Spiel mit den anderen ist sie eher lebhaft, zuweilen auch schon einmal wild. Alles in allem ein liebes, folgsames Mädchen.“

„Schaust du mich denn auch einmal an, Annegret?“, warb Frau Kahle um die Gunst des Kindes, das bekleidet mit einem schlichten bunten Spielanzug, braunen Wollstrümpfen und deutlich abgetragenen Schühchen vor ihr stand. Das dreijährige Mädchen schaute tatsächlich für einen kurzen Moment auf, um den Blick aber sofort wieder zu senken.

„Sag doch unserem Gast bitte, wie du heißt“, forderte Schwester Erna die Kleine auf, „dann magst du zu deinem Sandkasten zurückgehen.“

Annegret hob noch einmal ihren Blick und folgte artig der Aufforderung, indem sie sehr betont ihren vollständigen Namen nannte: „Ich heiße Annegret Sawetzki.“ Dann war das Mädchen mit flotten Hopsern auch schon wieder auf dem Weg zu seinem Spielplatz.

„Hat Annegret Geschwister?“, wollte Frau Kahle jetzt wissen.

Auf diese Frage konnte die Heimleiterin nur antworten: „Ich weiß es nicht. Zumindest hat es dazu nie eine Information gegeben.“ Dann meinte sie weiter: „Ich denke, Annegret wäre ein Kind für Sie, Frau Kahle“, und bat den Gast darum, ihr doch jetzt ins Haus zu folgen. Sie müsse die notwendigen Daten aufnehmen, um das Verfahren zur Freigabe des Kindes in die Familienpflege einzuleiten.

Während sie kurz darauf in ihrem Büro die Papiere vor sich ausbreitete und den Stift zum Schreiben in die Hand nahm, schaute Schwester Erna ihre Besucherin noch einmal fragend an: „Wäre Annegret ein Kind für Sie, Frau Kahle?“

Die angehende Pflegemutter musste sich nicht lange besinnen. Sie antwortete sehr sicher: „Ich glaube schon, Schwester Erna. Das Kind macht einen guten Eindruck auf mich. Ich denke, es könnte unseres werden, wenn es in Güstrow freigegeben wird.“

„Und Ihr Mann? Wird der zustimmen?“

„Der wird meiner Entscheidung folgen. Er wird sagen, ich sei ja doch die, die am meisten mit dem Kind zu tun haben wird. Er ist doch tagsüber auf Arbeit und kann sich nur am Abend und am Sonntag kümmern.“

„Gut“, gab sich die Heimleiterin zufrieden. „Dann frage ich Sie jetzt nach dem, was ich wissen und eintragen muss, und Sie geben mir Antwort. Dann sind wir auch bald fertig, und die Sache kann ihren Lauf nehmen.“

Nachdem die Formulare nach Frage und Antwort ausgefüllt waren, meinte Schwester Erna, doch ein paar Bemerkungen machen zu müssen: „Es gibt ein paar Angaben in unserem Antrag, die bei der Jugendhilfe zumindest Stirnrunzeln hervorrufen werden.“

„Welche meinen Sie, Schwester Erna?“, wollte Frau Kahle natürlich wissen.

„Ich sag's Ihnen ganz offen: Sie sind Jahrgang 1907, also bereits 53; Ihr Mann ist Jahrgang 1903, also bereits 57. Das Mädchen ist dagegen erst drei, wird Mitte Juli nächsten Jahres vier. Der Altersunterschied ist immens. Das mag durchaus später einmal Schwierigkeiten machen, weil es offenkundig ist, dass Sie nicht die leiblichen Eltern des Kindes sein können.

Dann: Sie beide halten sich zur lutherischen Kirche und der baptistischen Freikirche. Sie folgen damit nicht den sozialistischen Vorgaben unseres Staates. Das gefällt unseren atheistischen Freunden nicht unbedingt. Die fahren ohne Gott und Sonnenschein lieber ihre Ernte ein. Sie kennen die Redeweise. – Dazu gehören Sie und Ihr Mann keiner Partei an, Frau Kahle, weder der SED, unserer viel gerühmten Sozialistischen Einheitspartei mit dem großen Vorsitzenden des Staatsrats Walter Ulbricht – verzeihen Sie meine Ironie, Frau Kahle, aber ich vertraue Ihnen. Ohne Ironie wäre die Luft in unserer Einrichtung zuweilen kaum zu atmen. Also: Sie gehören der SED nicht an, auch keiner Partei des Demokratischen Blocks, wie der Christlich-Demokratischen Union oder der Liberal-Demokratischen Partei Deutschlands oder einer der anderen Parteien, die es auch noch gibt."

Weil Frau Kahle auf keine der Bemerkungen von Schwester Erna reagierte, fuhr diese fort: „Noch eins: Sie halten offenbar wenig von der Freundschaft mit der ruhmreichen Sowjetunion. Zumindest scheinen Sie sich wenig für Aktivitäten der Gesellschaft für Deutsch-Sowjetische Freundschaft zu interessieren, was unschwer an meinen Kreuzchen im Formular ablesbar ist. – Und das Nein-Kreuzchen bei der Frage nach dem Abonnement des ‚Neuen Deutschlands' mag auch übel aufstoßen."

Auch auf diese Tatsache reagierte die Bewerberin um eine Familienpflege nur mit einem leichten Achselzucken und einer abweisenden Kopfbewegung. Darauf machte die Heimleiterin auf ein Letztes aufmerksam: „Ihr Mann ist als werktätiger Arbeiter nicht organisiert. Der Freie Deutsche

Gewerkschaftsbund scheint Sie nicht zu berühren. – All das könnte im Referat Jugendhilfe negativ aufstoßen und die Freigabe Ihres Wunschkindes verhindern." Schwester Erna holte einmal tief Luft und fügte noch hinzu: „Ich muss schon sagen, Frau Kahle, Sie sind mutig und optimistisch – und mit Ihrer Einstellung völlig neben der Normalität des sozialistischen Volkes in unserem Staat."

Nach diesem langen Vortrag holte Frau Kahle ein paarmal tief Luft. „Danke für Ihre Offenheit, Schwester Erna. Sie ordnen uns schon richtig ein. Wir leben tatsächlich anders als viele in unserem Staat. Das hindert uns nicht, einigermaßen zurechtzukommen. Aber wir sind nicht bereit, uns ein Pflegekind durch falsche Angaben im Antrag zu erschleichen. Wir möchten uns nicht verbiegen. Wir leben zwar in diesem Staat, sind deswegen aber lange nicht in allen Dingen mit ihm im Einklang. – Ich sage es anders: Wir haben als Christen darum gebetet, dass Gott uns ein Kind zeigt, dem wir Eltern sein können. Ich habe die kleine Annegret kurz kennengelernt. Ich hatte sofort ein gutes inneres Empfinden, das Mädchen könnte unsere Gebetserhörung sein. Und in Sie, Schwester, und in Ihre Arbeit habe ich volles Vertrauen. Ich sage es so: Wenn Gott will, dass Annegret, die kleine ‚begnadete Perle', zu uns kommen soll, dann wird es so sein, ob wir als Pflegeeltern in das Bild der zuständigen Genossinnen und Genossen passen oder nicht. Oder sehe ich das falsch?"

Schwester Erna blickte ihrem Gegenüber offen in die Augen: „Nein, das sehen Sie nicht falsch. Ihre Sicht der Dinge ist erstaunlich und fordert Respekt, Frau Kahle. Dabei haben Sie recht: Wenn Annegret Gottes Willen für Sie entspricht, dann werden Sie das Kind bekommen. Freilich werden Sie zunächst einen großen Karren Geduld brauchen. Der rote sozialistische Amtsschimmel kaut zuweilen äußerst langsam, bis er sich endlich in Bewegung setzt. Bleiben Sie im Gebet an der Sache und begeben Sie sich schon einmal in die Phase der freudigen Erwartung.

Und jetzt bitte ich Sie, mich zu entschuldigen. Sie hören, dass die Kinder hereinkommen. Ich werde im Haus gebraucht. Wir sind hier ja auch fertig. Sie können sich darauf verlassen, dass ich alles tun werde, um Ihr Anliegen voranzutreiben. Ich hoffe es selbst noch zu erleben, dass Sie Annegret Sawetzki bei uns abholen. Für uns Schwestern geht die Arbeit hier in Güstrow nämlich demnächst zu Ende. Das Referat Jugendbildung übergibt das Heim an den staatskonformen ‚Verein Kostkinderheime'. Aber das betrifft das Verfahren nicht. – Seien Sie mit Ihrem Mann und mit Ihrem Anliegen Gott befohlen, Frau Kahle."

Schwester Erna drückte ihrem Gast die Hand und ging noch mit zur Tür. „Ich denke, es wird alles gut werden, Frau Kahle. Leben Sie wohl."

Beschwingten Herzens machte sich die Teterower Baptistin auf den Weg zum Bahnhof. In etwa einer Stunde würde sie zu Hause sein, um ihrem Mann beim Abendbrot von dem guten Verlauf dieses Nachmittags zu berichten. Ihr Mann würde sich sicher ebenso freuen wie sie. In Laura Kahles Herzen nistete sich tatsächlich schon so etwas wie Vorfreude ein, über kurz oder lang einem Heimkind Mutter, ihr Heinrich Vater sein zu dürfen. Wenn Gott seine Hände mit im Spiel hatte, würden die Bedenken, von denen Schwester Erna gesprochen hatte, ihr Gewicht verlieren, ehe sie auf die Entscheidungswaage der Güstrower städtischen Jugendbehörde gelegt würden.

„Dich, Schöpfer lobt die ganze Welt …" Dieses Lied hatte Laura Kahle plötzlich wieder im Kopf. Während sie die Melodie vor sich hin summte, hatte sie den Text deutlich vor Augen. Am liebsten hätte sie ihn als Begleitlied ihres Weges laut gesungen:

„Dich, Schöpfer, lobt die ganze Welt,
das Licht der tausend Sonnen,
das Sternenheer am Himmelszelt,
der Wolken Wasserbronnen.
Dir singt, was du geschaffen hast,
bewusst und unbewusst,
die finstre Nacht, der Sonne Glast,
die kleinste Vogelbrust …" *

In der folgenden Zeit sprachen Laura und Heinrich Kahle in ihrer schlichten Wohnung in der Goethestraße in der Kreisstadt Teterow an der Peene immer wieder über Annegret Sawetzki. Auch in den beiden christlichen Gemeinden, zu denen sich die Kahles hielten, wurde die Frage des Familienzuwachses mit seinem Für und Wider immer wieder erörtert – freilich wegen des deutlichen Altersunterschiedes zuweilen hier und da auch mit bedenklichem Achselzucken. Alle Beteiligten wurden mit fortschreitender Zeit auf eine zunehmend harte Geduldsprobe gestellt. Denn Güstrow ließ mit seiner Entscheidung lange auf sich warten.

Gelegentliche Besuche des Ehepaars oder auch nur der Frau im Clara-Dieckhoff-Heim und die Bitte, die Sache in der Güstrower Jugendbehörde zu beschleunigen, blieben

* Text: Gerhard Fritzsche, © Verlag Merseburger, Kassel
www.merseburger.de

ohne Ergebnis. Sollten die von Schwester Erna geäußerten Bedenken doch schwerer wiegen als angenommen und eine Freigabe des Kindes blockieren?

Am Samstag, dem 1. April 1961, kam aus Güstrow endlich die Nachricht, das Ehepaar Kahle könne sich das Kind Annegret Sawetzki am Montag, dem 28. des Monats, als Pflegekind nach Teterow holen. Allerdings lägen die Freigabe-Erklärungen der Eltern des Mädchens für eine spätere Adoption noch nicht vor. Man bemühe sich, sie möglichst zeitnah zu erhalten. Man werde sich rechtzeitig melden, wenn der Verhandlungstermin zur Annahme des Mädchens an Kindes statt anberaumt werden könne. Alles Weitere sei bis dahin mit der Leiterin des Clara-Dieckhoff-Hauses zu klären.

Das war doch einmal eine gute Nachricht, kein Aprilscherz, eher ein besonderes Geschenk zu Ostern, das im Ehepaar Kahle eine freudige Erwartung auslöste. Hinter der wunderbaren Nachricht aus Güstrow verblasste sogar für eine Weile die gewaltige Osterbotschaft von der Auferstehung des Gottessohnes Jesus Christus und die Feiern dazu verloren ein wenig ihre Bedeutung.

Die folgenden vier Wochen füllten sich für Laura und Heinrich Kahle mit mehreren Besuchen in Güstrow zum besseren Kennenlernen des Kindes und zum Aufbau einer persönlichen und warmen Beziehung zu dem kleinen Mädchen. Sie waren auch bestimmt von notwendigen Vorbereitungen für den Einzug der noch dreijährigen Annegret in die Wohnung in Teterow, Goethestraße 8. Der künftige Pflegevater – handwerklich sehr geschickt – baute selbst ein Kinderbett passend in das bescheidene Mansardenzimmer, das die kleine neue Bewohnerin für sich erobern sollte. Dabei war es gar nicht leicht gewesen, das notwendige Material dafür aufzutreiben. Aber es gab ja die Freunde in der lutherischen Kirchgemeinde und bei den Baptisten, und manche hatten da so ihre hilfreichen Verbindungen. Ohne „Vitamin B" – „B" für Beziehung – ging so manches für den häuslichen Bedarf in Küche und Kammer nur sehr schlecht.

Auf diese Weise waren bis zur letzten Aprilwoche eine Menge notwendiger Dinge beieinander, die gebraucht wurden, um das kleine neue Familienmitglied zu kleiden, zu ernähren und ihm die Möglichkeit zum Spielen zu geben.

Am angegebenen Tag fuhren Laura und Heinrich Kahle zu zweit mittags mit dem Zug nach Güstrow und kamen gegen Abend zu dritt zurück. Schwester Erna hatte mit ihrer Mitarbeiterschaft und mit ihren Kindern als eine ihrer letzten Amtshandlungen als scheidende Heimleiterin eine kleine Abschiedsfeier vorbereitet. Es gab Kuchen und Saft – an Kakao für alle Heimkinder war wieder einmal nicht heranzukommen gewesen –, dazu Süßigkeiten und kleine Geschenke – den Förderern des Hauses aus der Güstrower Handwerkerschaft sei Dank!

Die älteren Jungen und Mädchen hatten hübsche Gedichte und nette Kinderlieder zur Gitarre eingeübt, galt es doch, eins der Kleinen aus der „Heimfamilie" auf einen neuen Weg zu schicken. Für die leitende Schwester und ihre Zehlendorfer Mitschwestern galt es, sich zugleich von den langjährigen Aufgaben in dieser Einrichtung zu lösen.

Denn hier trafen jetzt zwei Abschiedsereignisse zusammen. Für die Schwestern war nämlich der Zeitpunkt gekommen, an dem sie die Stafette an den „Verein Kostkinderheime" weiterzugeben hatten und deshalb aus Güstrow abgezogen und zu neuen Aufgaben weitergeschickt wurden. Wohl aus diesem Grund waren seitens der Jugendhilfe beim Rat der Stadt Güstrow die Fürsorgerin Genossin Änne Lehmann und die Genossin Bianka Hasenwerk dabei gewesen – neben einigen Damen und Herren des neuen Trägervereins –, hatten sozialistisch durchdrungene Dankesreden gehalten und allen aus dem Clara-Dieckhoff-Haus scheidenden kleinen und großen Menschen eine gute Zukunft sozialistischer Prägung gewünscht. Die beiden Offiziellen hatten im persönlichen Gespräch mit den Kahles dann auch versprochen, die Angelegenheit um die anstehende Adoption zu forcieren.

Welch ein Nachmittag mit bedeutsamen Weichenstellungen für das Kinderheim, für dessen bisherige fromme Leitung und Mitarbeiterschaft, für ein kleines Mädchen ein Vierteljahr vor dem vierten Geburtstag und für das bereits ältere Teterower Ehepaar Laura und Heinrich Kahle!

Diese beiden nunmehr mit einer Gebetserhörung und einem Kind beglückten Menschen hatten ihre Wohnung besonders freundlich hergerichtet für den Empfang ihrer Pflegetochter. Der Tisch in der Wohnküche war geschmückt mit einer hübschen Decke, mit Frühlingsblumen in einer Vase und mit einer Plastegirlande um den Teller von Annegret. Er war mit fröhlich buntem Geschirr gedeckt, und sogar ein Kinderbesteck hatte Laura Kahle auftreiben können. Ein mit Kakao gefüllter Glaskrug und ein Mecklenburger Quarkkuchen aus dem eigenen Backofen luden zur ersten gemeinsamen Mahlzeit ein. Dazu saß neben Annegrets Teller ein Schlafpüppi aus einem gummiartigen Kunststoff mit blonden Haaren und blauen Schlafaugen, bekleidet mit einem grünen Pulli, einem weißen Strickröckchen und weißen Söckchen. Schuhe darüber hatte es leider nicht gegeben. Neben dem Kinderhochstuhl stand ein buntes Schaukelpferd, das zum „Reiten" einlud ...

Ein wenig schüchtern tat Annegret ihre ersten Schrittchen in das neue unbekannte und ungewohnte Leben. Ohne ein Wort zu sagen, trat das Mädchen aber gleich an den Tisch, ließ die gelbe Plüschente fallen, die es unter den Arm geklemmt trug, und griff nach der Stoffpuppe auf dem Tisch, um sie sogleich an sich zu drücken. Immer noch ohne Worte setzte es die Puppe auf das Schaukelpferd und ließ sie ein paarmal hin- und herschwingen. Dann setzte das Kind sich selbst auf den Pferderücken, nahm die Puppe vor sich und begann vorsichtig, sich mit dem Spielgerät zu bewegen. Die Pflegeeltern standen ebenso stumm am Tisch, schauten dem Kind zu und freuten sich an seinem Tun.

Nach einer kurzen Weile sagte Laura Kahle: „Möchtest du nicht jetzt ein Stück Quarkkuchen essen, Annegret? Schwester Erna hat uns gesagt, dass du Quarkkuchen besonders gerne magst. Deshalb habe ich dir einen gebacken."

„Quarkkuchen mag ich", antwortete die Kleine knapp und hatte damit ihren ersten Satz am neuen Lebensort gesprochen. „Kakao mag ich auch", hängte sie an, stieg vom Schaukelpferd, setzte die Puppe dafür wieder auf den hölzernen Sattel, kletterte dann auf ihren Stuhl und sagte: „Jetzt mag ich essen. Ihr dürft auch essen." Damit hielt sie ihrer neuen Pflegemutter den Teller hin, damit die ein Stück Kuchen auflegte.

„Du bekommst sofort ein Stück Kuchen, wenn wir dem Vater im Himmel für den Kuchen und den Kakao und für unseren Kaffee gedankt haben“, bremste der Pflegevater das Kind. „Ihr habt im Heim zum Essen doch auch immer gebetet, vorher oder nachher, oder?“

Annegret beantwortete diese Frage, indem sie die Hände faltete und betete, wie sie es wohl gelernt hatte:

„Wieder ist es Essenszeit und die Speisen stehn bereit. Was wir haben, kommt von dir. Gott, wir danken dir dafür. Amen.“

„Das hast du schön gebetet!“, lobte die Pflegemutter und legte dem Kind ein großes Stück Kuchen auf den Teller. „Und jetzt lass es dir richtig gut schmecken.“

Die nächsten Minuten am Tisch verliefen schweigend. Die neuen Pflegeeltern warfen sich nur dankbare Blicke zu und freuten sich daran, wie es ihrer Annegret schmeckte und wie ordentlich die Kleine essen konnte. Das Heim hatte seinen Kindern offenbar schon in jungen Jahren Tischkultur beigebracht.

Annegret fragte dann ganz unvermittelt: „Darf ich heute bei euch schlafen?“

Die beiden Erwachsenen am Tisch schauten sich wieder an. Wer sollte die Antwort geben, und wie war die richtig zu formulieren? Heinrich Kahle nickte seiner Frau auffordernd zu. Die sagte dann: „Du darfst ab heute immer bei uns sein und dann auch immer bei uns schlafen. Du darfst dann auch Vati und Mutti zu uns sagen, wie du möchtest.“

„Bin ich denn jetzt euer Kind?“, wollte Annegret wissen, wobei sie ihre neuen Eltern nacheinander anschaute und dabei mit ihrem Löffel den letzten Happen ihres Kuchens in den Mund schob.

„Genau!“, bestätigte Heinrich Kahle. „Du bist jetzt unser Kind und wir sind deine Eltern.“

„Und ich muss nicht wieder in das Heim zurück?", fragte das Mädchen hartnäckig noch einmal nach.

„Nein, Annegret", gab Laura Kahle jetzt Antwort, „wir bringen dich nicht wieder ins Heim zurück. Du bleibst jetzt immer bei uns hier in Teterow. Du gehst hier demnächst in den Hort. Da sind dann auch wieder Kinder, mit denen du spielen kannst. Später, in ein paar Jahren, gehst du hier in die Schule und so weiter und so weiter, bis du groß und erwachsen bist und dann irgendeinen Beruf erlernst. Zufrieden?"

Darauf gab Annegret keine Antwort. Anderes war ihr jetzt wichtiger: „Darf ich noch mehr Kuchen und Kakao?"

Natürlich durfte sie. Später durfte sie helfen, den Tisch abzudecken. Die Pflegeeltern hinderten sie danach auch nicht daran, auf eigene Faust die bescheidene Wohnung näher zu erkunden. Das führte dann zu der Frage: „Und wo ist mein Bett zum Schlafen?"

Heinrich Kahle nahm das Mädchen an die Hand: „Komm, ich zeige dir dein Zimmer." Dann kletterten die beiden die schmale steile Stiege hinauf in die Mansarde. „Schau, Mädchen, hier steht dein Bett. Das habe ich selbst für dich gebaut. Dies Zimmerchen gehört nur dir. Hier oben darfst du wohnen und in dem neuen Bett wirst du immer gut schlafen."

„Das Bett ist schön", war Annegrets Antwort, wobei sie mit den Händchen über den bunten Bettbezug strich. „Habe ich auch ein Nachthemd oder einen Schlafanzug?"

„Der steckt unter der Decke", wusste die Pflegemutter, die den beiden nachgestiegen war. „Schau ruhig nach."

Annegret fasste unter die Bettdecke und zog einen rosafarbenen Schlafanzug hervor. „Der ist auch schön. Und wo wasche ich mich? Und wo putze ich meine Zähne? Habt ihr auch einen Waschraum für alle?"

Bei dieser Frage mussten die beiden Kahles schmunzeln. „Einen großen Waschraum wie in eurem Heim haben wir natürlich nicht, Kind. Wir haben nur unsere Küche mit dem Wasseranschluss. Da waschen wir uns und da putzen wir uns die Zähne."

„Habt ihr auch ein Klo? Ich muss nämlich mal."

„Komm, gehen wir wieder hinunter, Kind", forderte der Pflegevater auf. „Nach hier oben kommst du wieder zurück, wenn Schlafenszeit ist. Das Klo ist unten im Treppenhaus. Die Mutti geht mit dir hin."

So lernte Annegret also auch diesen wichtigen Raum kennen – klein und eng, mit einer schlichten Kloschüssel mit Holzdeckel und einem Eimer Wasser daneben zum Nachspülen. Die Hände konnte sie sich anschließend in der Küche waschen. Wenig später stieg die Kleine mit der Mutti – die war sehr gespannt, wann das Mädchen sie zum ersten Mal mit dieser Bezeichnung anredete – dann wieder die Stiege hinauf – das neue Schlafpüppi im Arm –, um sich zum ersten Mal in ein eigenes Bett fallen zu lassen und wohl nach guter Gewohnheit sofort die kleinen Hände zu falten.

„Gab es bei Schwester Erna oder Schwester Hildegard ein Nachtgebet?", fragte die Pflegemutter.

Annegrets Antwort auf die Frage bestand darin, dass sie gleich zwei Gebete sprach, die sie von ihrem alten Wohnort mitgebracht hatte:

„Ich bin klein, mein Herzchen mach rein,
soll niemand drin wohnen als du, Jesus, allein.
Amen! – Lieber Gott, ich danke dir, du warst den
ganzen Tag bei mir. Nun bleib auch bei mir in der
Nacht und halte über mir die Wacht. Amen!"

„Sehr schön, Annegret", lobte Laura Kahle. „So magst du gerne jeden Abend beten. Habt ihr in eurem Heim auch irgendwelche Gutenachtlieder gesungen?"

„Zwei sogar. Singst du die auch mit mir?" Annegret schaute ihre neue Mutter bittend an.

„Wenn ich sie singen kann, gerne", nickte diese.

„Dann sing mit!", forderte das Mädchen und stimmte mit seinem hellen Stimmchen auch schon an:

„Der Sandmann ist da, der Sandmann ist da!
Er hat so schönen weißen Sand
und ist den Kindern wohlbekannt.
Der Sandmann ist da.
Der Sandmann ist da, der Sandmann ist da!
Da guckt er schon zum Tor herein,
er weiß, wo schöne Mädchen sein.
Der Sandmann ist da!"

„Schön hast du das gesungen", lobte Laura Kahle. „Ich kenne das aber mit ‚ich weiß, wo liebe Kinder sein'."

„Aber ich bin ein Mädchen und deshalb singe ich das so", bestand Annegret auf ihrer Version.

„Und welches Lied kennst du noch?"

Ohne sich lange zu besinnen, sang die Dreijährige das für ihr Alter wohl eher schwere Abendlied von Rudolf Alexander Schröder, wobei sie jeden Ton der Melodie genau traf:

„Abend ward, bald kommt die Nacht, schlafen geht die Welt; denn sie weiß, es ist die Wacht über ihr bestellt.

Einer wacht und trägt allein ihre Müh und Plag,
der lässt keinen einsam sein, weder Nacht noch Tag.

Jesu Christ, mein Hort und Halt, dein gedenk ich nun, tu mit Bitten dir Gewalt: Bleib bei meinem Ruhn.

Wenn dein Aug ob meinem wacht, wenn dein Trost mir frommt, weiß ich, dass auf gute Nacht guter Morgen kommt.“

„Du hast eine wunderschöne Stimme, Kind, und du kannst ein so schwieriges Lied schon ganz auswendig und richtig singen!“, stellte die Frau auf der Bettkante bewundernd fest.

„Und du auch! Du hast es ja mitgesungen“, bestätigte das Kind unter seiner Decke mit Nachdruck und fügte an, sein Püppi fest an sich gedrückt: „Jetzt will ich schlafen und keiner stört mich.“

„Nein, keiner stört dich, mein Liebes“, bekräftigte die Mutter mit Rührung, strich dem Mädchen noch einmal über sein Haar und streichelte ihm die Wangen. „Schlaf gut, mein Kind – meine kleine Tochter.“ Die reagierte aber schon nicht mehr. Sie war bereits eingeschlafen.

Gott möge alles wohlmachen, ging es Laura Kahle durch den Sinn, während sie das Licht löschte und leise die Tür anlehnte. Nein, ins Schloss ziehen wollte sie die Tür nicht. Sie wollte nach oben horchen können und dem Kind die Möglichkeit lassen, aus der Wohnung unter ihr die neuen Eltern zu hören. Leise nahm sie die Stiege nach unten, im Sinn noch einmal die letzten beiden Liedstrophen, die sie textlich freilich ein wenig veränderte:

„Jesu Christ, mein Hort und Halt, dein gedenk ich nun, tu mit Bitten dir Gewalt: Bleib bei ihrem Ruhn.

Wenn dein Aug ob ihrem wacht, wenn dein Trost ihr frommt, weiß ich, dass auf gute Nacht guter Morgen kommt."

In der folgenden Zeit gewöhnten sich die drei Menschen der kleinen Familie aneinander. Die bald vierjährige Annegret entschloss sich irgendwann dazu, Laura und Heinrich Kahle mit „Vati" und „Mutti" anzureden, was die mit großer Freude registrierten und gerne annahmen. Sie lernte das Haus kennen mit seinen anderen Bewohnern und seiner nahen Nachbarschaft und durchstreifte mit den neuen Eltern einzeln und gemeinsam das Städtchen und seine nähere Umgebung einschließlich der Burgwallinsel auf dem Teterower See. Sie besuchte mit ihren Eltern abwechselnd die Gottesdienste in der mächtigen Stadtkirche und die Stubenversammlung der Baptisten, auch wenn sie an beiden Orten kaum etwas verstand von dem, worum es ging. Freilich war von Gott und dem Heiland Jesus im Kinderheim schon die Rede gewesen, wenngleich auf einem einfacheren sprachlichen Niveau.

Annegret lernte nach und nach außer ein paar Verwandten der neuen Eltern eine Menge große und kleine Leute kennen, bei denen sie eine Zeit lang verwöhnt wurde und deutlich im Mittelpunkt stand, bis sich jeder an jeden mehr oder weniger gewöhnt hatte und die kleine „begnadete Perle" für alle zur Familie Kahle gehörte, auch wenn sie immer noch Sawetzki hieß. Daran störte sich besonders die achtzigjährige Oma Wagner, Muttis Mutter, die gar nicht glücklich war über ihre neue „Enkelin“ mit dem polnischen Namen, hatte doch ihre Tochter Laura nun weniger Zeit für sie. Tante Trude, Muttis ältere Schwester, war da verständnisvoller und eine wirklich liebe Frau, mit der Annegret gerne zusammen war. Die Menschen im Güstrower Kinderheim gerieten bei der Eroberung des Neuen in Teterow bald an den Rand des Bewusstseins, um irgendwann nahezu gänzlich daraus zu verschwinden. Von ihnen wurde nicht gesprochen, also gab es sie nicht mehr.

In den Hort schickten die Kahles ihr Kind vorläufig noch nicht, obwohl Annegret gerne in den Kindergarten gegangen wäre und sie auch immer wieder diesen Wunsch äußerte. Nein, erst sollte die Adoptionsfrage geklärt sein. Laura und Heinrich Kahle wollten mit dieser Maßnahme Irritationen wegen der unterschiedlichen Namen von Kind und Eltern vermeiden. Das Mädchen sollte erst ihren Namen tragen, dann …

Bis es endlich so weit war, vergingen allerdings noch ein ganzer Sommer und ein halber Herbst. Das war mehr Zeit, als den Kahles lieb war. Für Samstag, den 28. Oktober 1961, bekamen sie endlich die Vorladung vor den Rat des Kreises Teterow, Abteilung Volksbildung, Referat Jugendbildung zwecks Unterschrift unter den Adoptionsvertrag und der Beurkundung der Annahme von Annegret Sawetzki an Kindes statt.

Nach einer kurzen Verhandlung vor dem Referatsleiter, an der natürlich auch Genossin Bianka Hasenwerk vom Rat des Kreises Güstrow als Annegrets Amtsvormund teilnahm, wurden die Pflegeeltern Kahle zu den Adoptiveltern Kahle. Jetzt hatten sie es Grau auf Weiß in Händen als Zweitschrift des Vertrages, von allen an der Sache beteiligten Personen unterschrieben und durch entsprechende Stempel einschließlich des Staatswappens der DDR amtlich gemacht:

„… Die Eheleute Laura und Heinrich Kahle, beide wohnhaft in Teterow, Goethestr. 8, nehmen hiermit die am 14. Juli 1957 in Güstrow geborene Annegret Sawetzki, eingetragen im Geburtenbuch unter der Nummer 566/1957, als gemeinschaftliches Kind an Kindes statt an und geben sich gegenseitig die Einwilligung. Das angenommene Kind soll von heute an den Familiennamen Kahle tragen …“

Aus demselben Vertrag erfuhren die Eltern nun auch das Folgende:

„… Die Eltern des Kindes Annegret Sawetzki sind durch Urteil des Kreisgerichts Güstrow vom 23. September 1958, rechtskräftig seit dem 26. Oktober 1958, geschieden. Die Mutter erhielt das Sorgerecht. Frau Agnes Bergmann, geschiedene Sawetzki, wohnhaft in Remscheid, hat am 6. Februar 1961 vor dem Notar Ralf Longerich in Remscheid durch Erklärung – U.R. Nr. 212/1961 L. – ihre Einwilligung zur Annahme an Kindes statt gegeben und den Amtsvormund zum Abschluss des Vertrages ermächtigt. – Herr Erich Sawetzki, wohnhaft in Güstrow, hat am 15. Februar 1961 vor dem Staatlichen Notariat in Güstrow durch Erklärung – 1. U.R. 71/61 – seine Einwilligung zur Annahme an Kindes statt gegeben. – Frau Bianka Hasenwerk erteilt in ihrer Eigenschaft als Vormund des Kindes Annegret Sawetzki ihre Zustimmung zum Abschluss des Vertrages über die Annahme an Kindes statt …“

So froh sie über den Abschluss des Adoptionsverfahrens einerseits waren, so erschrocken waren die Adoptiveltern über die Informationen aus dem Vertrag über Annegrets leibliche Eltern. Dass die Mutter das Sorgerecht gehabt haben sollte, erschien ihnen wie ein makabrer Witz, hatten sie doch die offizielle Einstufung der jungen Frau als „asozial“ noch deutlich in den Ohren. Hier hatten die Güstrower oder auch die Teterower Behörden die ganze Angelegenheit wohl vorsätzlich geschönt.

Dass Annegrets leibliche Mutter sich nach ihrer Scheidung nach Westdeutschland abgesetzt hatte, ohne sich noch einmal um ihr Kind gekümmert zu haben, machte sie betroffen. Betroffen machte auch die Tatsache, dass der Vater – offenbar war er inzwischen aus der Haft entlassen – selbst von Güstrow aus sich nicht um sein Kind gekümmert hatte. Aber hätten die beiden das überhaupt gekonnt? Sie hatten wohl beide eher nicht gewusst, wohin Annegret im August 1957 gebracht worden war. Wie also hätten sie sich kümmern sollen?!

Wie dem auch immer war: Einerseits waren die beiden Kahles jetzt Eltern mit der Verantwortung für ihr Kind, wie die Elternschaft sie nun einmal mit sich brachte. Andererseits war Annegret jetzt amtlich bestätigt ihre Tochter gleichen Namens mit allen Rechten, die einem Kind in seiner Familie zustanden, aber auch mit allen Pflichten, die ein Kind seinen Eltern gegenüber hatte im Blick auf Weisungen und dem damit verbundenen Gehorsam, zumindest für die kommenden zwölf Jahre, bis das jetzt vierjährige Mädchen als dann achtzehnjährige Jugendliche volljährig wurde.

„Findelkinder bringt der Wind“

Seitdem Annegret den Namen ihrer Adoptiveltern trug, besuchte sie den städtischen Kindergarten am Schulkamp, kaum fünf Minuten entfernt von ihrem Zuhause. Weil das Kind dort den ganzen Tag betreut war, konnte die Mutti auch wieder ihre Arbeit als Hilfsschwester im städtischen Krankenhaus aufnehmen, das auch in der Goethestraße gleich um die Ecke lag.

Das Krankenhaus wurde für Annegret insofern auch ein bedeutsamer Ort, als das Mädchen einmal in der Woche – zumeist freitags oder samstags – seine Mutter an ihrem Arbeitsplatz besuchen durfte, um im Personalbereich das Badezimmer mit seiner weiß emaillierten Wanne zu benutzen. Das war immer ein besonderes Fest, wo doch die Waschgelegenheit zu Hause sehr beengt war und an Baden in einer richtigen Wanne schon gar nicht gedacht werden konnte.

Der Vater war den ganzen Tag über als gelernter Elektromonteur und Fernsehtechniker auf irgendeiner Baustelle beschäftigt oder auch in einem BSB Elektro-Geschäft mit Reparaturwerkstatt – BSB gleich Betrieb mit staatlicher Beteiligung – in der Nähe des Malchiner Tores an der südlichen Ringstraße. Mehrmals in der Woche durfte Annegret ihren Vati von seiner Arbeit abholen. Auf dem Weg dorthin über Teterows weiten Marktplatz kannte sie bald jeden Stein. Dass sie dabei immer am „neubarockischen“ Rathaus mit dem kleinen Glockenturm auf dem Dach vorbeimusste, gefiel ihr nicht besonders. Denn in dem großen Haus waren die „Freunde“ von der „sowjetischen Kommandantur“ – was für ein schweres Wort für ein kleines Mädchen! – untergebracht und außerdem auch noch die Polizei, die der Vati meistens nur „Vopos“ nannte – eine Abkürzung für „Volkspolizisten“ – und die er geringschätzig gerne mit Schnittlauch verglich, weil die Männer außen grün seien und innen hohl. Was das heißen sollte, begriff das Mädchen freilich noch nicht. Außerdem war es ihr strengstens verboten, mit irgendjemandem über so etwas zu reden. Die Polizisten und andere staatstreue Menschen hörten so etwas nämlich gar nicht gerne.

Auch durch das Malchiner Tor ging Annegret nicht gerne, seitdem der Vati ihr erzählt hatte, dass in diesem Gebäude bis vor etwa zwanzig Jahren das Stadtgefängnis untergebracht gewesen war. Dabei ging sie eigentlich gerne über den Marktplatz, aber nur, weil sie dann immer ein paar Momente am hübschen Hechtbrunnen verweilen konnte. Und das sowohl allein auf ihrem Hinweg, als auch auf dem Rückweg an der Hand des Vaters. Der wusste viel von dem Brunnen zu erzählen. Vati wusste, dass die gusseiserne Brunnenfigur von dem bekannten Bildhauer Wilhelm Wandschneider aus Plau am See entworfen und 1914 aufgestellt worden war. Er kannte auch viele Geschichten um den Brunnen. Am liebsten erzählte er an diesem Wahrzeichen der Stadt lustige Begebenheiten über die „Schildbürger“ von Teterow. Besonders die Geschichte von dem großen Fisch, den der nackte metallene Marktjunge auf seinen Schultern trug, musste er immer wieder erzählen.

Da hatte der Stadtfischer einmal im Teterower See einen riesigen Hecht gefangen, der aber nicht gleich sterben sollte, weil er erst später beim Schützenfest als Siegesprämie für den Königsschuss gebraucht wurde. Deshalb hatte der damalige Rat der Stadt beschlossen, dem Fisch eine Glocke anzuhängen und ihn in den See zurückzubringen. Durch das Läuten der Glocke würde man ihn ja leicht wiederfinden können. Damit das Wiederfinden noch leichter ging, sollte der Fischer in den Rand seines Bootes eine Kerbe schnitzen an der Stelle, wo er den Fisch ins Wasser zurückbrachte. – Ha, ha, ha! Waren die Schildbürger von Teterow doch dumme Leute gewesen. Als ob die Unterwasserglocke oben überhaupt zu hören wäre. Und wenn das Boot dann ganz woanders fuhr, war die Kerbe in seinem Rand doch auch ganz woanders.

Annegret hatte immer wieder großen Spaß an dieser Geschichte, die der Vati jedes Mal neu und ganz besonders lustig erzählte, allerdings immer nur dann, wenn keine „Freunde“, kein „Schnittlauch“ und keine anderen Leute in der Nähe waren. Warum das so war, wusste das Kindergartenkind freilich nicht.

Später als älter gewordenes Schulkind begriff sie nach und nach, warum Heinrich Kahle manchmal merkwürdige Dinge über die „Sowjetfreunde“, über die „Vopos“, über „Thälmann-Pioniere“ und andere Menschen und Ereignisse der Stadt aussprach, die andere Leute nicht hören sollten. Als Annegret nämlich im September 1964 in die Schule kam – die vorausgehende ärztliche Überprüfung ihrer Schultauglichkeit hatte sie bestanden –, begann für sie ein ganz neuer Ernst des Lebens.

Der erste Schultag war für neue Erstklässler in der DDR immer ein ganz besonderer Tag mit einer ganz neuen Beachtung der Jungen und Mädchen an der Schwelle des

Lebensernstes. Für Annegret Kahle war er es auch. Der inzwischen Siebenjährigen bescherte das Ereignis des 1. Septembers 1964, einem Dienstag, ein neues, festliches Kleid mit Jäckchen, neue feste Schuhe und einen schlichten, aber schönen Schulranzen, der nur leider nicht aus Leder, sondern lediglich aus einer besonders stabilen Pappe bestand, die wie Leder aussah. Einen echt ledernen hatte der Vati zu seinem großen Bedauern und Ärger leider nirgendwo auftreiben können. Seine Annegret hätte unbedingt einen solchen verdient, fand er! Zu all dem gab es eine große, bunt beklebte Schultüte mit riesiger Schleife an der Öffnung und mit allerhand schönen und süßen Sachen darin.

In der zur Aula umfunktionierten Turnhalle der POS Teterow, der Polytechnischen Oberschule am Schulkamp – auch nur wenige Minuten von zu Hause entfernt –, gab es eine Feier für die neuen Schülerinnen und Schüler mit ihren Eltern, Großeltern und weiteren Verwandten, mit Musik und Gedichten von älteren Mädchen und Jungen, mit Ansprachen des Bürgermeisters und des Schulleiters, mit Reden eines Offiziers der Nationalen Volksarmee und des Leiters einer Landwirtschaftlichen Produktionsgenossenschaft, einer LPG, draußen vor der Stadt. Diese beiden sprachen als Vertreter der „Patenbrigaden" einzelner Klassen der Schule.

Die Männer sprachen in ihren langen und aus der Sicht mancher Festgäste wohl auch langatmigen Reden über „politisch-ideologische Erziehung", über Erziehung der jungen Leute zu „allseitig und harmonisch entwickelten sozialistischen Persönlichkeiten" und zu „vollwertigen Mitgliedern der sozialistischen Gesellschaft", die sich mit ihrem Staat zu identifizieren hätten. Dazu müssten sie großes „gesellschaftliches Engagement“ einbringen. Dieses Engagement begänne selbstverständlich bereits in der ersten Klasse und hinge notwendig zusammen mit der Zugehörigkeit jedes Jungen und jedes Mädchens zu den Thälmann-Pionieren.

Annegret Kahle verstand von dem allen wenig. Ihr gefielen nur die Kinderlieder und die Gedichte. Bei den Reden der erwachsenen Männer langweilte sie sich furchtbar und sehnte sich nur danach, endlich nach Hause zu kommen und ihre Schultüte öffnen zu dürfen.

Später zu Hause sprachen die Eltern vor dem festlichen Mittagessen am Küchentisch – der Hackbraten in der Bratröhre war noch nicht „reif“ – von „geschwollenen Reden“ und „hehren Worten“, die völlig über die Köpfe der vielen Schulanfänger hinweggegangen seien.

Die Erstklässlerin hörte dem Gespräch ihrer Eltern allerdings gar nicht richtig zu. Sie beschäftigte sich viel lieber mit den neuen Stiften, mit dem kleinen Sandmann und den Süßigkeiten, die sie nacheinander aus der Schultüte hervorzog. Dann musste sie der Mutti allerdings doch zuhören, weil die sie direkt fragte: „Hast du behalten, Kind, was der Schulleiter gesagt hat über die Jungen Pioniere?“

„Habe ich, Mutti“, antwortete Annegret, „aber ich will im Dezember kein Jungpionier werden und auch keine Jungpionierin. Oder muss ich das?“

„Nein, du musst nicht Jungpionier werden“, erwiderte der Vati. „Es heißt übrigens nur Pionier, ob Mädchen oder Junge, und der Aufnahmetermin für Jungpioniere ist immer der 13. Dezember, wegen des Gründungstages der Freien Deutschen Jugendbewegung 1948. – Aber warum willst du das Halstuch nicht tragen?“

„Es gefällt mir nicht, mit so einem Tuch am Hals herumzulaufen. Da muss man dann auch zu solchen Appellen oder wie das heißt, und zu Pionierveranstaltungen. Hat mir Hans aus dem Nachbarhaus erzählt. Der ist ein Jungpionier mit Hemd und Halstuch."

„Das ist gut, dass du selbst Nein sagst zu dem Halstuch, Kind", stimmte die Mutter zu. „Wir würden das für dich auch nicht wollen."

„Und warum wollt ihr das nicht?", fragte Annegret nun doch nach.

„Weil das für uns zu politisch ist, Kind", erklärte Laura Kahle. „Wir sind Christenleute und wir halten uns zu unseren Gemeinden. Vati hält sich mehr zu den Lutherischen in der Kirchgemeinde der Stadtkirche, ich halte mich mehr zu den Baptisten in der Niels-Stensen-Straße. Wir lieben Jesus, wie wir es schon als Kinder gelernt haben, und wir ehren Gott, den Vater im Himmel. Die Pioniere müssen aber lernen, dass es Gott gar nicht gibt und dass der Mensch sein Leben selber bestimmen und sich selber erlösen kann durch seine eigene Kraft und durch die starke Kraft des Kollektivs, wie das heißt."

„Was ist ein Kollektiv?", wollte Annegret wissen.

„Ein Kollektiv ist eigentlich eine Mannschaft wie zum Beispiel beim Fußball", erklärte Heinrich Kahle. „Aber wenn in unserem sozialistischen Staat vom Kollektiv gesprochen wird, dann meinen die SED-Funktionäre, das heißt die wichtigen Parteileute, eine große oder kleine Gruppe von Menschen, die gemeinsame Interessen haben und die gleichen Rechte und Pflichten. Die Sache hat nur den Haken, dass die Leute keine eigenen Interessen haben dürfen, sondern dass die einzige führende Partei in unserem Arbeiter-und-Bauern-Staat, die SED, festlegt, wofür sich die Leute interessieren dürfen. – Aber das ist für dich noch ein bisschen schwer zu verstehen, Kind."

„Du wirst in deiner Schulzeit noch viel dazulernen müssen", ergänzte die Mutti, „und du wirst es auch zu spüren bekommen, wenn du das Halstuch nicht trägst. Du bist vielleicht das einzige Kind in deiner Klasse, das kein Halstuch trägt. Die andern Kinder werden deshalb vielleicht mit Fingern auf dich zeigen und dumm über dich reden. Vielleicht wollen sie auch gar nichts mit dir zu tun haben. Möchtest du das?"

„Das weiß ich nicht, ob ich das möchte", gab Annegret ein wenig nachdenklich zurück. „Ich glaub auch nicht, dass das so sein wird. Ich vertrag mich doch mit allen, na ja, mit fast allen, die ich vom Kindergarten kenne. Da hatten wir nur selten Streit miteinander. Ich weiß nur, dass ich das Halstuch nicht tragen will. Muss ich das in der Schule selber sagen?"

„Nein, das musst du nicht, Kind", beruhigte die Mutter. „Darum kümmern wir uns. Wir melden dich rechtzeitig für die Veranstaltung am 13. Dezember ab. Und damit ist der Fall erledigt. – Und jetzt wünsche ich dir einfach noch einmal eine gute und erfolgreiche Schulzeit unter dem Segen Gottes."

„Ich wünsche dir dasselbe, Schatz", schloss sich der Vater an. „Du wirst das schaffen, was die Schule von dir verlangt. Wenn du immer gut bei der Sache bist im Unterricht und fleißig lernst, wird alles gut sein – und jetzt geht es ran an den Hackbraten, ehe der denkt, wir wollten ihn nicht."

Die ersten Wochen und Monate in der Schule verliefen für Annegret Kahle erfolgreich und zu aller Zufriedenheit. Das Mädchen hatte bald seinen Platz in der Klasse gefunden, hatte unter Jungen und Mädchen alte Freundschaften erhalten und neue Freunde gewonnen und wurde auch von der Lehrerin, Frau Kroll, angenommen. Dann aber kam der Tag, der Annegrets Stellung in der Klasse erheblich veränderte.

Der 13. Dezember 1964 war zwar ein Sonntag, dennoch fand in der Polytechnischen Oberschule Teterow die Aufnahme der Jungpioniere aus den neuen Klassen 1 statt, freilich, wie in der Familie Kahle verabredet, ohne Annegret. Das Mädchen saß daher am folgenden Vormittag als einzige Schülerin ohne Halstuch an seinem Platz. Es gab allerdings auch einen Jungen ohne Halstuch: Kurt. Seine Eltern hielten sich ebenfalls zur Kirche. Sie hatten aus demselben Grund wie Kahles von der Freiwilligkeitsregel Gebrauch gemacht und ihren Sohn von der Aufnahmeveranstaltung in der Schulaula abgemeldet. Annegret hatte also wenigstens einen Gesinnungsgenossen in der Klasse.

An diesem Montagmorgen begrüßte zum ersten Mal ein Junge der Klasse die Lehrerin mit „Pioniere, Achtung! – Frau Kroll, ich melde, die Klasse 1c ist zum Unterricht bereit! Es fehlt niemand." Dabei standen alle anderen, wie das bisher auch schon so gewesen war, stramm neben ihren Sitzplätzen.

Frau Kroll antwortete in ebenfalls strammer Haltung und mit zackiger Stimme: „Für Frieden und Sozialismus, seid bereit!"

Darauf antwortete die Klasse mit dem Pioniergruß und einem lauten kräftigen „Immer bereit!". Zum Pioniergruß hielten die Kinder ihre rechte flache Hand über dem Kopf, sodass der Daumen nach unten zeigte und der kleine Finger nach oben.

Nach dieser kleinen Zeremonie durften sich die Kinder endlich setzen. Selbstverständlich hatten auch Annegret und Kurt neben ihren Plätzen gestanden, freilich ohne sich am Morgengruß zu beteiligen.

„Und jetzt unser Morgenlied“, kam von der Lehrerin die Aufforderung zum gemeinsamen Singen. An diesem Morgenritus konnten Annegret und Kurt sich unbedenklich beteiligen. Und so sangen sie fröhlich mit, während die Lehrerin auf der Gitarre begleitete:

„Hell scheint die Sonne und leicht ist unser Schritt,
froh ist der Schlag unsrer Herzen.
Zieht doch die Freude an unsrer Seite mit,
Singen und Lachen und Scherzen!

Siehst du die Lerche dort unterm Himmelszelt?
Fliege mit ihr in die Fernen:
fliege mit ihr über Berg und Tal und Feld,
hoch zu dem Mond und den Sternen.

Heimat, o Heimat, wie bist du doch so schön,
liegst du zu unseren Füßen;
wenn wir voll Staunen durch deine Fluren gehen,
will jeder Schritt dich begrüßen.“ *

Nach dieser Strophe klappte Frau Kroll die Tafel auf und es erschienen weitere Worte zu dem gesungenen Lied. „Dieser Text ist der Refrain, der Kehrvers unseres Liedes. Wir singen ihn ab heute nach jeder Liedstrophe, wie das bei Kehrversen so ist. Denn ihr seid ja seit gestern Jungpioniere. Ich singe ihn euch vor, ihr lest den Text mit, so gut ihr das schon könnt. Ihr hört den Text mit und nehmt die Melodie auf. Bitte.“

---

* *Hell scheint die Sonne* (Richter/Hart) © Friedrich Hofmeister Musikverlag GmbH, Leipzig

Die Lehrerin griff wieder in die Saiten ihrer Gitarre, sang den Vierzeiler zweimal vor und forderte dann auf mitzusingen. Die Erstklässler hatten Text und Melodie tatsächlich rasch erfasst, und so füllte der Gesang der Kinder wieder den Raum:

„Pioniere, voran, lasst uns vorwärts gehn,
Pioniere, stimmt an, lasst die Fahnen wehn!
Unsre Straße, sie führt in das Morgenlicht hinein.
Wir sind stolz, Pioniere zu sein.“

„Und jetzt das ganze Lied noch einmal“, forderte die Lehrerin. „Auf jede Strophe folgt der Refrain. – Ach ja“, unterbrach sich Frau Kroll, „Annegret und Klaus, ihr beide singt natürlich nur die Strophen, wie bisher auch immer. Der Kehrvers ist nur für die Jungpioniere. Ihr seid ja nun mal keine. – Und jetzt bitte, wie gesagt, das ganze Lied, wie es gehört.“

Annegret und Kurt warfen sich einen kurzen Blick zu, als wollte einer dem anderen sagen: „Auf den Refrain können wir gerne verzichten. Und wir halten gegen die Übermacht der Jungpioniere zusammen.“

Das mussten die beiden allerdings auch, denn in den Pausen gab es manche Sticheleien der Halstuchträger gegen die beiden, die in der Dezemberkälte „nur“ ganz normale Schals trugen. Die hielten aber wenigstens warm, was die Jungpioniere von ihren Tüchern wohl kaum sagen konnten. Aber die trugen ihren Textilschmuck ja auch nicht regelmäßig, sondern an diesem Montag, weil der der erste Jungpionierschultag mit der Einführung des Morgenlied-Refrains war. Den konnten sie künftig auch singen, ohne das

Jungpioniertuch zu tragen, das nur zu besonderen Anlässen angelegt wurde.

Frau Kroll ersparte sich an diesem Montag und auch danach weitere Hinweise darauf, dass zwei Kinder ihrer Klasse anders dachten als die übrigen – weil ihre Eltern anders dachten als die meisten Eltern. Für die Lehrerin hatte das Freiwilligkeitsprinzip in dieser Sache offenbar Bedeutung.

Frau Kroll achtete auch darauf, dass die Sticheleien gegen die beiden Nichtpioniere nicht überhandnahmen. Sie erinnerte ihre Klasse immer wieder einmal an das fünfte und siebte Pioniergebot aus der langen Liste, die die Halstuchträger inzwischen auswendig gelernt hatten: „Wir Jungpioniere lernen fleißig, sind ordentlich und diszipliniert" und: „Wir Jungpioniere sind gute Freunde und helfen einander." Das gelte auch gegenüber Kindern, die – warum auch immer – nicht Jungpioniere geworden seien. Annegret und Kurt seien deswegen ja keine schlechteren Menschen. Und so ebbten die Sticheleien dann auch nach und nach ab, und das Miteinander der Kinder im Unterricht, auf dem Schulhof und auf dem Schulweg normalisierte sich wieder.

Dennoch braute sich ein paar Wochen später über dem kleinen, inzwischen bezopften Kopf von Annegret Kahle so etwas wie ein Wintergewitter zusammen, in dem das Mädchen gegen Gerede kämpfen musste, mit dem es überhaupt nichts anfangen konnte.

Es begann nach den Weihnachtsferien, dass Annegret von manchen Jungen und Mädchen ihrer Klasse merkwürdig angeschaut wurde. Immer wieder tuschelten kleine und auch größere Grüppchen untereinander und tauschten irgendwelche Neuigkeiten und Wichtigkeiten aus, in denen es um ihre Mitschülerin Annegret gehen musste. Wenn die sich nämlich einem solchen Grüppchen näherte, hörte das Reden sofort auf und die Kinder gingen auseinander, um später erneut die Köpfe zusammenzustecken. Auch im Unterricht gab es immer wieder merkwürdige Seitenblicke und Gemurmel, wenn Annegret einmal dran war, etwas vorzulesen, vorzurechnen oder vorzutragen.

„Was haben die nur gegen mich?“, wollte Annegret schließlich von Kurt wissen, als in einer großen Pause wieder ein Haufen Jungen und Mädchen ihrer Klasse zusammenstand und mittendrin jemand eine große Rede hielt.

Kurt, der sich meistens von den Schwätzern fernhielt, antwortete merkwürdig: „Ich weiß es, aber ich sage es dir nicht. Die sind nämlich alle blöd und dumm, und ihr Gerede ist noch blöder und noch dümmer.“

„Und was ist das für ein blödes, dummes Gerede über mich?“, bohrte Annegret nach.

„Warte ab. Sie werden's dir schon sagen“, wehrte sich Kurt gegen eine eigene Antwort.

„Ich will's aber jetzt wissen, Kurt“, drängte das Mädchen und fasste den Jungen an seiner Jacke.

„Na gut, wenn du denn unbedingt keine Ruhe gibst“, lenkte der Freund ein. „Sie reden über deine Eltern.“

„Und was reden sie über meine Eltern? Die kennen sie doch kaum. Meine Eltern haben niemandem etwas Böses getan.“

„Sie sagen, deine Eltern seien sehr alt, viel zu alt für dich, und – und – und du könntest gar nicht ihr – gar nicht ihr richtiges Kind sein“, kam es gestottert hervor.

„Blödsinn! Ist doch dicker Blödsinn!“, wehrte sich das Mädchen gegen diese seltsame Aussage. Annegret wurde äußerst erregt: „Natürlich sind meine Eltern meine Eltern.

Welche Leute sollen denn sonst meine Eltern sein? Wirklich blödes, dummes Geschwätz, was die halten!" Annegret besann sich einen Moment, als vollziehe sie die Zeitrechnung der anderen innerlich nach. Dann setzte sie ein entschlossenes Gesicht auf, ballte die kleinen Fäuste und stieß hervor: „Ich werd es ihnen zeigen, einen solchen Unsinn zu quatschen! Ich stopfe denen das Maul."

„Lass das lieber", warnte der Junge. „Du kommst gegen die zusammen nicht an."

„Das will ich jetzt doch sehen", ließ Annegret sich nicht zurückhalten und stampfte festen Schrittes auf die Gruppe zu, in der Hans, der Zweitklässler aus dem Nachbarhaus, offenbar der Wortführer war. Wieso eigentlich einer aus der zweiten Klasse unter den Erstklässlern?, ging es Annegret durch den Kopf, und wieso eigentlich Hans, mit dem sie sich doch bisher gut verstanden hatte? Egal, ob Hans oder jemand anderes, Annegret wollte wissen, was die gegen ihre Eltern und damit auch gegen sie zu reden hatten.

Das Mädchen kam aber gar nicht dazu, seine Frage loszuwerden. Ein paar Kinder aus der Gruppe begannen sofort zu rufen: „Hau ab, du aufgelesene Halstuchverweigerin. Wir brauchen dich hier nicht." Ein paar andere schrien ihr entgegen: „Bleib, wo du bist, Fundsache!" Wieder andere riefen: „Findling! Findling! Von uns gibt's keinen Pfifferling!" Dann bekam Annegret noch einen Spruch zu hören, den sich jemand aus der Meute für diese Gelegenheit ausgedacht hatte: „Findelkind, Findelkind, Findelkinder bringt der Wind."

Zutiefst erschrocken brach Annegret ihr Vorhaben ab und blieb für einen Moment stehen. Dann drehte sie sich auf dem Absatz herum und ging mit gesenktem Kopf zu

Kurt zurück. Was riefen die da alle miteinander und durcheinander und hörten nicht damit auf? Was bedeuteten „Findelkind“, „Findling“, „Fundsache“ und „aufgelesene Halstuchverweigerin“? Eine passende Antwort fiel dem Mädchen nicht ein. Die merkwürdigen Ausdrücke machten Annegret betroffen. Sie taten ihr weh. Das „Halstuchverweigerin“ kannte sie ja bereits seit den Tagen nach dem 13. Dezember, aber „aufgelesene Halstuchverweigerin“? Sie war doch als Kind nirgendwo „aufgelesen“ worden wie etwas, das jemand anderes weggeworfen hatte? Eine „Fundsache“ war etwas, was jemand gefunden hatte, weil es jemand anderes zuvor irgendwo verloren oder vergessen hatte. Und ein „Findling“ war ein großer Stein, den die Eiszeit vor vielen Jahren von irgendwo im Norden hergebracht und dann liegen gelassen hatte. Ein „Findelkind“ war eins, das seine Mutter oder seine Eltern irgendwo hingelegt oder liegen gelassen hatten, damit irgendjemand es fand. Das alles hatte sie bereits gelernt. Aber sie, das Mädchen Annegret Kahle, eine „aufgelesene Fundsache“ und ein „Findling“ oder ein „Findelkind“? Warum sagten ihre Klassengenossen über sie solche Wörter? Was wussten die, was sie nicht wusste? „Seid endlich still, ihr Blödköpfe!“, rief sie ihnen ärgerlich über die Schulter zu und drohte ihnen mit der kleinen Faust.

„Weißt du, was die mit solchen Wörtern wollen, Kurt?“, fragte sie ihren Freund, als sie wieder bei ihm stand. Die Schreihälse waren inzwischen tatsächlich still geworden und schauten neugierig zu den beiden herüber. Vielleicht waren sie aber nur deshalb still, weil der aufsichtführende Lehrer sich zu ihnen gestellt und ihnen wohl geboten hatte zu schweigen.

Kurt wusste keine Antwort. „Ich weiß nur, dass jemand

es mitgebracht hat – ich glaube der Hans –, deine Eltern könnten nicht deine Eltern sein, weil sie bald sechzig sind und du erst sieben. Und mit über fünfzig kriegt eine Frau keine Kinder mehr. Das haben wir schon im Kindergarten gelernt. Also müssen deine Eltern dich irgendwo hergeholt, also aufgelesen haben. Das stimmt doch, oder?"

„Hm, aber", sinnierte Annegret, rieb sich dabei die Nase und schaute Kurt aus traurigen Augen an, „warum wissen die das und ich weiß nichts davon? Dann müsste ich ja vorher andere Eltern gehabt haben. Ich weiß aber nichts von anderen Eltern. Ich weiß nur etwas von meinen Eltern Laura und Heinrich Kahle. Und ich heiße doch auch Annegret Kahle!"

„Keine Ahnung, Annegret. Frag nachher deine Eltern", riet Kurt, „die müssen es doch wissen, woher sie dich haben. Ob du ihr richtiges Kind bist oder ein Findelkind. Und dann sagst du mir morgen Bescheid. Ich will das nämlich jetzt wissen, ob die Schreihälse recht haben oder ob sie dich wieder nur ärgern wollen wegen dem Halstuch, das du nicht trägst."

„Dann haben sie gegen dich wohl nichts gefunden, weshalb sie …"

„Meine Eltern sind jung", konnte Kurt antworten. „Die sind gerade über dreißig. Die könnten die Kinder von deinen Eltern sein."

Annegret seufzte ein paarmal leise auf und zeigte wieder ein entschlossenes Gesicht: „Sei jetzt still davon. Ich frage meine Eltern heute beim Abendessen und morgen sage ich dir Bescheid." Gut, dass die Pausenglocke gerade jetzt ertönte und die nächste Unterrichtsstunde begann.

Am nächsten Morgen wusste Annegret nicht mehr als am Tag zuvor. Ihre Eltern hatten ihr keine verständliche Antwort auf ihre Fragen gegeben. Sie waren sogar entsetzt gewesen über die merkwürdigen Fragen ihrer Tochter. Das Rätsel, wieso eine Frau im Alter von mehr als fünfzig Jahren noch ein Kind bekommen konnte, war ohne Lösung geblieben.

Laura und Heinrich Kahle waren in deutlicher Verärgerung über Annegrets Fragen sogar so weit gegangen, ihr für die Zukunft jede weitere Frage zu dieser Sache zu verbieten. Solche Fragen seien außerdem gefährlich und könnten böse Folgen für Vati, Mutti und Tochter haben. Vatis Worte hatten sehr streng geklungen, als er abschließend festgestellt hatte, es bleibe dabei: Er, Heinrich Kahle, sei der Vater, seine Frau Laura sei die Mutter und Annegret sei und bleibe ihr Kind. Auf das dumme Geschwätz, wenn es denn wieder aufkäme, solle sie einfach gar nicht hören und schon gar nicht darauf reagieren. Punkt und Schluss! Außerdem werde die Mutti als Mitglied des Elternkollektivs mit Frau Kroll darüber reden, dass die den anderen Kindern solches unsinnige Reden verbieten solle.

Kurt musste sich am nächsten Tag mit dem abfinden, mit dem Annegret auch zufrieden sein musste: Sie hatte keine einsichtige und nachvollziehbare Antwort bekommen. Das Mädchen war sich seit dem Tischgespräch am Abend allerdings sicher, dass ihre Eltern nicht ihre leiblichen Eltern sein konnten. Die hatten das zwar nicht zugegeben oder bestätigt, aber es konnte ja wohl nicht anders sein. Sie mussten sie tatsächlich irgendwo als „Findelkind aufgelesen“ haben, als sie noch so klein gewesen war, dass sie sich nicht daran erinnern konnte.

In ihrer großen persönlichen Verunsicherung nach dem Schulhofereignis und den vergeblichen Fragen an die Eltern nahm sich die siebenjährige Annegret vor: In einigen Jahren, wenn sie älter geworden wäre und die Möglichkeiten dazu hätte, würde sie sich auf die Suche machen nach ihren wirklichen Eltern, nach sich selbst und nach ihrer frühen Lebensgeschichte. Irgendwann würde sie Antworten finden, koste es, was es wolle.

Geheimnisvolle Papiere

Dann aber war es doch so, dass die nächste Zeit die Frage des kleinen Mädchens zunächst einmal in den Hintergrund drängte. Ihre Mitschüler hörten auf, sie mit „Findelkind“ oder ähnlichen Bezeichnungen zu hänseln. Vielleicht deshalb, weil Annegret sich solchem Gehänsel gegenüber stur stellte und nicht mehr darauf reagierte. Es mochte aber auch eine Folge dessen sein, dass die Mutti mit Frau Kroll gesprochen und Frau Kroll der Klasse einen Vortrag gehalten hatte darüber, wie ordentliche Kinder im Sozialismus miteinander umgingen, um die Pioniergebote einzuhalten. Die verlangten nun einmal, im Umgang miteinander Respekt und gegenseitige Achtung zu leben. So ließ es sich ja auch tatsächlich leichter miteinander auskommen.

Annegret ihrerseits verschaffte sich durch ihr eigenes Verhalten und durch ihre guten Leistungen in der Schule den Respekt, den sie brauchte, um als Nichtpionierin und heranwachsendes Mädchen seine Tage leben und gestalten zu können. Vor allem im Sport wusste sie zu glänzen. Da war sie eine der Tüchtigsten und Besten, da erfuhr sie Beachtung und Anerkennung. Im Miteinander ihrer Klasse gab es also lange Zeit keine nennenswerten Probleme.

Dagegen war das Verhältnis zu ihren „alten“ Eltern seit jenen Januartagen 1965 ein wenig abgekühlt. Die Offenheit und die warme Herzlichkeit der bisherigen Zeit bei ihren Adoptiveltern war verloren gegangen und einem eher kühlen und formalen Umgang miteinander gewichen. Das hieß nicht, dass Annegret sich bei ihren Eltern nicht mehr wohlgefühlt hätte. Die taten alles für ihr Kind, was in ihren Möglichkeiten stand. Sie taten es auch, um ihm Ersatz zu bieten für manche Abwechslung, die die Jungpioniere bei ihren häufigen Treffen und Aktionen drinnen und draußen erleben konnten und die Annegret vorenthalten blieben.

Sie erlaubten dem Mädchen immer wieder einmal, mit anderen Kindern in der Goethestraße zu spielen, mit ihnen in der Umgebung des Hauses herumzustromern und Verstecken und Fangen zu spielen. Allerdings unter strenger Beachtung bestimmter Verhaltensregeln – Sauberkeit, Pünktlichkeit, Unversehrtheit der Kleidung. Manchmal durfte Annegret auch Kurt besuchen, der in einem anderen Stadtteil in der Nähe des Bahnhofs wohnte, um mit ihm Hausaufgaben zu machen und auch je nach Wetter drinnen oder draußen zu spielen. Kurt war ein lieber Junge, den Annegret sehr mochte und mit dem sie gerne zusammen war.

Gelegentlich machten Heinrich und Laura Kahle mit Annegret schöne Spaziergänge entlang der Peene, die als kleiner Fluss die Stadt durchzog und jenseits des Mühlenteichs in den See mündete. Der hatte seinen Namen nach dem historischen Städtchen und war durch seine Burgwallinsel, auf der früher einmal Slawen gewohnt hatten, weit über die Region hinaus bekannt und ein beliebtes Ausflugsziel. Eltern und Kind machten auch Ausflüge mit dem Bus in die hügelige, seenreiche Umgebung ihrer Stadt, mit Wandern und einem Picknick im Freien oder mit einer Einkehr in irgendeinem Lokal.

Sie fuhren auch mit ihr per Bahn nach Rostock mit seinem aufregenden Hafen und weiter hinaus nach Warnemünde mit seinem breiten Badestrand. Das begeisterte Annegret. Die Kahles reisten sogar einmal nach Berlin, in die Hauptstadt der DDR, um sich dort auf dem Alexanderplatz und seiner Umgebung umzusehen und dabei über den neuen „Telespargel" zu staunen. 368 Meter war der Fernsehturm mit seiner riesigen Kugel hoch, am 3. Oktober 1969 vom großen Staatsratsvorsitzenden Walter Ulbricht eingeweiht als „ein Meisterstück für die Republik" und als ein großes und sehr bedeutsames „Symbol sozialistischer Leistung". Annegrets Wunsch, mit einem der Spargel-Aufzüge doch einmal auf den Turm hinaufzufahren oder gar die 986 Stufen hochzusteigen, um das Panorama der Stadt und besonders den Blick auf Westberlin zu genießen, wurde von den Eltern strikt abgelehnt. Vielleicht später einmal, meinten sie. Für das eine sei kein Geld da – außerdem sei die Warteschlange viel zu lang – und für das andere seien sie zwei alte Menschen doch wohl nicht mehr kräftig genug.

Der Blick aus der Straße Unter den Linden hinüber auf das Brandenburger Tor – nur möglich mit gebührendem Abstand – und auf die Betonmauer, die Walter Ulbricht im August 1961 als „antifaschistischen Schutzwall zur Sicherung der Westgrenze der DDR" hatte bauen lassen, und der Anblick der vielen uniformierten Menschen davor – Armeeangehörige und Vopos – ließ die Hauptstadtbesucher ein wenig frieren: Die frühere Verbindung nach Westberlin war richtig zugemauert. Man durfte sich als Bürger der DDR nicht einmal diesem „Schutzwall" nähern, um ihn genauer zu betrachten!

„Das nennt man sozialistische Freiheit", hörte Annegret ihre Mutti dem Vati zuraunen. Die beiden unterhielten sich beim Schauen leise und fast flüsternd auch noch über „Agenten, Revanchisten und Militaristen" und über „ungesetzlichen Grenzübertritt" – die Begriffe kannte Annegret aus der Schule, aber sie konnte hier bedauerlicherweise nur Bruchstücke und Wortfetzen verstehen. Nachfragen beantworteten die Eltern leider nicht. Sie verstünden selbst nicht genau, warum ihr Berlin, die Hauptstadt der DDR, durch eine Mauer gegen die Menschen in Westberlin geschützt werden müsse wie die Tierparkbesucher in Lichtenberg gegen die Raubtiere. Annegret hakte dann auch nicht nach, wie meistens, wenn sie den Eindruck hatte, die Eltern wollten über eine Sache nicht weiter reden.

Alles in allem gaben sich Heinrich und Laura Kahle viel Mühe, ihre Tochter bei Laune zu halten und es mit ihrer unsozialistischen christlichen Erziehung richtig zu machen. Das alles vielleicht vor dem Hintergrund eines schlechten Gewissens, dem Mädchen seine tatsächliche Herkunft letztlich vorzuenthalten und es ihm und seiner Zukunft zu überlassen, Antworten auf seine offenen Lebensfragen zu suchen und zu finden.

In der Baptisten-Gemeinde der Mutti hatte das Mädchen einen guten Anschluss, wenn auch die Kindergruppe klein war, die sich zu eigenen Stunden im baptistischen

Gemeindehaus zusammenfand. Dagegen war der Kontakt in die Kirchgemeinde St. Peter und Paul für die Kahles ein eher lockerer, weil der Vati seine Zugehörigkeit zur lutherischen Kirche nicht im selben Maße ernst nahm wie die Mutti die ihre zu den Baptisten. Da gab es höchstens gelegentlich den gemeinsamen Gottesdienst am Sonntagmorgen. An anderen Veranstaltungen im Gemeindehaus beteiligte sich die Familie nur bei ganz besonderen Anlässen.

Wenn dagegen in der Niels-Stensen-Straße etwas los war, dann waren zumindest Laura Kahle und ihre Tochter dabei; Heinrich Kahle ging ganz selten mit in die freikirchliche Gemeinde. Der Mutti war es wichtig, dass ihre Annegret die Grundlagen des christlichen Glaubens lernte, von denen in der Schule keine Rede war, und wenn doch, dann nur sehr polemisch, verspottend und ablehnend. Das Kind sollte sich einmal bewusst für Jesus, den Heiland und Erlöser, entscheiden können. Dazu brauchte es aber ein gutes Wissens- und Glaubensfundament. Das zu gewinnen, war das Mädchen offen und an geistlichen Themen sehr interessiert – vielleicht in der unbewussten Tradition dessen, was die frommen Schwestern im Clara-Dieckhoff-Haus in Güstrow bereits mit Erzählen, Vorlesen, Singen und Beten in seine Kinderseele hineingelegt hatten.

Von daher kam es dann wohl auch, dass Annegret eines Tages die Frage nach ihrer eigenen Taufe stellte, nachdem in der Kinderstunde in der Niels-Stensen-Straße über Taufe gesprochen worden war und sie bei einem gemeinsamen Gottesdienstbesuch mit dem Vati in St. Peter und Paul eine Tauffeier miterlebt hatte. Zum Leidwesen des Mädchens gab es von den beiden erwachsenen Leuten am Abendbrottisch keine ernsthafte Antwort auf diese Frage, die ihm jetzt gerade wichtig war. Wieso eigentlich nicht? Wieso stotterten die Eltern auch jetzt wieder so merkwürdig herum und lenkten schließlich von der eigentlichen Frage völlig ab? Annegret gab es schließlich auf, weitere forschende Fragen zu stellen, und sie war richtig froh, dass die Eltern ihr erlaubten, die Stiege hinauf in ihr Zimmer zu gehen.

Auf der Bettkante in ihrem Mansardenstübchen machte sie sich dann allerdings weiter ihre Gedanken. Merkwürdig erschien es Annegret schon, wieso Eltern sich nicht daran erinnern konnten, ihr Kind in der St.-Peter-und-Pauls-Gemeinde zur Taufe gebracht zu haben, wie doch wohl alle Eltern das machten, die zur lutherischen Gemeinde gehörten. Hatten Vati und Mutti auch hier etwas zu verbergen, worüber sie nicht reden konnten, wollten, durften …? Freilich konnte Annegret nicht wissen, dass ihre Adoptiveltern die Frage nach ihrer Taufe doch gar nicht beantworten konnten, hatten sie doch selbst keine Informationen darüber, ob die frommen Zehlendorfer Schwestern seinerzeit in Güstrow vielleicht …

Für die Leitung der Teterower Baptistengemeinde war die wahrscheinlich fehlende Taufe Annegrets kein Problem, wurde doch bei ihnen ohnehin die Kindertaufe nicht anerkannt und nur die sogenannte Glaubenstaufe durchgeführt. Das bedeutete, dass der Täufling ein gläubiger erwachsener Mensch war, der vor dem Untertauchen im Taufbecken angesichts der versammelten Gemeinde ein persönliches Bekenntnis seines Glaubens an den dreieinigen Gott und seiner Zugehörigkeit zu Jesus Christus ablegen musste.

Freilich hatte der Pastor der lutherischen Gemeinde die Taufe der Tochter seines Kirchenmitglieds Heinrich

Kahle angemahnt, weil eine Annegret Kahle im Taufregister leider nicht aufzufinden sei. Also habe es offenbar keine Taufe als Säugling oder Kleinkind gegeben. Wenn das Mädchen in die Evangelisch-Lutherische Kirche aufgenommen werden sollte, dann müsse oder solle die Taufe der Ordnung halber nachgeholt werden, auch als notwendige Voraussetzung einer späteren Konfirmation. Für eine Taufe des neunjährigen Mädchens käme Sonntag, der 25. September, infrage, der erste Taufsonntag nach den Sommerferien. Der Pastor hatte noch gemeint, es sei sicher ein gutes christliches Zeichen in der sozialistischen Zeit, wenn Menschen, die sich zur Kirche hielten, sich auch in die Ordnungen der Kirche einfügten.

Als dann die Eltern die Tauffrage am Tisch noch einmal von sich aus ansprachen, war das für Annegret dann ein interessanter Gedanke, hätte sie durch die Taufe gegenüber den gleichaltrigen Jungpionieren doch ... Ja, was hätte sie denn? Sie wusste es selbst nicht so recht, und die Eltern konnten es ihr auch nicht erklären. Egal, was sie dann hätte. Jedenfalls gehörte sie dann schon einmal zu der Kirche, zu der der Vati gehörte. Und warum sollte sie nicht zu Vatis Kirche gehören? Eine Taufe bei den Baptisten käme ja ohnehin erst in ein paar Jahren infrage.

Mehr Gedanken machte Annegret sich dann aber nicht mehr über diese Sache. Ohne weitere Diskussionen mit den Eltern akzeptierte sie den vorgeschlagenen Tauftermin und spürte sogar so etwas wie Vorfreude auf das bevorstehende besondere Ereignis.

Vorher aber gab es allerdings im August 1966 noch jene verhängnisvolle Reise der Eltern nach Hannover, ins westdeutsche Bundesland Niedersachsen. Diese Stadt war sogar im Straßenatlas aufzufinden, wenngleich das Gebiet der Bundesrepublik oder der BRD, wie die Gebiete jenseits der Staatsgrenze West der DDR amtlich genannt wurden, nur als weiße Fläche mit wenigen Städten an den großen Autobahnen und Durchgangsstraßen wiedergegeben war. Annegret war als inzwischen neun Jahre altes Mädchen nach der Ansicht ihrer Eltern in der Lage, eine Zeit lang ohne sie zu bleiben. Tante Trude, zu der das Mädchen schon lange eine gute Beziehung hatte, sei ja da und würde sich um die notwendige Versorgung kümmern. Die Schule böte ein gutes Ferienprogramm, sodass die Tage für Annegret abwechslungsreich gefüllt seien. Für die Nächte könne die künftige Drittklässlerin bei Tante Trude sein oder auch zu Hause im eigenen Bett schlafen. Das solle sie selbst entscheiden oder mit der Tante absprechen. Das alles ließe sich arrangieren und solle nicht zum Problem werden.

Also stellte Heinrich Kahle – der Elektromonteur und Fernsehtechniker war inzwischen 63 Jahre alt, seit einigen Monaten gesundheitlich nicht mehr auf der Höhe und auch deshalb vor ein paar Wochen in Rente gegangen – trotz des wiederholten heftigen Widerspruchs der Tochter für sich und seine Frau Laura bei der zuständigen Polizeibehörde einen Antrag auf Genehmigung einer vierwöchigen Besuchsreise zu Westverwandten in Hannover.

Dem Antrag wurde stattgegeben, konnten die Behörden doch davon ausgehen, dass die Eheleute keine Republikflucht riskieren und damit die Existenz ihrer minderjährigen Adoptivtochter gefährden würden. Sie würden also mit hoher Sicherheit von ihrer Westreise in die DDR zurückkommen.

Und so überquerten Heinrich und Laura Kahle per Bahn zwischen den Grenzbahnhöfen Marienborn und Helmstedt die Staatsgrenze der DDR hinüber nach Westdeutschland, um dort eine ganz anders ausgerichtete und gestaltete Welt kennenzulernen …

Annegret verbrachte derweil die ersten Wochen ihrer Sommerferien ohne die Eltern im Heimatstädtchen Teterow und in seiner näheren Umgebung. An den Wochentagen nahm sie tagsüber von morgens bis zum Nachmittag mit Begeisterung – na ja, je nach Programm mit mehr oder weniger Begeisterung – an den Aktionen der schulischen Ferienspiele teil. Wenn da doch nur nicht immer die Lehrer dabei gewesen wären! Das ging aber wohl nicht anders. Dafür war das Programm gut und abwechslungsreich.

Es gab Wanderungen in die Teterower Heidberge mit der Gelegenheit, wild rasenden Motorradfahrern beim Training auf dem Bergring zuzuschauen, der berühmten Grasbahn für den Motorsport. Das war zwar mit einigem Lärm verbunden und von erheblichem Gestank begleitet, aber dafür spannend, fand Annegret. Manchmal konnte man sich an den Boxen, wie die Rennfahrer ihre kleinen, werkstattähnlichen Unterstände nannten, mit ihnen unterhalten und ihnen beim Schrauben an ihren Maschinen zuschauen. Und wenn die Männer in ihrer Lederkleidung dann von den großen internationalen Rennen erzählten, die jedes Jahr zu Pfingsten auf diesem Gelände stattfanden, dann war das noch einmal spannend und interessant.

Dann machten sie Wanderungen an den Teterower See mit Spielen am und im Wasser und mit lustigen Bootsfahrten hinüber zur Burgwallinsel. Wöchentlich gab es aufregende Kinovorstellungen mit lustigen Kinderfilmen wie die „Abenteuer des Till Ulenspiegel“ und „Die Geschichte des kleinen Muck“ und mit dem ganz neuen Film über den Lausbub und Pechvogel „Alfons Zitterbacke“. Das war so richtig etwas für ein Kindergemüt!

Die beiden Filme über Ernst Thälmann, den „Sohn seiner Klasse“ und den „Führer seiner Klasse“ waren dagegen eher langweilig und sollten wohl der staatspolitischen Bildung der Jungpioniere dienen.

Wenn das Wetter draußen nicht gut war, gab es auch Spiel- und Bastelnachmittage in den Räumen der Schule. Und natürlich alle möglichen Spiele auf dem Schulhof und richtige Wettkämpfe auf dem Sportplatz. Das fand Annegret auch deshalb immer gut, weil sie häufig als eine der Ersten oder gar als Siegerin auf dem Podest stand.

Zu all dem bekamen die „Ferienkinder“ an jedem Tag ein gutes Mittagessen aus der Schulküche oder Wanderproviant und zum Abschluss des Tages immer ein Stück Kuchen mit einer Tüte Kakaomilch.

Der jeweilige Rest des Tages war dann freilich weniger interessant für Annegret, wenn sie keine anderen Kinder mehr um sich hatte, mit denen sie irgendetwas spielen konnte. Das Mädchen wurde dann immer wieder von dumpfer Langeweile gepackt, weil nichts Vernünftiges zu lesen da war, weil ihr die Sendungen im Radio nicht gefielen und der Fernseher nicht funktionierte. Musste der Vati das Gerät Marke Rembrandt, das seit einiger Zeit im Wohnzimmer seinen Platz hatte, auch so einstellen, dass das Mädchen es nicht einschalten konnte? Also kein „Sandmännchen“ am Abend um zehn vor sieben und keine anschließende Musiksendung, kein „Clown Ferdinand“ und kein „Pitti Platsch und Schnatterinchen“ oder „Spuk im Hochhaus“ und auch kein „Besuch bei Frau Puppendoktor Pille“. Nichts gab es anzuschauen! Mist und noch einmal Mist! Die Mattscheibe blieb matt, es sei denn, Annegret konnte bei Tante Trude übernachten und vor dem Schlafengehen bei ihr eine Sendung schauen. Das war aber nicht an jedem Tag möglich …

So kam es, dass Annegret – sie war zu dieser Zeit neun Jahre alt – eines Abends die Briefmarkensammlung ihres Vaters aus dem Schrank nahm, um sich die bunten Marken aus aller Herren Länder wieder einmal mit und ohne Lupe anzuschauen. Das war immer interessant und zudem sehr lehrreich. Als das Mädchen die Alben durchgeblättert und besondere Marken auch genauer angeschaut hatte, fiel ihm ein, dass Vati seine Briefmarken zunächst immer in einem Umschlag sammelte, ehe er sich die Zeit nahm, sie in die verschiedenen Alben und ihre Abteilungen einzuordnen. Also machte Annegret sich daran, diesen Umschlag zu suchen. Sie vermutete ihn in einem bestimmten Fach im Wohnzimmerschrank, fand ihn dort aber nicht. Also suchte sie auch an anderen Orten.

Dabei öffnete sie eine Schranktüre, die sie noch nie aufgemacht hatte – und die sie besser auch heute nicht geöffnet hätte. Hier fand sie nämlich eine braune Kunstledermappe, die auf ihrem Deckel mit dem Staatswappen der DDR verziert war: ein goldener Hammer und ein goldener Zirkel im goldenen Ährenkranz, der im unteren Teil umwunden war von einem schwarz-rot-goldenen Band. Die Mappe sah richtig vornehm aus! Die musste wohl sehr bedeutend sein und sehr wichtige Sachen enthalten, ging es dem Mädchen durch den Kopf.

Beim Beschauen des Mappendeckels erinnerte Annegret

sich an den Unterricht über das Staatswappen des Arbeiter-und-Bauern-Staates, in dem sie lebte: der Ährenkranz für die Klasse der Bauern, der Hammer für die Arbeiterklasse und der Zirkel für die Schicht der Intelligenz. Damals im Unterricht hatte sie auch gelernt, welche Männer dieses Staatswappen entworfen hatten. Jetzt fielen ihr die Namen allerdings nicht ein. Die zu kennen war wohl auch nicht wichtig. Annegret war sowieso zu aufgeregt mit dieser Mappe in den Händen, um weiter darüber nachzudenken. Sie überlegte fieberhaft, ob sie die Mappe öffnen oder sie besser ungeöffnet an ihren Platz zurücklegen sollte. Wenn es nun nicht gut war, zwischen die Kunstlederdeckel zu schauen, und wenn die Eltern es später merkten, dass sie doch ... Das könnte Ärger geben ...

Annegret kämpfte noch ein paar Augenblicke mit sich, wendete dabei die Mappe hin und her und wurde richtig aufgeregt. Dann strich sie mit den Fingern noch einmal über das Wappen und – klappte die Deckel auseinander. Zum Vorschein kam ein graues Papier, auf dessen Vorderseite das Staatswappen der DDR gleich drei Mal abgebildet war, freilich nicht farbig, dafür mit der Umschrift „Deutsche Demokratische Republik – Bezirk Neubrandenburg – Rat des Kreises Teterow“. Zwischen Schrift und Ährenkranz war zusätzlich eine kleine 14 angebracht.

Das Papier musste wohl tatsächlich etwas sehr Wichtiges und Amtliches enthalten, vor dem Annegret ein wenig erschrak, ohne es bisher gelesen zu haben. Für einen Moment sah sie ein paar Männer in dunklen Mänteln vor sich und bei ihnen ein paar andere Männer in Polizeiuniformen, also gefährliche Stasi-Leute und Vopos. Zugleich hörte sie in ihrem Inneren die Warnung der Eltern, sich mit denen niemals anzulegen! Legte sie sich jetzt mit der Stasi an? Tat sie jetzt etwas so Verbotenes, dass die Polizei …? Annegret fragte sich erneut, ob sie die Mappe nicht doch lieber wieder schließen und im Schrank verschwinden lassen sollte.

Dann aber siegte die Neugier und Annegret begann zu lesen, was da geschrieben war. Komplizierte Sache! Für sie nach der zweiten Klasse war das ganz schön schwer zu lesen und zu verstehen. An dem Satz „Nachstehende Erklärung gebe ich als Vormund des Kindes Annegret Sawetzki" blieb sie zunächst hängen. Und dann gingen ihr die Augen auf: Es ging in dem Papier ja um sie! Annegret Sawetzki, das war doch sie! Also hatten die Klassenkameraden doch recht gehabt, als sie sie damals „aufgelesene Halstuchverweigerin" genannt und als „Findling" und „Findelkind" bezeichnet hatten. Sawetzki?! Sie war also doch keine Kahle!?

Das Mädchen wurde immer aufgeregter, seine Hände begannen zu zittern. Was Annegret da im Folgenden las, war ja ungeheuerlich: „Die Eheleute Laura und Heinrich Kahle, beide wohnhaft in Teterow, Goethestr. 8, nehmen hiermit die am 14. Juli 1957 in Güstrow geborene Annegret Sawetzki, eingetragen im Geburtenbuch unter der Nummer 566/1957, als gemeinschaftliches Kind an Kindes statt an und geben sich gegenseitig die Einwilligung. Das angenommene Kind soll von heute an den Familiennamen Kahle tragen …"

Das konnte doch nicht wahr sein! Und doch, es war offenbar wahr! Annegret hatte es schwarz auf grau vor sich: Ihre Eltern waren tatsächlich nicht ihre richtigen Eltern, und sie war nicht das richtige, das leibliche Kind von Vati und Mutti. Das war ja furchtbar! Sie war tatsächlich ein Kind, das Heinrich und Laura Kahle irgendwo „aufgelesen" hatten, vielleicht in Güstrow, wenn sie wirklich dort geboren war, wie das in dem Papier stand. Wer aber waren dann ihre richtigen Eltern? Wo lebten die? In ihrem Geburtsort Güstrow? Und warum lebte sie, Annegret, nicht bei ihnen, wie es doch eigentlich sein müsste? Warum? Wieso? Weshalb?

Eine Menge Fragen stürzten plötzlich auf das Mädchen ein und eine sehr tiefe Traurigkeit erfüllte sein kleines Herz. Annegret legte das Papier vorsichtig und mit immer noch zitternden Händen zurück in die Mappe und klappte sie still wieder zu. Nein, sie wollte nicht weiterlesen. Was sie gelesen hatte, reichte ihr. Das tat ihr sehr weh. Sie nahm die Mappe und legte sie sorgfältig an ihren Platz zurück. Niemand sollte später merken, dass jemand sie in der Hand gehabt hatte. Dabei hatte sie den festen Entschluss im Kopf: Sie würde über das Erlebnis dieses Abends schweigen. Niemandem würde sie davon erzählen! Diese traurige Wahrheit, die sie soeben erfahren hatte, würde sie ganz für sich behalten.

Aber wie sollte sie den Eltern begegnen, ging ihr dann durch den Sinn, wenn die in wenigen Tagen von ihrer Reise zurückkamen? Konnte sie so tun, als hätte sie die Mappe nie geöffnet und das amtliche Papier nie gelesen? Aber auch das ging ihr durch den Sinn: Musste sie der Mutti und dem Vati nicht dankbar sein, dass die beiden sie bei sich „an Kindes statt“ aufgenommen hatten? Vielleicht gab es ihre richtigen Eltern ja gar nicht mehr? Vielleicht waren die ja irgendwie umgekommen, bei einem Unfall oder so? Vielleicht waren sie an einer Krankheit gestorben? Vielleicht …

Und wenn Vati und Mutti sie, Annegret Sewatzki oder Sawetzki – den genauen Namen, der in dem Papier stand, hatte sie schon wieder vergessen – nicht bei sich aufgenommen hätten? Wo wäre sie dann? Noch in Güstrow? Oder trotzdem hier in Teterow? Das konnte eigentlich nicht sein. Dann müssten ja irgendwelche Verwandten von ihr auch hier wohnen. Das war aber offenkundig nicht der Fall. Aber warum hatte sie an die Zeit vorher und an einen früheren Ort und an frühere Menschen überhaupt keine Erinnerung? Konnte oder sollte sie irgendjemanden danach fragen? Nein, doch lieber nicht!, beschloss sie bei sich selbst. Das wären vielleicht dumme Fragen, die sie dann stellen würde.

Dann ging es Annegret durch den Kopf, ob sie vielleicht an irgendeinem anderen Ort noch Geschwister hatte? Und wenn, warum hatten ihre jetzigen Eltern dann nur sie und nicht auch ihre Geschwister an Kindes statt angenommen, damit die auch Kahle hießen? Fragen über Fragen jagten sich in dem kleinen Gehirn. Ärger, Zorn, Unsicherheit, Trauer und eine Menge ähnlicher Empfindungen erfüllten das junge Herz des Mädchens.

Annegret ging hinauf in ihr Zimmer, warf sich auf ihr Bett und begann, bitterlich zu weinen und heftig zu schluchzen. Warum nur hatten ihr die Eltern nicht die Wahrheit gesagt, als vor zwei Jahren das Thema schon einmal dran war? Warum? Warum? Warum?

Irgendwann schlief das Mädchen dann über dem tiefen Schmerz seiner kleinen Seele ein …

Als Annegret am nächsten Morgen aufwachte, stand Tante Trude an ihrem Bett und wunderte sich darüber, dass ihre Nichte mit ihrer Kleidung eingeschlafen war. „Du hast wohl vergessen, dich auszuziehen?“, lachte sie.

„Ich war wohl zu müde dazu“, antwortete das Mädchen und beschloss zugleich bei sich selbst, die Tante bei dieser

Annahme zu lassen. Die Wahrheit des vergangenen Abends musste sie nicht erfahren. Wer weiß, wie sie dann damit umging?

„Gehst du mit mir in die Gemeinde?“, fragte Tante Trude. „Wir haben doch heute einen besonderen Kindersonntag.“

Diese Einladung kam Annegret gerade recht. Kindersonntag, das lenkte von den Gedanken ab, die natürlich sofort wieder im Kopf waren: Was war wann warum und wo …? Und warum hatten Vati und Mutti sie in dem Glauben gelassen, sie sei ihr richtiges Kind …?

Als Heinrich und Laura Kahle einige Tage später von ihrer Reise zurückkamen, nahm Annegret sich sehr zusammen, um nicht zu zeigen, wie es in ihr aussah. Sie gab sich erfreut darüber, dass die Eltern wieder da waren, bedankte sich brav für die Mitbringsel, fragte nach diesem und jenem Reiseerlebnis und erzählte von ihren eigenen Ferienerlebnissen. Das alles aber recht kühl und sachlich – und über eine lange Zeit, ohne die Eltern mit „Vati“ und „Mutti“ anzureden. Annegret Kahle, gewesene Sawatzki – oder so ähnlich – war innerlich einfach zu zerrissen, um so zu tun, als habe sich zwischenzeitlich nichts Besonderes ereignet. Aber komisch: Den Eltern schien gar nicht aufzufallen, dass die Tochter die vertraute direkte Anrede immer geschickt umging. Und wenn es ihnen doch auffiel, warum reagierten sie dann nicht darauf?

Nein, sie reagierten lange nicht darauf. Erst am Tage der Taufe ihrer Tochter, die am Sonntag, dem 25. September 1966 in der Stadtkirche St. Peter und Paul vor der anwesenden Gemeinde vollzogen wurde: Das neunjährige ganz in Weiß gekleidete Mädchen Annegret Kahle wurde mit ein paar Tropfen Wasser auf sein dunkelblondes

Haupt und durch Handauflegung des Pastors der Führung des dreieinigen Gottes, des Vaters, des Sohnes und des Heiligen Geistes, und seinem unerschöpflich reichen Segen anvertraut.

„Der Pastor hat mir ein sehr gutes Wort zur Taufe gesagt, Mutti“, meinte Annegret – ihre Taufkerze mit der Lutherrose in der Hand –, als sie nach dem Gottesdienst mit ihr und Tante Trude, die ihre Patin geworden war, vor der Kirche auf den Vati und Oma Wagner wartete. Die beiden brauchten ein bisschen länger, um aus der Kirche nach draußen zu kommen.

„Hast du den Spruch behalten?“, fragte Laura Kahle zurück.

„Klar habe ich den Vers aus dem 1. Mosebuch behalten. Ich habe doch ein gutes Gedächtnis. Das steht im Kapitel …“ – Annegret musste doch ein wenig nachdenken – „… im Kapitel 28, Vers 15: ‚Gott spricht: Siehe, ich bin mit dir und will dich behüten, wo du hinziehst.‘“

„Hast du auch behalten, wer das zuerst gehört hat?“, fragte Heinrich Kahle, der inzwischen mit der Oma am Arm dazugekommen war.

„Klar weiß ich das, Vati. Das hab ich doch schon in der Kinderstunde gelernt“, antwortete Annegret. „Das war Jakob an der Himmelsleiter, zu dem Gott gesprochen hat.“

„Gut behalten, Kind“, lobte der Vater, „behalt es weiter gut für dein Leben. Es ist wichtig zu wissen, dass Gott auf allen Wegen und in allen Lebenslagen mit seinem Schutz dabei ist. – Und jetzt lasst uns zum Essen in den Gasthof gehen. Sonst geben die im ‚Hechtkrug‘ unseren Tisch noch jemand anderem. Wir haben Grund zum Feiern!“

Nach dem Essen wieder draußen auf der Straße – es hatte in dem Traditionslokal an der Schulstraße schräg gegenüber der Stadtkirche eine kräftige Fleischsuppe, Schweinebraten mit Kartoffelbrei und Rotkraut mit roter Grütze als Nachtisch gegeben – fragte Vater Heinrich wie nebenbei seine Tochter: „Gibt es eigentlich einen Grund, weshalb du uns seit unserer Rückkehr aus Hannover nie mit ‚Vati' und ‚Mutti' angeredet hast? Heute zum ersten Mal wieder. Das ist mir aufgefallen, Kind."

Annegret erschrak ein wenig bei dieser direkten Frage. Die Eltern hatten die vertraute Anrede „Vati" und „Mutti" also doch vermisst, obwohl sie bisher nie etwas dazu gesagt hatten. Wie sollte sie jetzt antworten?, schoss es der Hauptperson dieses Tages durch den Kopf. Das Mädchen beherrschte seinen Schrecken und antwortete nach einigen Momenten der Besinnung ein wenig an der Wahrheit vorbei: „Vielleicht war ich ja ärgerlich, dass ihr mich nicht gefragt habt, ob ich wirklich in den vier Ferienwochen allein bleiben wollte. Ihr seid einfach gefahren und habt mich allein gelassen. So habe ich das wenigstens empfunden. – Aber ihr seid ja wieder da, und wir sind wieder zusammen, und dann ist das jetzt vorbei."

„Gut", nahm der Vati diese Antwort auf und war wohl zufrieden damit. „Ich sag es der Mutti, wie es war. Sie hat sich nämlich auch so ihre Gedanken gemacht."

Welche mögen das wohl gewesen sein?, ging es Annegret durch den Kopf. Sie beschloss, doch zur alten Umgangsweise zurückzukehren und wieder die brave, liebevolle und gehorsame Tochter zu sein. Dass die wahre Ursache für ihre Verweigerung und für ihr Anderssein in jenem Papier aus der Kunstledermappe zu finden war, blieb ihr Geheimnis.

Endlich ist es heraus!

Das Geheimnis um die Kunstledermappe freilich lüftete viele Monate später die zwölfjährige Annegret Kahle selbst.

Das heranwachsende Mädchen an der Schwelle zur Pubertät ging in dieser Zeit so etwas wie einen Doppelweg. Nach außen gab es das brave, liebenswürdige Kind ab, das seinen Eltern gerne Freude machte und trotz mancher Anfechtung als Nichtpionierin seinen Weg fand: mit einer treuen Doppelzugehörigkeit zur Evangelisch-Lutherischen Kirche wie der Vater und zur freikirchlichen Gemeinde der Baptisten wie die Mutter.

In der Schule machte Annegret auch ihren Weg, wenngleich sie nicht unbedingt zu den Fleißigsten in der Klasse gehörte. Die sympathische und verständnisvolle Frau Kroll war inzwischen leider nicht mehr ihre Klassenlehrerin. Seit dem Übertritt aus der Unterstufe in die Mittelstufe hatte sie den neuen Klassenlehrer, Herrn Wolf, zu „ertragen". Ihn mochte sie nicht. Der war ein ganz strammer Genosse. Er hatte für sie als einer, die aus einer frommen Familie kam, kein Halstuch trug und sich von den Pionierveranstaltungen fernhielt, offenbar überhaupt keine Sympathie. Diese gegenseitige Abneigung machte sich in Annegrets Leistungen bemerkbar, sodass die Mutti gelegentlich in die Schule bestellt wurde, weil ihr Töchterchen mal wieder seine Aufgaben nicht ordentlich gemacht hatte, im Unterricht nicht immer wie erforderlich bei der Sache war oder in den Klassenarbeiten nicht die gewünschten guten Leistungen brachte.

Auch am Fachunterricht und dem damit verbundenen häufigen Lehrerwechsel fand Annegret wenig Gefallen. Aber solche Veränderungen des Schullebens gehörten nun einmal dazu und mussten ertragen werden.

Am wenigsten gefiel dem Mädchen das Fach Russisch, das mit der Klasse fünf ganz neu dazugekommen war. Russisch – „Spassiba, njet!" „Danke, nein!" Das fand Annegret eine schreckliche Sprache mit ganz neuen Lauten und einer völlig anderen Grammatik. Dazu dieses blöde Kyrillisch mit seinen fremden Buchstaben. Konnten die „großen Freunde" denn nicht auch mit lateinischen Buchstaben schreiben? Von Gott und vom christlichen Glauben wollten sie nichts wissen, aber mit dem Buchstabensystem der beiden Mönche Kyrill und Method, die den christlichen Glauben vor tausend Jahren in die Slawenwelt gebracht hatten, schreiben, das gefiel ihnen! Welch ein merkwürdiger Widerspruch! Nein, Russisch zu schreiben und zu sprechen machte überhaupt keinen Spaß! Aber Russisch war nun einmal Pflichtfach, in dem ganz besonders auf gute Leistungen geachtet wurde, schon wegen der doch so äußerst wichtigen „Deutsch-Sowjetischen Freundschaft".

Annegret hatte also in der Schule zu kämpfen und machte mit ihrer zuweilen schwachen Bereitschaft zur Abwehr von Lernunlust ihren Eltern hier und da erhebliche Mühe. Dabei „vergaß" sie auch schon einmal, zu Hause ein Arbeitsheft oder eine schulische Mitteilung vorzulegen und unterschrieb in ihren Heften und auf Vordrucken halt selbst, was Heinrich und Laura Kahle hätten lesen und unterschreiben sollen. Die Unterschriften von Vati und Mutti zu fälschen, war nicht schwer, da beide einfache und saubere Schriftbilder aufs Papier brachten. Freilich flog die Masche irgendwann auf und hatte einen strengen schulischen Verweis zur Folge und zu Hause eine ordentliche Standpauke, die sich nicht auf einen Schwall deutlicher Worte beschränkte, sondern auch einige heftige Schläge mit dem großen Kochlöffel einschloss.

Heinrich und Laura Kahle begegneten dem in ihren Augen unangebrachten und undankbaren Verhalten ihrer Tochter künftig mit verstärkter Strenge. Die zeigte sich in der Anordnung von Stubenarrest, in der Einschränkung von Freiheiten für die Nachmittage und die Wochenenden und auch in körperlichen Strafen. Da gab es dann schon einmal eine Kopfnuss, eins um die Ohren oder auch ein paar Schläge mit dem Holzlöffel, dem Kleiderbügel oder dem väterlichen Hosengürtel auf den Hintern. Nein, das Miteinander in der Familie Kahle war nicht mehr das der ersten Jahre.

Eine verständliche Erklärung für Annegrets verändertes Verhalten blieb beiden Eltern lange Zeit verborgen. Die Pubertät konnte es eigentlich noch nicht sein, die das Mädchen veränderte. Die deutete sich doch erst an. In Heinrich und Laura Kahle wuchs eine dunkle Ahnung, Annegret handele vielleicht aus innerer Rebellion gegen ihre Lebenssituation als Adoptivkind nach dem Motto: „Ich lebe da, wo ich nicht hingehöre“ und: „Ich muss bei Menschen sein, die eigentlich mit mir gar nichts zu tun haben. Die sagen mir zu allem nicht einmal die Wahrheit.“

Dabei konnten die Eltern nicht wissen, dass das Mädchen längst erfahren hatte, dass es tatsächlich kein leibliches, sondern ein Adoptivkind war. Die Verspottung der kleinen Erstklässlerin seinerzeit als „Fundsache“, „Findelkind“, „aufgelesene Halstuchverweigerin“ hielten die Adoptiveltern für längst überstanden.

Wie dem auch war, die beiden suchten nach einem Weg, Annegret endlich klaren Wein einzuschenken. Sie hegten die Hoffnung, dass sich das gestörte Miteinander wieder einrenken würde, wenn die Missverständnisse endlich geklärt und die im Verborgenen bestehenden Unsicherheiten beseitigt waren.

In diese Überlegungen hinein erschien Heinrich und Laura Kahle das Fernsehprogramm wie eine willkommene Hilfe. Da gab es eines Abends einen Spielfilm, der sich mit der Thematik „Adoptivkinder“ beschäftigte. Dieser Film „Kinder brauchen Liebe“ wurde zwar zu einer Zeit gesendet, in der Annegret an einem normalen Wochentag nicht mehr vor dem Fernseher saß, weil sie längst in ihrem Bett lag und schlief. Aber Ausnahmen bestätigen bekanntlich die Regel. Also bot die Mutti beim Abendessen ihrer Tochter an, den heutigen Abend doch gerne einmal zu verlängern: „Es gibt einen guten Film. Magst du den gemeinsam mit uns anschauen? Vati und ich würden uns freuen.“

Was sollte das denn?, ging es Annegret sofort durch den Kopf. Um zehn am Abend sollte sie einen Film sehen, wo sie doch kaum einmal nach der „Aktuellen Kamera“ noch eine Sendung anschauen durfte? „Nein, Mutti“, wies sie das Angebot zurück, „mag ich nicht. Ich bin müde, ich möchte nach oben und bald ins Bett.“

„Dann wirst du heute ausnahmsweise deinen Nachtschlaf ein wenig abkürzen“, wurde der Vati streng.

Die Mutti schob nach: „Wir möchten aber, dass du diesen Film mit uns anschaust, und weil wir das möchten, wirst du das auch tun.“

Annegret holte tief Luft und sagte dann sehr bestimmt: „Ich will das aber nicht! Warum soll ich mit euch einen Film anschauen, wo ich sonst nie abends Filme schauen darf? Schon gar nicht so spät. Ich gehe ins Bett. Gute Nacht!"

Die Tochter machte tatsächlich Anstalten, vor dem Dankgebet vom Tisch aufzustehen und die Küche zu verlassen. Das gelang ihr allerdings nicht. Der Vater griff sie hart am Arm: „Du bleibst jetzt hier, nimmst dir eine russische Schulaufgabe – du hast es nötig, hat mir dein Lehrer wieder einmal gesagt –, und nachher schaust du mit uns fern. ‚Kinder brauchen Liebe' heißt der Film."

„Das passt gut", gab Annegret patzig zurück und hielt sich den Arm. „Wenn ich muss, dann schaue ich eben, wie Kinder Liebe brauchen. – Darf ich jetzt aufstehen und mein Russischbuch holen?"

So versammelte sich die kleine Familie am späten Abend vor dem Fernsehgerät und schaute gemeinsam den Film „Kinder bauchen Liebe". Annegret sah zwar hin, schien dabei aber eher gelangweilt als interessiert. Dass es in der Handlung um Waisenkinder ging, für die Adoptiveltern gesucht und auch gefunden wurden, war schon nach wenigen Minuten klar, und dem Mädchen war ebenso bewusst, dass die Eltern sie vor den Bildschirm gezwungen hatten, um später mit ihr ein Gespräch über das Thema und über das Grundproblem des Streifens zu führen.

In diesem Gespräch wollten sie ihr wohl endlich sagen, dass sie, das zwölfjährige Mädchen Annegret Kahle, ein solches Adoptivkind war, das eigentlich ganz anders heißen musste. Vati und Mutti Kahle wollten wohl erzählen, dass sie vor Jahren in einem Kinderheim – wahrscheinlich in Güstrow – nach einem elternlosen Kind gefragt hatten und sich dann das Mädchen Annegret Sewatzki oder Sawetzki – so ähnlich stand der Name doch in dem Papier in der braunen Kunstledermappe mit dem Staatswappen darauf – nach einer notwendigen Kennenlernphase mit nach Hause genommen hatten, weil sie selbst keine eigenen Kinder hatten und einem so armen Wesen ein Zuhause bieten wollten.

Wie Annegret es sich innerlich bereits zurechtgelegt hatte, so kam es dann auch. Als der Abspann des Films vorbei war, schaltete der Vater das Fernsehgerät aus und fragte: „Und, hat dir der Film gefallen?"

Annegret antwortete nicht auf die, wie sie fand, blöde Frage. Sie hatte schon längst ein „dickes" Gesicht aufgesetzt und schaute auch jetzt nur in die Richtung der toten Mattscheibe.

„Keine Antwort, Kind?", versuchte die Mutter in die deutliche innere Starre ihrer Tochter einzudringen. „Dann eben anders, Kind", fuhr Laura Kahle fort. „Nachdem wir den Film über die Adoptivkinder und ihre Adoptiveltern gemeinsam angeschaut haben, müssen wir dir jetzt etwas sagen …"

Weiter kam Laura Kahle allerdings nicht. Aus Annegret brach es in diesem Moment vulkanartig heraus: „Ihr braucht mir gar nichts zu sagen! Ich weiß längst alles! Ihr habt immer abgestritten, dass ich ein Adoptivkind bin. Warum habt ihr das gemacht? Warum habt ihr mir nicht schon vor Jahren gesagt, dass ihr mich irgendwoher geholt habt, weil ihr unbedingt ein Kind zu Hause haben wolltet?! Da war ich euch gerade gut. Aber ihr wart zu feig, mir das zu sagen. Ihr habt es lieber ertragen, dass ich in der Schule fertiggemacht worden bin. ‚Findelkind! Findelkind! Findelkinder bringt der Wind!' Ich hab das gut behalten, und ihr habt mir nicht gegen die Schreihälse geholfen. Warum habt ihr das so gemacht? Warum?"

Je länger Annegret gesprochen hatte, desto lauter war

ihre Stimme geworden, bis sie sich schließlich überschlug. Und dann war das Mädchen plötzlich stumm. Annegret kroch in ihrem Sessel in sich zusammen, hüllte sich in ihre eigenen Arme und stierte ein Loch in den Boden. Jetzt war es heraus, was sich seit Langem in ihr angestaut hatte.

Heinrich und Laura Kahle verschlug dieser Redeschwall erst einmal die Sprache. Sie waren tief getroffen von dem, was ihre Tochter ihnen hier gerade vorgehalten hatte. Aber hatte Annegret nicht recht? Hatten sie beide als Eltern nicht tatsächlich eine Menge falsch gemacht in ihrem Umgang mit dem Kind und seiner Geschichte?

Laura Kahle sah ein, dass es hier zunächst nichts weiter zu reden gab. „Es ist gut, Kind“, sagte sie mit ruhiger Stimme. „Du hast in manchem recht. Wir haben als deine Adoptiveltern tatsächlich einiges falsch gemacht. Lass uns morgen darüber sprechen, wenn wir alle über Nacht ruhiger geworden sind darüber. Jetzt ist es zu spät dazu.“

Mehr brauchte die Mutter jetzt auch nicht mehr zu sagen. Annegret wickelte sich aus, stand aus ihrem Sessel auf und wandte sich zur Tür. Mit einem leisen „Gute Nacht“ verließ sie die Stube und ließ zwei Menschen zurück, die für die nächsten Minuten nicht wussten, wie sie diesen Abend am nächsten Morgen oder auch in den nächsten Tagen aufarbeiten sollten. Was würde aus diesem Tag werden!? Hatten sie die Sache richtig angefangen mit diesem Film? Und wie sollte es morgen und danach weitergehen im gegenseitigen Miteinander?

Das gemeinsame Frühstück von Mutter und Tochter am nächsten Morgen – der Vater war noch nicht aufgestanden – verlief sehr still. Über den vergangenen Abend wurde nicht gesprochen. Das Einzige, was Laura Kahle zu hören bekam, war ein leises „Tschüss!“ von Annegret ohne weitere Anrede.

Gegen Abend gab es dann das notwendige Gespräch zur klärenden Aufarbeitung der Vergangenheit der Familie und zur Frage nach der gemeinsamen Zukunft. Dabei ging es einigermaßen ruhig zu. Die Eltern erzählten von ihren drei Kindern, die sie verloren hatten, und von ihrer Sehnsucht, wenigstens ein Kind zu haben. Sie versuchten, das Verständnis ihrer Tochter dafür zu gewinnen, dass sie darüber nie gesprochen hatten und dass sie ihr die schwierige Wahrheit um ihre, Annegrets, Vergangenheit verschwiegen hatten. Dafür, dass sie selbst ja auch nicht wussten, was mit den Eltern Sawetzki los war. Sie hatten es damals nicht erfahren, und sie wussten es bis heute nicht. Beide Eltern gaben sich alle Mühe, der Tochter klarzumachen, dass es ihnen von der städtischen Behörde verboten war, nach den Eltern zu forschen, und dass sich Annegret nun einmal damit abfinden müsse, nicht ihren Geburtsnamen zu tragen, sondern den ihrer Adoptiveltern. Laura und Heinrich versicherten dem Mädchen wiederholt, dass sie es doch gut gemeint hätten und noch immer gut meinten und dass sie es als Gottes Weg angesehen hätten, so zu handeln, wie sie gehandelt hatten. Für sie sei auch die gegenwärtige Zeit mit ihr als ihrer Tochter eine Zeit vor Gott. Der habe ihre einzelne und gemeinsame Vergangenheit in seiner Hand und auch ihre einzelne und gemeinsame Zukunft.

Annegret sagte nicht viel in dieser abendlichen Tischrunde, in der hauptsächlich die Mutter das Wort führte. Die für sie neue Nachricht über den tragischen Verlust der drei leiblichen Kahle-Kinder schien sie aber stark zu bewegen, auch wenn sie sich dazu nicht äußerte. Schließlich akzeptierte sie ausdrücklich die Bitte der Eltern um Verzeihung für die Fehler, die sie zugegeben hatten. Sie, Annegret, bat auch selbst um Verzeihung für ihr Verhalten und versprach, sich im künftigen Miteinander Mühe zu geben, damit es in der Familie besser klappte und am Ende alles gut werde.

Schließlich beendete Laura Kahle die Aussprache: „Denk immer daran, Annegret, dass wir dich lieb haben und das Beste für dich wollten. Und wir wollen immer noch das Beste für dich, auch wenn wir manchmal streng sind! Du trägst unseren Namen. Du bist unser Kind, und du bleibst es, was auch immer kommt! Denk immer wieder an deinen Taufspruch von damals: ‚Gott spricht: Siehe, ich bin mit dir und will dich behüten, wo du hinziehst.' Das gilt jeden Tag, und das gilt auch noch, wenn wir einmal nicht mehr da sind. – Irgendwann wirst du deine richtigen Eltern vielleicht ja auch finden. Ist jetzt alles gut?"

Annegret wischte sich ein paar Tränen aus dem Gesicht und antwortete leise und mit belegter Stimme: „Ja, ich denke, es ist alles gut. Und noch einmal danke, dass ich jetzt endlich richtig Bescheid weiß über mich und euch. – Darf ich jetzt nach oben gehen?"

Sie durfte, und ehe sie die Stube verließ, nahm sie ihre Eltern nacheinander kurz in die Arme: „Danke für alles! Gute Nacht!"

Glückliche Gesichter machten ihre Eltern freilich nicht nach dem anstrengenden und bewegenden Gespräch, ahnten sie doch, dass die kommende Zeit mit ihrer Annegret sehr wohl ihre Probleme haben würde. Immerhin stand das Mädchen mit seinen zwölf Jahren an der Schwelle zur

Pubertät, am Beginn dieses zuweilen recht schwierigen Lebensabschnitts eines jeden Menschen, der bekanntlich seinen eigenen Gesetzen folgte.

Die folgenden Monate wurden für die dreiköpfige Familie eine bewegte Zeit. Sie wurden es nach außen hin deshalb, weil den Eltern Kahle ihre Wohnung irgendwie zu klein und zu eng wurde, seitdem Vater Heinrich nach dem Eintritt in die Rente tagsüber zumeist zu Hause war. Tochter Annegrets Mansardenzimmer schien für das heranwachsende Mädchen auch nicht mehr angemessen. Das seinerzeit unter die Dachschräge passend eingebaute Bett war längst zu kurz geworden und konnte auch nicht durch eine größere Schlafstatt ersetzt werden. Zudem ließ sich das Zimmer immer noch nicht heizen, was in der kalten Jahreszeit den Aufenthalt im schlichten Raum zusätzlich erschwerte und bei seiner Bewohnerin immer wieder zu Erkältungen führte.

Um die Unzufriedenheit mit den Lebensbedingungen nicht weiter wachsen zu lassen, musste also irgendetwas Neues her, mit mehr Platz, größerer Bewegungsfreiheit und mehr Wohnqualität. Leider wurde Heinrich Kahle trotz intensiver Suche in Teterow nicht fündig. Es gab einfach keine bessere Wohnung für ihn mit Frau und Tochter, oder die zuständigen Behörden wollten ihm keine andere Wohnung zugestehen, weil er sich mit seiner Familie in vielen Dingen offenkundig nicht staatskonform verhielt. Wer mochte das schon genau wissen?

Also musste er andernorts nach einer passenden Wohnung suchen. Er fand sie schließlich mithilfe von christlichen Freunden im etwa 300 Kilometer weit entfernten anhaltischen Oschersleben an der Bode, einer Kleinstadt im nordöstlichen Harzvorland etwa dreißig Kilometer südwestlich von Magdeburg.

Heinrich Kahle ließ sich die Wohnung reservieren und begann mit der Suche nach einer Spedition, die den Transport der Möbel und des Hausrates übernehmen würde. Erst als diese Vorbereitungen abgeschlossen waren, teilten die Eltern ihrer Tochter ihre Umzugspläne mit – und lösten damit einen Sturm des Widerstandes aus.

„Ich gehe nicht aus Teterow weg!", protestierte Annegret heftig gegen Vatis Mitteilung am Abendbrottisch, dass er die Wohnung in der Goethestraße gekündigt habe und die Familie nach Oschersleben umziehen werde. „Nein, das glaube ich jetzt nicht!", kam es wie ein Schreckensschrei aus ihr heraus. „Ihr könnt gerne dahin umziehen. Ich nicht! Ich bleibe hier!"

„Wie soll das gehen, Kind? Wir ziehen weg und du bleibst hier?", versuchte Laura Kahle Annegrets scharfen Protest zu hinterfragen.

„Dann bleib ich bei Tante Trude", antwortete das Mädchen trotzig.

„Du weißt, dass das keine Lösung sein kann, Annegret", gab der Vater zurück. „Mutters Schwester ist nicht mehr die Jüngste. Dich als Daueraufgabe schafft sie nicht mehr. Dafür bist du seit einiger Zeit ..."

„Was bin ich seit einiger Zeit?", platzte das Mädchen mit gesteigerter Erregung in den Satz hinein. „Sag's nur, ich bin unmöglich, undankbar, faul und penetrant, pubertierende Göre und was noch alles."

„Bist du leider, Annegret." Die Mutter bemühte sich bei diesen Worten, ihre Ruhe zu bewahren. „Aber deswegen lassen wir dich nicht hier in Teterow, wenn wir nach

Oschersleben ziehen. Das geht auch rechtlich gar nicht. Du bist nun mal unsere Tochter, trägst unseren Namen und wir sind für dich verantwortlich."

„Adoptivtochter! Deshalb euer Name!", murmelte Annegret zähneknirschend dazwischen, um damit wohl weiter zu provozieren.

Die beiden Erwachsenen am Tisch gingen auf die Bemerkung nicht ein, sondern bemühten sich weiter um einen sachlichen Ton, zu dem Annegret dann doch auch zurückkehrte: „Und was ist mit meiner Altstoffsammlung? Die bringt mir Taschengeld. Und was ist mit meinem Sportunterricht zweimal die Woche? Der bringt mir auch Taschengeld. Soll ich darauf verzichten? Und was ist mit meinem Akkordeonunterricht? Soll ich die Quetsche in der Kiste lassen? Und was ist mit der Schule? Eine neue Schule ist schwerer als die alte."

Annegret verzog bei der Aufzählung des Verzichts, den der Umzug für sie bedeuten würde, das Gesicht und knetete auf dem Tisch ihre ein wenig zitternden Hände. Ihre Augen schienen feucht zu werden, und sie begann zu schniefen.

„Wir müssen alle drei vertraute Menschen und gewohnte Dinge loslassen, Mädchen", versuchte der Vater eine Antwort. „Das ist nun mal im Leben so. Das eine lässt man hinter sich und nimmt dafür anderes in die Hände."

„Und was nehmen wir in Oschersleben in die Hände?" Die Frage des Mädchens klang nun nicht mehr rebellisch, sondern eher besorgt. „Neue Wohnung, neue Schule mit neuen Lehrern und Schülern, neue Gemeinde mit neuen Leuten, neue Freunde auf der Straße und um die Ecke, neue … was weiß ich, was noch?"

„Du hast recht, Annegret", griff die Mutti diese Aufzählung auf, „man kann nicht leben, ohne dass man offen sein muss für Veränderungen und für Neues. Du wirst sehen, dass es sich auch in Oschersleben leben lässt. Da gibt es für dich eine Schule, und da gibt es für uns alle sicher auch eine Gemeinde, in der wir uns wohlfühlen können. Und ganz wichtig: Gott ist auch in Oschersleben da. Und er ist dort derselbe wie hier: Barmherzig, gnädig, geduldig und von großer Güte."

„Ich will trotzdem nicht dahin!", kam es nun doch noch einmal mit deutlichem Trotz aus dem Mädchen heraus, um dann das ja wohl doch notwendige Einverständnis mit den Plänen der Eltern anzudeuten: „Dann macht doch, was ihr wollt oder – was Gott euch sagt, wenn der es euch sagt! Dann muss ich eben mit! – Und wann soll der Umzug sein?"

„Für die letzte Novemberwoche habe ich eine Spedition gefunden, was gar nicht einfach war", berichtete Heinrich Kahle und war sichtlich froh, dass die Spannung zwischen ihnen wich. „Advent feiern wir in Oschersleben. Du magst ja schon damit anfangen, dich von dem ein oder anderen zu verabschieden. Dann fällt dir und uns das Kisten- und Möbelpacken später leichter." Dabei ließ der Vater offen, ob er mit „dem ein oder anderen" bestimmte Menschen gemeint hatte oder Dinge oder Gewohnheiten am alten Ort, den es dann gegen den neuen einzutauschen galt.

Oschersleben an der Bode wurde für die drei Kahles ein besonderes, allerdings dann doch nur kurzzeitiges Abenteuer. Die Wohnung am neuen Ort entsprach nicht den vorliegenden Informationen und schon gar nicht den Erwartungen, die Eltern und Tochter aus den Informationen abgeleitet hatten. Die drei Räume waren klein, dunkel und feucht.

Das beschriebene Bad und die Zentralheizung gab es nicht. Die Fenster waren undicht und der Kamin zog schlecht. Dass die neuen Bewohner unter diesen Bedingungen mit den Gegebenheiten haderten, unzufrieden waren und auch bald sogar richtig krank wurden, wunderte sie nicht.

Die Gemeindesituation in der Bode-Stadt entsprach auch nicht ihren Vorstellungen. Der Evangelisch-Lutherischen Nikolai-Gemeinde wollten sie sich nicht anschließen, und eine freikirchliche Gemeinde ähnlich der in Teterow gab es nur im mehr als zwanzig Kilometer entfernten Halberstadt. Mit der Bahn oder dem Bus bis dorthin zu fahren, um Veranstaltungen und Gottesdienste der Baptistengemeinde zu besuchen, war umständlich und zu deren Zeiten schier nicht möglich. Neue Kontakte könnten sie da kaum knüpfen und noch weniger pflegen.

Nein, Zufriedenheit mit der neuen Lebenslage kam bei den drei Kahles nicht auf. Im Gegenteil: Das Vorgefundene hatte ihnen den Advent ganz schön verhagelt beziehungsweise mit dem Wintereinbruch gerade jetzt dick verschneit.

Der Tochter verschlug es die Lust auf Neues zusätzlich auf ganz andere Art: Annegret besuchte gemäß ihrer Schulpflicht die Erweiterte Oberschule „Alexander Puschkin" – und sah sich vom ersten Tag an dem Gespött, der Häme und der Ablehnung ihrer Mitschüler ausgesetzt. Sie war zwar ein hübsches Mädchen, trug aber kein Halstuch! Sie war keine Pionierin! Daher kam sie wie ein Fremdkörper in die Klasse und wurde sofort an den Rand gestellt. Ihren Lehrern gelang es nicht, der Neuen zur Integration in die Klasse zu verhelfen. Vielleicht hatten sie auch gar kein Interesse daran, das fromme fremde Mädchen in das festgefügte sozialistische Klassenkollektiv aufzunehmen. Zudem gab es in der Klasse keinen „Kurt", der so dachte wie sie und der ihr gegen die Angriffe und Schmähungen der überzeugten Pioniere beigestanden hätte.

Die Folge war, dass Annegret sich bald der Schule verweigerte – und der elterlichen Führung. Sie ging zwar regelmäßig morgens aus dem Haus, kam in der Schule aber nicht immer an. Viel lieber streunte sie durch die Straßen von Oschersleben, hielt sich während der Unterrichtszeit an allen möglichen Plätzen des Städtchens auf und kam nach Hause, wann das Unterrichtsende es vorgab. Wenn sie sich doch hin und wieder in der Schule sehen ließ, hatte sie immer neue Begründungen für ihr Fehlen bereit.

Dass das eine ganze Weile gut ging und die Eltern davon nichts merkten, war schon verwunderlich. Als die dann in die Schule zitiert wurden, um Auskunft zu geben über den offenbar sehr labilen Gesundheitszustand ihrer Tochter beziehungsweise über ihre anderen Begründungen für ihr häufiges Fehlen, fielen sie aus allen Wolken und verstanden die Welt nicht mehr. Ihre Annegret – eine Schulschwänzerin! Das war nicht zu fassen! Was tat das Mädchen ihnen an?!

Die Rüge der Schulleitung wegen Vernachlässigung ihrer Erzieherpflichten nahmen Heinrich und Laura Kahle wohl oder übel hin. Sie gaben den Druck allerdings nach „unten" weiter und legten Annegret an eine kurze Leine: Ab sofort lieferten sie das Mädchen persönlich an der Schultüre ab, für sie selbst und auch für die Tochter eine demütigende Sache. Aber nur so hatten die Kahles die Gewähr, dass Annegret ihrer Schulpflicht nachkam. Dass sie sich im Unterricht auch weiterhin verweigerte, konnten sie damit nicht verhindern. Mit ihren zwangsläufig schwachen oder gar fehlenden Leistungen musste das Mädchen allerdings selbst fertigwerden. Ihr Kommentar dazu lautete immer häufiger: „Hier kann ich in der Schule nichts lernen. Hier sind alle gegen mich. Ich will zurück nach Teterow. Da war alles besser. Hier ist es nicht gut und nicht schön. Warum mussten wir auch hierherziehen?“

Diese Frage stellten sich die Eltern dann allerdings auch bald, und sie machten alle möglichen Anstrengungen, um in ihre Heimatstadt zurückzukehren. Egal, wie sie es dort antreffen würden: Es konnte alles nur besser werden. Unterstützt wurden sie übrigens in ihrem Bemühen von den Ärzten, die sie wegen ihrer zunehmenden gesundheitlichen Probleme immer häufiger aufsuchen mussten. Das Klima so nahe am Harz sei wohl nicht gut für sie, es sei besser, möglichst bald ins Mecklenburger Land zurückzukehren.

Es wurde tatsächlich alles wieder besser, als die Kahles im März 1970 ihre neue Wohnung in einem Stadtmauerhaus von Teterow in der Nördlichen Ringstraße unweit des Güstrower Tors bezogen hatten. Sie mussten sich zwar bei der Wohnqualität ähnlich beschränken wie in Oschersleben, aber sie waren wieder zu Hause und Annegret hatte wieder ihr eigenes Zimmer. Es befand sich allerdings zwei Etagen über der Zwei-Raum-Wohnung der Eltern, also wieder unter dem Dach. Aber der Raum war groß genug für die Möbel eines schlichten Mädchenzimmers mit Bettcouch zum Lesen und Schlafen, Kombischrank für Kleider, Wäsche, Bücher und Kleinkram, für einen Schreibtisch mit Stuhl und ein kleines Wandregal.

Die neue Bewohnerin freute sich riesig über ihr schickes Reich. Dass der Vati diese Einrichtung erstanden hatte, kam einem Wunder gleich. Möbel, die zusammenpassten, waren nämlich zurzeit nur ganz schwierig zu bekommen. Die Versorgungslage in diesem Bereich der Konsumgüter hatte sich in den Jahren 1969/70 erheblich verschlechtert. Annegret jedenfalls war glücklich, wieder ein eigenes Rückzugsgebiet zu haben, und sie zeigte ihr Glück in einem veränderten Verhalten den Eltern gegenüber. Die hatten künftig über pubertäres Verhalten ihrer Tochter weniger zu klagen.

Dass Annegret in ihre alte Klasse zurückkehren konnte, machte ihr den Wiedereinstieg in Teterow leicht. Lehrer und Mitschüler hatten sie noch nicht vergessen und akzeptierten die fromme Nichtpionierin, wie sie es zuletzt zumeist getan hatten. Dass sich im Unterricht sehr bald erhebliche Leistungsdefizite zeigten, ließ das Mädchen erschrecken – und seine Eltern nicht weniger. Aber waren das nicht Früchte der Schulverweigerung in Oschersleben? Hätte sie, Annegret, doch bei „Alexander Puschkin" … Jetzt musste sie die Suppe auslöffeln, die sie sich in Oschersleben eingebrockt hatte.

Für die Sechstklässlerin hieß es also, den Löffel kräftig und mit Ehrgeiz in die Hand zu nehmen, wenn sie das Klassenziel – die Versetzung in die Klasse 7 – erreichen wollte. Immerhin war die Klasse 7 der Einstieg in die Oberstufe der POS. Den wollte sie auf keinen Fall versäumen. Sie war ja auch nicht dumm, sondern sie war nur faul gewesen, faul aus Protest gegen den unsinnigen Umzug, gegen ihr elendes Dasein als Adoptivkind, gegen die alten Eltern, denen sie ihre lange Unehrlichkeit und die gewachsene Strenge nicht nachsehen konnte, gegen die abweisende Haltung ihrer Mitschüler und Lehrer …

Annegret riss sich mächtig zusammen, fand sogar eine neue Beziehung zum Arbeiten und Lernen in der Schule und zeigte höchste Anstrengungen im familiären Miteinander am neuen alten Ort. Nach kurzer Zeit der Wiedereingewöhnung hatte sie in allen Bereichen den Erfolg, der das Zusammenleben in der kleinen Familie erleichterte und das schulische Fortkommen möglich machte. Letzteres wurde auch dadurch beeinflusst, dass es jetzt wieder Kurt gab, den Schulfreund, der sich weiterhin standhaft zu seinem christlichen Glauben und zu seiner Gemeindezugehörigkeit bekannte und dafür einiges an Verunglimpfungen auf sich nahm. Der Junge war in seiner Haltung nun auch nicht mehr allein. Es tat offenbar beiden jungen Menschen gut, während des Schultages immer wieder einmal gemeinsam in einer Schulhofecke oder in freien Nachmittagsstunden auf einer Bank in der Stadt oder am Seeufer zu sitzen, zu reden und dabei mehr oder weniger schüchtern Händchen zu halten …

Das Gelöbnis

Beide Jugendlichen besuchten in der achten Klasse die Christenlehre bei Pastor Ansager in der Stadtkirchengemeinde St. Peter und Paul, während ihre Mitschülerinnen und Mitschüler am Vorbereitungsunterricht für ihre spätere Jugendweihe teilnahmen. Der hatte freilich seinen Platz im normalen Stundenplan der Schule – Jungen und Mädchen wie Kurt und Annegret besuchten derweil den Unterricht anderer Klassen –, während Pastor Ansager seine angehenden Konfirmandinnen und Konfirmanden zum kirchlichen Unterricht für zwei Stunden am Donnerstagnachmittag um sich scharte. An diesem Nachmittag deshalb, weil er da nicht mit Aktivitäten der Schule und schon gar nicht mit den Pioniernachmittagen am Mittwoch kollidieren konnte. Vielmehr wollte er Jugendlichen, die bereits ein Jahr zuvor an der für Pioniere obligatorischen Jugendweihe teilgenommen hatten und sich dennoch konfirmieren lassen wollten, die Möglichkeit geben, bei seinem Unterricht dabei zu sein. Teilnahme an der Jugendweihe und an der Konfirmation im selben Jahr ging nämlich nicht. Deshalb waren in Kurts und Annegrets Konfirmandengruppe Jungen und Mädchen der Klasse 9, die sie zwar von der Schule her kannten, aber mit denen sie bisher kaum nähere Kontakte gehabt hatten.

Wie zu erwarten gab es während dieses Jahres bei Kahles gelegentliche Hausbesuche von Frauen und Männern der örtlichen Pionierleitung, von Leuten des Rates der Stadt Teterow und auch von Vertretern des Kreises Teterow, jeweils Abteilung Volksbildung, Referat Jugendhilfe. Diese Leute interessierten sich sehr dafür, ob Annegret es bei ihren Eltern auch gut gehe, ob die sie zu ihrem Verzicht auf die Jugendweihe etwa gedrängt hätten, ob ihre Nähe zur Kirche und zu den baptistischen Freikirchlern auch von innen und von eigenen Überzeugungen her begründet sei. Oder ob sie, Annegret, ihre Entscheidung gegen die Jugendweihe nicht doch revidieren wolle, um sich wie die allermeisten Jugendlichen ihres Alters doch lieber staatskonform zu verhalten und das Gelöbnis auf die ruhmreiche DDR abzulegen.

Aber alle offiziellen Personen kamen mit ihren Argumenten und ihrem Drängen bei Annegret nicht an. Die blieb bei ihrer Entscheidung für die Konfirmation und gegen die

Jugendweihe, und sie wusste sich dabei von ihren Eltern in allen Bereichen unterstützt, wofür sie sehr dankbar war.

Den Text des Jugendweihe-Gelöbnisses besaß Annegret inzwischen mindestens dreimal. Wie oft sie sich die Worte vor die Augen nahm, wusste sie nicht. Sie kannte sie jedenfalls schon auswendig. Aber alles Lesen und Nachdenken über den Text und zahlreiche Diskussionen mit anderen darüber brachte sie nicht dazu, ihre innere Einstellung und Entscheidung zu ändern. Nein, die Bereitschaft, das Jugendweihe-Gelöbnis mit der in der Gruppe gemeinsam gesprochenen Formel „Ja, das geloben wir!“ würde sie nicht sprechen. Auch wenn das alles noch so gut klang, was beim feierlichen Staatsakt durch einen offiziellen Staatsvertreter den jungen Leuten zur Beantwortung und Bestätigung vorgetragen wurde:

„Liebe junge Freunde!
Seid ihr bereit, als junge Bürger unserer Deutschen Demokratischen Republik mit uns gemeinsam, getreu der Verfassung, für die große und edle Sache des Sozialismus zu arbeiten und zu kämpfen und das revolutionäre Erbe des Volkes in Ehren zu halten, so antwortet:

JA, DAS GELOBEN WIR!

Seid ihr bereit, als treue Söhne und Töchter unseres Arbeiter-und-Bauern-Staates nach hoher Bildung und Kultur zu streben, Meister eures Fachs zu werden, unentwegt zu lernen und all euer Wissen und Können für die Verwirklichung unserer großen humanistischen Ideale einzusetzen, so antwortet:

JA, DAS GELOBEN WIR!

Seid ihr bereit, als würdige Mitglieder der sozialistischen Gemeinschaft stets in kameradschaftlicher Zusammenarbeit, gegenseitiger Achtung und Hilfe zu handeln und euren Weg zum persönlichen Glück immer mit dem Kampf für das Glück des Volkes zu vereinen, so antwortet:

JA, DAS GELOBEN WIR!

Seid ihr bereit, als wahre Patrioten die feste Freundschaft mit der Sowjetunion weiter zu vertiefen, den Bruderbund mit den sozialistischen Ländern zu stärken, im Geiste des proletarischen Internationalismus zu kämpfen, den Frieden zu schützen und den Sozialismus gegen jeden imperialistischen Angriff zu verteidigen, so antwortet:

JA, DAS GELOBEN WIR!

Wir haben euer Gelöbnis vernommen. Ihr habt euch ein hohes und edles Ziel gesetzt. Feierlich nehmen wir euch auf in die große Gemeinschaft des werktätigen Volkes, das unter Führung der Arbeiterklasse und ihrer revolutionären Partei, einig im Willen und im Handeln, die entwickelte sozialistische Gesellschaft in der Deutschen Demokratischen Republik errichtet.

Wir übertragen euch eine hohe Verantwortung. Jederzeit werden wir euch mit Rat und Tat helfen, die sozialistische Zukunft schöpferisch zu gestalten.“

Nein, Annegret wollte auf solche geschwollenen Worte nicht antworten. Sie wollte auch auf das möglicherweise tatsächlich interessante großformatige Buchgeschenk „Weltall Erde Mensch“ mit seinen mehr als fünfhundert Seiten verzichten. Da glaubte sie doch lieber dem, was ihr die Eltern mehrfach deutlich gemacht hatten und was sie in der Kirche und bei den Baptisten gelernt hatte: „Weltall Erde Mensch“ war nicht das „Buch der Wahrheit“, als das es der bald achtzigjährige Walter Ulbricht, verflossener Vorsitzender des Zentralkomitees der SED und noch Staatsratsvorsitzender der DDR, in seinem Vorwort bezeichnete. Nein, das Buch der Wahrheit – das war die Bibel, und eine schöne Luther-Bibel wollte sich Annegret viel lieber schenken lassen. Sie, die inzwischen zopflose Jugendliche, hatte höhere und edlere Ziele, als der staatliche Gelöbnistext sie vorgab. Sie wollte wohl gerne eines Tages ihre eigene Zukunft schöpferisch gestalten. Auch wenn ihr der DDR-Staat dazu in ihrer eigenen besonderen Lebensgeschichte sehr merkwürdige Voraussetzungen geschaffen hatte: Welcher moderne Staat nahm Kinder ihren Eltern weg, wenn die ihm unbequem waren, um die Jungen und Mädchen ihrer eigenen Geschichte zu berauben und sie in einer anderen Familiengeschichte unterzubringen? Und welcher Staat pferchte seine Bürger ein wie eine Herde blödes Vieh und umgab sie mit elektrisch geladenen und dazu ständig bewachten Drahtzäunen und mit hohen, schier unüberwindlichen Mauern? Den Versuch, diesem Käfig zu entkommen, sollten den Informationen nach, die in Briefen von der westdeutschen Verwandtschaft angedeutet wurden, schon viele, zumeist junge Menschen, mit dem Leben bezahlt haben. Das war furchtbar!

Manchmal war auch in Teterow Westradio zu hören, das ebenfalls davon berichtete. Westfernsehen gab es leider hier überhaupt nicht zu empfangen. Allerdings bestätigten Berichte von Verwandten und Freunden in anderen Gebieten der DDR, die regelmäßig Westfernsehen sahen, solche Nachrichten, auch wenn so ein Nachrichtenempfang offiziell streng verboten war.

Nein, Annegrets Ziele hießen: Sich solchen Gefahren nicht aussetzen, dafür aber in der unchristlichen, gottesfeindlichen und menschenverachtenden DDR das bisschen Freiheit, das der Staat seinen Bürgern ließ, im Glauben an den allmächtigen Schöpfergott und starken Erlöserheiland zu leben und echtes soziales Verhalten zu üben. Das war ihrer Ansicht nach im Beruf der Krankenschwester gut möglich, den sie gerne später erlernen wollte. Zu ihren Zielen gehörte natürlich auch, irgendwann die Rätsel um ihre Herkunft zu lösen, ihre leiblichen Eltern zu suchen und zu finden, zu erfahren, ob sie vielleicht noch Geschwister hatte und andere Verwandte und denen allen dann einmal zu begegnen, wann und wo auch immer das geschehen konnte.

Schade, dass Annegret über dieses Lebensziel mit ihren Eltern nicht wirklich reden konnte. Die wehrten jeden Versuch sofort ab und wiesen jedes Mal darauf hin, dass eine solche Suche gefährlich sei und von den staatlichen Behörden auch nicht zugelassen würde. Wie auch immer: Das Mädchen hatte von ihren Eltern auch den Spruch gelernt, der wie eine Lebensweisheit daherkam und der, wie der Vati wusste, von einem Dichter aus der Barockzeit namens Friedrich von Logau stammen sollte: „Gottes Mühlen mahlen langsam, mahlen aber trefflich klein. Ob aus Langmut er sich säumet, bringt mit Schärf er alles ein.“ Und sie ahnte, dass die mit dieser Erfahrung verbundene notwendige menschliche Geduld eines Tages zum Erfolg führen würde.

Zunächst gab es dann aber den wichtigen Sonntag, den 14. Mai 1972. Es war ein herrlicher Tag! Der Frühling zeigte sich von seiner besten Seite mit seinem frischen Grün an Bäumen und Sträuchern, mit seiner üppigen Blütenpracht in den Gärten und auf den Obstwiesen, mit seinem vielfältigen Vogelgezwitscher in allen Zweigen und mit der Leichtigkeit der neu entfalteten Schöpfung, die sich in der Heiterkeit der Menschen spiegelte.

Die wurde zusätzlich beeinflusst von den Nachrichten darüber, dass die obersten Staatsorgane die Erhöhung der Mindestrenten für ihre alten Bürger, die Absenkung der Mietpreise für Neubauwohnungen und die Einführung der 40-Stunden-Woche für Mütter mit drei und mehr Kindern angekündigt hatten. Viele Menschen freuten sich heute schon auf das bevorstehende Pfingstwochenende, an dem es Westberliner Bürgern möglich war, den Osten der geteilten Stadt – also „Berlin, Hauptstadt der DDR“, wie das im Osten üblicherweise hieß – und die DDR zu besuchen. Von beiden Dingen würden auch viele Menschen in Teterow profitieren, lag die Stadt doch weit entfernt von den Sperrgebieten an den Grenzen der DDR, in denen der Empfang von Westbesuchen verboten war.

Mehr Geld in der Haushaltskasse und Westbesuch im Wohnzimmer, das waren doch einmal gute Botschaften im sonst so tristen DDR-Alltag. Der zwang einen dazu, schon nach den einfachsten Dingen Schlange zu stehen, die man für Küche und Kammer brauchte. Die Regale in den staatlichen und halbstaatlichen Geschäften waren schwach bestückt mit Gütern des täglichen Bedarfs, von Gütern höheren Bedarfs ganz zu schweigen ..., und sogenannte Bückware, die ihren Platz nicht im offenen Regal, sondern unter dem Ladentisch hatte, gab es selten. Und die bekam zumeist nur, wer über das erforderliche „Vitamin B“ – B wie bei Beziehung – verfügte.

Die Glocken der Stadtkirche St. Peter und Paul schienen an diesem 14. Mai auch von daher einen besonderen Klang zu haben, als sie zum feierlichen Sonntagsgottesdienst einluden. In dem sollte eine Gruppe von etwa 20 Jungen und Mädchen in festlicher Kleidung und besonders ernster äußerer und innerer Haltung nach der gründlichen Vorbereitung ihr Konfirmationsgelübde ablegen. Konfirmation verstanden als persönliche Bestätigung des Taufbundes, den in der Regel vor vielen Jahren die Eltern und Paten stellvertretend für den unmündigen Täufling mit dem allmächtigen Gott geschlossen hatten. Hier und jetzt ging es darum, „... dass die getauften Kinder den Glauben ihrer Taufe öffentlich bekennen, auch in dem Gehorsam dieses Glaubens beständig bleiben zu wollen geloben und alsdann durch das Gebet der christlichen Kirche mit den Gaben des Heiligen Geistes in solchem Glauben und Bekenntnis gestärkt und bestätigt und zum heiligen Abendmahl zugelassen werden.“

Die Jungen und Mädchen gelobten dann auch nach Lied und Gebet in der altehrwürdigen Fassung Martin Luthers in seinem Kleinen Katechismus: „Ich entsage dem Teufel und allen seinen Werken und allem seinem Wesen und ergebe mich dir, du dreieiniger Gott, Vater, Sohn und Heiliger Geist, im Glauben und Gehorsam Dir treu zu sein bis an mein letztes Ende.“

Auch die Konfirmandin Annegret Kahle hatte den Text des „Taufbundes“ mitgesprochen, und sie war froh darüber, dass der Pfarrer zur Hilfe für seine jungen Leute den Text um den Satz erweitert hatte: „Du selbst, mein Gott und Vater, wirst mir dabei helfen. Amen!“ Denn wer wäre denn in der Lage, diesen Bund aus eigenem Vermögen konsequent einzuhalten? Jeder war doch dabei auf Gottes Hilfe angewiesen, vor allem dann, wenn er ein junger Mensch war und zudem noch in einem atheistisch-sozialistischen Staat lebte …

Schick sah Annegret aus in ihrem schlichten schwarzen Konfirmationskleid mit weißem Kragen und rot gestickten Borten. Die Mutti hatte sich viel Mühe gegeben, das freundliche Geschenk einer jungen Frau aus der Gemeinde so zu ändern, dass es der Tochter passte und man nicht einmal mehr ahnte, dass es schon getragen war. Dazu passte ihre Frisur – inzwischen trug sie die Haare halblang und offen. Schick waren auch die schwarzen Nylonstrümpfe und die schwarzen Schuhe mit kleinem Absatz. Die zu bekommen, war ausgesprochen schwierig gewesen, in Teterow gar unmöglich. Im Konsum der Nachbarstadt Malchin waren die Kahles schließlich fündig geworden.

Mit erfreulicher Anmut lächelnd und sichtlich frohen Mutes stand das hübsche Mädchen mit dem mit weißer Schleife gezierten Frühlingssträußchen in der einen Hand und ihrer Luther-Bibel in der anderen nach dem Gottesdienst an der Kirchentür. Hier machte ein Fotograf die Einzelfotos der Jungen und Mädchen zum Festhalten dieses wichtigen Tages für die Zukunft, nachdem die schwierige Prozedur der Gruppenfotos beendet war. Danach nahm Annegret wie alle anderen Hauptpersonen des Tages Glückwünsche entgegen und nette, zumeist bescheidene

Geschenke, um dann mit ihrer kleinen Feiergesellschaft den „Hechtkrug“ aufzusuchen.

Vorher sprang sie noch einmal zu Kurt hinüber, fiel dem Freund in seinem schwarzen Anzug mit der Blume im Knopfloch des Revers kurz um den Hals, gratulierte ihm zu seiner Konfirmation und bedankte sich für seine treue Unterstützung in Glaubensdiskussionen. Eine nette Szene!

Im „Hechtkrug“ hatten die Eltern seit Langem einen Tisch bestellt und waren jetzt gespannt, ob es dem Gastwirt gelungen war, zur besonderen Feier des Tages auch das gewünschte Menü auf den Tisch zu bringen.

Schade, es war ihm nicht gelungen. Es gab auch heute das Übliche: „nur“ eine kräftige Fleischsuppe, Schweinebraten mit Kartoffelbrei und Rotkraut. Als Dessert gab es allerdings für jeden eine Schale Vanilleeis mit frischen Erdbeeren. Dieser Nachtisch vermochte die leichte Enttäuschung wegen des entgangenen Spargels mit Schinken, Kartoffeln und Sauce hollandaise wenigstens etwas aufzuwiegen. Dies Gericht für viele Gäste zugleich auf den Tisch zu bringen, war den Wirtsleuten nicht möglich gewesen, wie sie mit Bedauern feststellten: Es hatte leider wieder einmal einen Lieferengpass gegeben! Und das ausgerechnet für diesen Anlass! Dabei war es schon merkwürdig: Für die Feiern zur Jugendweihe vor gerade einmal einer Woche hatte es einen ähnlichen Lieferengpass nicht gegeben. Ob da nicht wieder jemand am Rad gedreht hatte, um den Kirchenleuten eins auszuwischen? Wer mochte das schon genau wissen?

Am Abend dieses besonderen Tages fand Laura Kahle ihre Tochter sehr nachdenklich über ihre Konfirmationsurkunde gebeugt. „Kein guter Spruch für dich?“, fragte sie.

„Doch, Mutti, ein sehr guter Spruch für mich, dies Wort aus Jesaja 41,13: ‚Ich bin der Herr, dein Gott, der deine rechte Hand fasst und zu dir spricht: Fürchte dich nicht, ich helfe dir.' Der passt zu meinem Taufspruch von vor vier Jahren: ‚Siehe, ich bin mit dir und will dich behüten, wo du hinziehst.'"

„Und warum sitzt du so bekümmert da?", forschte Laura Kahle.

Annegret seufzte einmal leicht auf. „Entschuldige, Mutti, wenn ich das jetzt sage. Aber ich denke wieder einmal daran, dass ich irgendwo Eltern habe, die von meiner Konfirmation nichts wissen. Ich hätte natürlich gerne mit ihnen gefeiert."

Laura Kahle versetzte diese Bemerkung einen leichten Stich, aber sie ließ sich ihre Betroffenheit nicht anmerken, sagte vielmehr, wobei sie der Tochter die Hand auf die Schulter legte: „Ich verstehe dich, mein Liebes. Aber es ist nun einmal so, wie es ist. Du wirst ihnen eines Tages davon erzählen ..."

„... wenn ich sie denn jemals finde", ergänzte Annegret. „Vielleicht hilft mir Gott ja dabei. Wenn ich meine beiden Lebenssprüche nebeneinander sehe, kann ich das vielleicht so hoffen. Aber jetzt gehe ich nach oben. Ich bin müde. Wir schreiben morgen eine Russischarbeit. Da muss ich wach sein.

Danke, Mutti, für den schönen Tag. Sag das dem Vati auch noch einmal, wenn er von draußen reinkommt."

Damit erhob sich Annegret, nahm ihre Konfirmationsbibel und die Urkunde und begab sich über die Jungfernstiege – so wurde bei den Kahles die steile Treppe hinauf in Annegrets Zimmer genannt – in ihr Reich unter dem Dach. Unten ließ sie ihre inzwischen fünfundsechzig Jahre alte Mutter zurück, die sich immer häufiger Gedanken darüber machte, wie der Lebensweg ihrer Tochter weiterging und was sie zu einem positiven Fortgang denn eigentlich noch beitragen konnte …

Am nächsten Morgen unterhielt sich Annegret in der großen Pause auf dem Schulhof gerade angeregt mit Kurt und ein paar Mitkonfirmanden über den gestrigen Tag und sein in Geld- und Sachgeschenken „messbares“ Ergebnis, als ihr Klassenlehrer, Herr Wolf, das Mädchen zu sich rief.

Was der Wolf wohl von ihr wollte?, ging es Annegret sofort durch den Kopf. Ihr doch wohl nicht zur Konfirmation gratulieren?! Dazu hätte er ja auch in ihre Gruppe kommen können, um den anderen ebenfalls seine guten Wünsche zu sagen. Nein, seine guten Wünsche mochte er sich gerne sparen, weil sie kaum ernst gemeint sein konnten, waren dem Mann die Christen doch ein scharfer Dorn im Auge und ein häufiger Anlass zu scharfer Polemik. Dass sich Thälmann-Pioniere ein Jahr nach ihrer Jugendweihe auch noch konfirmieren ließen, passte schon gar nicht in sein Bild. Inkonsequentes Verhalten war dem Mann ein Gräuel, und er kommentierte es gerne mit beißendem Spott.

Mit solchen Gedanken im Kopf ging die Schülerin zu Herrn Wolf hinüber, sehr gespannt, was der denn von ihr wollte.

„Du spielst doch Akkordeon, Annegret“, begann der Lehrer, ohne den gestrigen Tag und seine Bedeutung irgendwie zu beachten.

„Jawohl, Herr Wolf, ich spiele Akkordeon, und ziemlich gut“, antwortete das Mädchen wahrheitsgemäß und mit spürbarem Selbstbewusstsein.

„Ja, ich weiß. Ich habe dich schon spielen gehört“, bestätigte Herr Wolf und kam sofort zu seinem Anliegen: „Ich möchte dich gerne wieder hören und dich bitten, bei einer besonderen Parteiveranstaltung im nächsten Monat das Programm mitzugestalten und ein paar flotte Solostücke vorzutragen. Ich erfahre bei dem Anlass eine besondere Ehrung, die auch einen musikalischen Rahmen braucht. – Was denkst du? Machst du mit?"

Annegret war im ersten Moment von dieser Einladung sehr überrascht. Im zweiten Moment schien ihr Herrn Wolfs Anliegen nicht ganz sauber und eine Falle zu sein, quasi ein Test darauf, ob sie als Nichtpionierin und gerade konfirmierte Jugendliche sich für politische Zwecke einspannen ließ. Im dritten Moment hatte sie ihre Antwort parat. Ohne weiter zu zögern, gab sie mutig und fest ihre Antwort: „Ich freue mich über Ihre Ehrung, Herr Wolf. Aber ich muss Sie enttäuschen. Ich werde bei der Parteiveranstaltung nicht spielen. Das ist kein Ort für mich, und ich sehe das auch nicht als meine Aufgabe. Wenn ich es doch täte, könnten Sie mir Inkonsequenz vorwerfen. Das muss nicht sein. Ich bitte um Ihr Verständnis."

Mit einer so deutlichen Antwort hatte der Lehrer wohl nicht gerechnet. Sein Gesicht lief rot an und er schien in große Erregung zu geraten. Er schaute sich kurz um, wohl um zu sehen, wer alles diese Szene mitbekäme. Dann reagierte er mit leiser, aber scharfer Stimme: „Du weißt, Annegret Kahle, dass deine Verweigerung Konsequenzen hat? Meine Anfrage war keine Einladung; sie war eine Anordnung."

„Ich ahnte es, Herr Wolf", antwortete Annegret äußerlich sehr ruhig, innerlich allerdings ein wenig zitternd. „Ich weiß, dass ich mit Folgen gegen mich rechnen muss. Ich bleibe dennoch bei meiner Entscheidung."

„Nun gut“, kam es zurück. „Oder nicht gut! Ich kann dich nicht zwingen, Annegret Kahle. Wer gezwungen wird zu spielen, spielt sowieso schlecht. Ich nehme meine Aufforderung zur Mitarbeit zurück – und überlege mir notwendige Konsequenzen. Du kannst gehen!“

Aber nicht das Mädchen ging, sondern sein Lehrer. Der drehte sich auf dem Absatz um und verließ raschen Schrittes den Schulhof. Annegret stand für einen Moment unsicher und unschlüssig auf der Stelle und blickte dem Mann hinterher, um dann zu ihrer Gruppe zurückzukehren.

Die jungen Leute wollten natürlich wissen, worum es in dem kurzen Gespräch mit ihrem Lehrer gegangen war. Annegret berichtete mit ein paar knappen Sätzen und löste damit sofort eine lebhafte Diskussion über Opportunismus und Konsequenz aus. Einige wenige aus der Gruppe gratulierten dem Mädchen zu seiner konsequenten Haltung – allen voran natürlich Kurt –, wogegen andere die Schulkameradin deutlich für verrückt und naiv erklärten und schon jetzt wegen der Folgen bedauerten: Wie konnte sie nur so dumm sein und dem Wolf einen Korb geben?!

Annegret hatte ihre Antwort auf solche und ähnliche Fragen inzwischen gelernt: „Freunde, ich zitiere, was alle wissen müssten und was auch der Wolf weiß“, sagte sie, holte Luft und sprach aus, was die DDR-Verfassung ihr als Rückendeckung für ihr Verhalten anbot: „Im Artikel 20 Absatz 1 unserer Staatsverfassung steht zum Beispiel: ‚Gewissens- und Glaubensfreiheit sind gewährleistet.‘ Und im Artikel 39 Absatz 1 steht: ‚Jeder Bürger der Deutschen Demokratischen Republik hat das Recht, sich zu einem religiösen Glauben zu bekennen und religiöse Handlungen auszuüben.‘ – Gut gelernt, oder?“

„Ist ja in Ordnung“, bestätigte einer und meinte: „Deshalb kannst du dich doch auch politisch einsetzen.“

„Kann ich“, gab Annegret zu, „muss ich aber nicht in einem Staat, in dem die Glaubensfreiheit zwar auf dem Papier steht, in dem die Christen aber immer wieder verspottet, benachteiligt und schlechtgemacht werden. Ich lebe den Grundsatz aus Artikel 21,1 in meiner Weise.“

„Und wie heißt der Grundsatz?“, wollte jemand aus der Gruppe wissen.

Kurt gab für Annegret die Antwort: „Solltest du eigentlich kennen, mein Lieber. Ich sag's dir trotzdem. Im Artikel 21,1 steht: ‚Es gilt der Grundsatz: ‚Arbeite mit, plane mit, regiere mit.‘ Genau das tun Annegret und ich in unseren Gemeinden, so gut wir das können.“

Das Mädchen warf dem Jungen einen dankbaren Blick zu und sagte: „Ich bin gespannt, wie der Wolf sein Mitregieren in unserer Gesellschaft versteht und wie er auf meine Absage reagiert. Ich befürchte, er wird mir die Zulassung zur EOS verweigern. Dann kann ich mir das Abitur abschminken. Oder er wird verhindern, dass ich den Beruf lernen kann, den ich lernen will.“ Die EOS, die Erweiterte Oberschule von Klasse 9 bis 12, wäre ihre einzige Möglichkeit, zum Abitur zu kommen.

Die Pausenglocke beendete das Gespräch der Jugendlichen. „Schade, ich hätte gern noch ein bisschen weiter …“, sagte Annegret auf dem Weg in die Klasse zu Kurt, der an ihrer Seite ging. Der lobte seine Klassenkameradin und Freundin noch einmal für ihre konsequente Haltung und für ihr mutiges Glaubensbekenntnis in der Gruppe und gab ihr den Rat, in ihrer Meinung festzubleiben. Sie solle sich nicht irritieren lassen von der Polemik, mit der sie beide würden leben müssen, solange es diesen Staat in der jetzigen unchristlich-sozialistischen und glaubensfeindlichen Ausrichtung geben würde. „Denk dran: Gott will helfen! So sagt es dein Spruch von gestern für morgen. Und was der Wolf dir als Bemerkung aufs Zeugnis schreibt, muss dich nicht besonders jucken."

„Es wird mich aber jucken, wenn er dafür sorgt, mir die Qualifikation für die EOS zu verweigern", antwortete Annegret mit trauriger Stimme.

„Träum weiter, Kollegin", gab Kurt noch zurück und nahm das Mädchen flüchtig in den Arm, als die beiden ihren Unterrichtsraum erreichten. „Die wird dir doch sowieso verweigert, auch ohne die Nachhilfe vom Wolf."

Annegret konnte auf Kurts Geste nicht mehr reagieren und auch nicht auf die Bemerkung, weil der Fachlehrer für Russisch bereits an seinem Tisch stand und ihr Klassensprecher schon angesetzt hatte, die obligatorische Meldung zum Unterrichtsbeginn abzugeben: „Klasse 8c ist zum Unterricht bereit! Es fehlt niemand." Vom Fachlehrer kam es darauf zurück: „Für Frieden und Sozialismus, seid bereit!", worauf die Klasse wie gewohnt mit dem lauten kräftigen „Immer bereit!" antwortete.

Blöder Ritus, ging es Annegret wieder einmal durch den Kopf, ohne dass sie die für sie hohle Formel mitgesprochen hätte. Die Bereitschaft zum Unterricht hatte das Mädchen freilich seit der Rückkehr aus Oschersleben tatsächlich neu aufgebaut und allmählich so verbessert, dass es sogar messbare Ergebnisse gab – auch in Russisch.

Es juckte Annegret dann tatsächlich nicht besonders, dass der Klassenlehrer ihr auf dem Versetzungszeugnis in die Klasse 9 bescheinigte, dass sie sich mehrfach schulischen „Anordnungen widersetzt“ habe. Ihren Eltern gefiel die Bemerkung allerdings überhaupt nicht. Sie sei ein böser Schandfleck auf dem Papier, dessen Annegret sich schämen müsse. Andererseits lobten sie ihre Tochter aber auch dafür, dass sie in ihrer christlichen Glaubenshaltung standhaft geblieben war und sich nicht für sozialistisch-politische Dinge hatte missbrauchen lassen. Für den fehlenden Qualifikationsvermerk für die EOS, wie die Erweiterte Oberschule allgemein hieß, brauche sie sich dagegen nicht zu schämen. Heinrich und Laura Kahle verwiesen Annegret auf die folgenden beiden Schuljahre. Zunächst noch zwei Jahre Polytechnische Oberschule zu machen, sei doch sinnvoller, als sich jetzt schon den höheren Anforderungen der EOS zu stellen.

Dass die Sicht der Eltern in dieser Sache gut und richtig war, bestätigte sich in den folgenden beiden Jahren. Annegret arbeitete sich in allen Fächern so weit nach oben, dass sie für den Sommer 1974 mit einem guten Schulabschluss rechnen konnte – und vielleicht doch mit der Qualifikation für die Klasse 11 der Erweiterten Oberschule …

Etwa acht Wochen, bevor Annegret Kahles Zeit an der Polytechnischen Oberschule in Teterow mit dem Abschluss der Klasse 10 schließlich zu Ende ging, wurde die Jugendliche wieder einmal von ihrem jetzigen Klassenlehrer zu einem Gespräch gebeten. Herr Neumann war seit zwei Jahren Deutschlehrer der Klasse und wesentlich toleranter gegenüber „ideologischen Abweichlern“ als Herr Wolf. Was er wohl diesmal von ihr wollte? Ob das Gespräch etwas mit ihrer möglichen Zulassung zur EOS zu tun hatte? Ihr Leistungsstand gemäß dem letzten Halbjahreszeugnis würde diese Qualifikation jedenfalls zulassen. Freilich konnten ihre frühere Verweigerung der Mitgliedschaft bei den Pionieren und deren Organisationen und ihre auch schon zwei Jahre andauernde Ablehnung, Mitglied in der FDJ, der Freien Deutschen Jugend, zu werden, der Erteilung der EOS-Qualifikation und der entsprechenden Schulempfehlung ähnlich wie vor zwei Jahren wieder im Weg stehen. Annegret war gespannt, ob und wie sich Herr Neumann dazu äußerte.

Der begann das Gespräch dann allerdings mit einer Frage, mit der die Jugendliche überhaupt nicht gerechnet hatte. „Ist es richtig, Annegret, dass du dich in der Jugendgruppe der Baptistengemeinde in der Niels-Stensen-Straße engagierst und beim Pastor dieser Gemeinde Taufunterricht nimmst?"

„Wer sagt das?", fragte Annegret erstaunt und auch ein wenig erschrocken zurück.

„Spielt das eine Rolle?", erwiderte der Lehrer und wiederholte seine Frage: „Ist das richtig oder nicht?"

Was wollte der Neumann denn mit dieser Frage?, schoss es der Jugendlichen durch den Kopf. Stellte der ihr eine Falle? Oder zeigte er ehrliches Interesse? Welche Antwort war jetzt angebracht? Annegret entschloss sich, ein ehrliches Gespräch zu führen. Sie jagte alle Bedenken davon und antwortete wahrheitsgemäß: „Das ist richtig, Herr Neumann."

„Seit wann tust du das?"

„Ich gehöre mit den Eltern schon lange zur Gemeinde der Baptisten. Und ich arbeite auch schon lange mit in der Jungschargruppe, im Chor und in der Instrumentalgruppe. Beim Jugendkreis bin ich meistens nur Teilnehmerin."

„Warum machst du das?", hakte Herr Neumann nach.

„Ich weiß, du bist ein fähiges Mädchen. Du könntest doch auch in Gruppen der FDJ …“

„Verzeihen Sie, Herr Neumann, wenn ich direkt antworte: Das könnte ich wohl eher nicht“, widersprach Annegret. „Ich müsste mich mit den sozialistischen Inhalten und Zielen der FDJ und der SED und des Staates identifizieren, wenn ich irgendeine Funktionärin werden sollte. Das kann ich aber nicht. Und verbiegen kann ich mich nicht, und das will ich auch nicht. Ich lese kein ‚Neues Leben‘ und keine ‚Junge Welt‘.“ Annegret brach ab, schaute ihrem Lehrer ins Gesicht, um seine Gedanken irgendwie zumindest zu erahnen. Weil Herr Neumann nicht gleich antwortete, sprach sie nach einem tiefen Atemzug weiter: „Ich bin Christin, Herr Neumann. Nicht das Jugendweihe-Buch ‚Weltall Erde Mensch‘ ist für mich das Buch des Lebens, sondern die Bibel. Ich habe mich vor einiger Zeit bekehrt, wie man das in frommen Kreisen nennt, und ich liebe Jesus Christus, und ich möchte für ihn leben.“

Jetzt war es Herr Neumann, der sein Gegenüber mit großen Augen anschaute. „Erstaunlich! Erstaunlich!“, sagte er und fuhr nach einem Moment der Besinnung fort: „Ich muss zugeben, ich bewundere deine Konsequenz und Geradlinigkeit, Annegret, auch wenn ich mich ausdrücklich als konsequenter Sozialist und Materialist bekenne.“

Dass Herr Neumann hier eine kurze Pause machte, gab seiner Schülerin die Möglichkeit, ihm etwas mehr von sich zu erzählen: „Aber Sie wissen etwas von Toleranz und leben das auch, Herr Neumann – was viele Ihrer Genossen nicht tun. Verzeihen Sie bitte, dass ich das so offen sage. Aber ich kann ein Lied davon singen, wie viele andere das können, die sich zu einer Gemeinde halten und aus Überzeugung kein Parteiabzeichen tragen, die nicht zu den Kundgebungen gehen und die sozialistischen Lieder aus ‚Leben – Singen – Kämpfen‘ nicht mitsingen."

Der Lehrer holte ein paarmal tief Luft und sagte dann: „Du bist mutig, Annegret – und sehr ehrlich. Mir gefällt deine Art. Und ich kann dir nicht widersprechen. Es ist in der Tat so, dass der Religionsparagraf in der DDR-Verfassung vielen Leuten nicht bekannt ist. Und wenn er bekannt ist, dann ist er unbequem. – Wie gesagt, ich bewundere deine Haltung, habe aber noch eine Frage: Bist du nicht getauft und konfirmiert? Warum dann noch einmal Taufe? Einmal getauft genügt doch, oder?!"

Annegret spürte bei ihrem Lehrer ehrliches Interesse. Deshalb hatte sie auch keine Mühe, in derselben Offenheit wie bisher weiterzusprechen. „Bei den Baptisten ist das so, dass sie nur die sogenannte Glaubenstaufe akzeptieren. Der Mensch, der sich zu Jesus Christus bekehrt hat, oder wie man das auch sagt, der zum Glauben gekommen ist, der lernt die Grundlagen des Glaubens, identifiziert sich mit ihnen und lässt sich dann taufen in einer ganz bewussten Handlung."

„Wie alt warst du bei deiner ersten Taufe, dass die für dich jetzt keine Bedeutung hat?"

„Ich war neun, Herr Neumann. Mein Vater ist bewusster Lutheraner und wollte, dass ich mich taufen lasse, damit ich eines Tages konfirmiert werden kann. Deshalb habe ich damals seine Bitte befolgt, ohne dass ich an einem Taufunterricht teilgenommen hätte und ohne dass ich mir der Bedeutung recht bewusst gewesen wäre."

„Und dein Weg zu diesen Freikirchlern …?"

„… bin ich mit der Mutter gegangen, die schon immer

zu den Baptisten gehört hat. Mein Vater ist nicht mehr gesund und kann die Gottesdienste in St. Peter und Paul nicht mehr besuchen. Also gehe ich, wie die Mutter, in die Niels-Stensen-Straße."

„Darf ich noch etwas anderes fragen?", schaute der Lehrer seine Schülerin an.

„Fragen Sie, Herr Neumann", gestand Annegret zu. „Wenn ich kann, antworte ich."

„Zwingt dich deine Mutter? Ist sie streng zu dir oder sind es die Eltern überhaupt?"

Was war denn das jetzt für eine Frage?, schoss es Annegret durch den Sinn. War das jetzt vielleicht doch eine Falle, vielleicht sogar eine vor einem Stasi-Hintergrund? Im Kopf des Mädchens jagten sich Sätze über Stasi-Attacken gegen Leute aus der Gemeinde, über Einstufungen als Querulanten und gar Asoziale, von denen zu Hause die Rede gewesen war. Annegret kam der Gedanke, bei einer falschen Antwort könne sich vielleicht etwas gegen ihre Eltern zusammenbrauen, das in der Familie, in der Verwandtschaft und Bekanntschaft keinem guttat und das niemand gebrauchen konnte. Nur nicht so etwas! Das hätten die Eltern bei allem, was sich zuweilen zutrug, nun wirklich nicht verdient!

Annegret schickte ein Stoßgebet zum Himmel mit der Bitte um eine Eingebung. Dann sagte sie: „Ich habe keinen Grund, mich zu beklagen, Herr Neumann. Ich weiß selbst, dass ich es den Eltern Kahle mit meinem gelegentlich pubertären Verhalten, wie sie das nennen, manchmal schwermache. Sie wissen auch, dass ich ein Querkopf und ein Sturkopf sein kann und nicht immer in der rechten Spur laufe. Disziplin zu halten, ist nicht immer leicht und wird dann auch zu Hause – ähnlich wie in der Schule – zuweilen mit mehr oder weniger massiver Schlagkraft und spürbarem Druck durchgesetzt." Annegret machte einen Moment Pause, atmete ein paarmal tief ein und aus, als überlege sie, ob sie weiterreden solle. Dann fuhr sie fort: „Andere Kinder haben es vielleicht besser und leichter zu Hause. Aber die drei Kahles haben sich immer zusammengerauft. Nach jedem Gewittersturm kam auch wieder die Sonne. Wir kommen im Großen und Ganzen schon miteinander aus."

Annegret machte wieder eine kurze Pause und fügte dann noch hinzu, wobei sie ein wenig verlegen vor sich hin blickte: „Ich möchte ja auch nicht undankbar sein. Immerhin haben meine Eltern dem ‚Findelkind' Familienleben ermöglicht. – Habe ich jetzt zu viel gesagt und zu offen gesprochen, Herr Neumann?" Die nachgeschobene Frage klang erschrocken und ein wenig ängstlich.

„Nein, das hast du sicher nicht, Annegret", antwortete der Lehrer mit deutlichem Nachdruck, wohl um seiner Schülerin die angeklungenen Bedenken zu nehmen, „auch wenn du wirklich sehr offen und ehrlich gesprochen hast. Aber keine Bange, was wir bisher geredet haben, bleibt nur zwischen uns geredet. Und es ist alles akzeptiert, Annegret. Danke für dein Vertrauen."

Dann schien so etwas wie ein Ruck durch den Mann zu gehen, schon äußerlich daran zu erkennen, dass Herr Neumann seine Sitzposition änderte. Das Gespräch war offenkundig zu Ende und jetzt folgte die Ansage. Dafür wurde der Lehrer jetzt förmlich: „Kommen wir endlich zum eigentlichen Thema unserer Begegnung. Ich gebe zu, dass ich nur ungern von dem rede, was ich dir jetzt sagen muss."

„Ich ahne, worum es geht, Herr Neumann, und ich werde es ertragen und sicher überleben“, meinte die Zehntklässlerin jetzt wieder mit offenem Blick und mit derselben Festigkeit, mit der sie zuvor über die religiösen und die privaten Dinge ihres Lebens gesprochen hatte.

„Dann ahnst du, dass du trotz deiner guten Schulleistungen und der Erwartung, dass du die Abschlussprüfungen demnächst auch entsprechend bestehst, deine Schullaufbahn mit dem POS-Abschluss Klasse 10 beenden wirst.“ Der Lehrer blickte seine Schülerin mit einem merkwürdigen Blick an, als bäte er darum, ihm diese Mitteilung ja nicht übel zu nehmen.

Annegret schwieg einen Moment und sagte dann: „Schade! – Schade, Herr Neumann. Ich kann das nur sehr bedauern, dass die Toleranz in unserem Staat so enge Grenzen hat. Ich hätte schon gerne bis zum Abitur weitergemacht, wenn meine Noten entsprechend ausfallen und meine Leistungen es zulassen und ich die Qualifikation für die 11 der EOS bekomme.“ Das Mädchen seufzte ein wenig auf. „Aber was dann nicht sein soll, weil es politisch nicht sein kann, das wird dann eben auch nichts.

Ich hoffe, dass ich wenigstens einen ordentlichen Ausbildungsplatz finde, trotz der fehlenden Qualifikation.“

„Welchen Beruf möchtest du lernen?“, fragte Herr Neumann nach, ohne auf Annegrets Bedauern einzugehen.

„Ich möchte gerne Krankenschwester werden. Meine Mutter hat früher viele Jahre als Hilfsschwester im Krankenhaus in der Goethestraße gearbeitet. Vielleicht öffnet mir das ja dort die Tür.“

„Ich möchte es dir wünschen, Annegret.“ Mit diesem Satz erhob sich der Lehrer, wohl um die Begegnung zu beenden. Er hatte es plötzlich eilig. Oder war er auch nur froh, seine ungute Nachricht losgeworden zu sein, und wollte die Sache nicht weiter vertiefen? Jedenfalls reichte er seiner Schülerin über den Tisch die Hand. „Danke für deine Offenheit, Annegret, und danke für dein Verständnis für die Entscheidung des Kollegiums und der Schulleitung. – Ich wünsche dir einen guten Verlauf der Prüfungstage und einen erfolgreichen Abschluss an unserer POS."

Kaum zu Ende gesprochen, hatte der Mann den Raum auch schon verlassen. Zurück blieb eine Sechzehnjährige, die in ihren Empfindungen eher gespalten war: Ein wenig stolz war sie schon darüber, dass sie so offen über ihr Glaubensleben und ihre häuslichen Lebensbedingungen hatte reden können. Zugleich war sie aber auch enttäuscht darüber, dass ihre konsequente Nachfolge Jesu ihr den Weg in die Zukunft einschränkte. Aber sie wollte damit leben. Hatte nicht Jesus selbst seinen Jüngern den Druck und den Widerstand der Welt als Reaktion auf ihr Bekenntnis angekündigt? Annegret gingen da so ein paar Hinweise aus den Evangelien durch den Kopf. Und hatte nicht auch der Apostel Paulus immer wieder großen Druck aushalten müssen und dennoch von der Freude im Herrn gesprochen? Also, Annegret Kahle, sagte sich das Mädchen selbst, Gott wird dir schon den rechten Weg weisen, wohin es schulisch und beruflich und auch ganz persönlich gehen soll, siehe Taufspruch von vor acht Jahren und Konfirmationsspruch aus 1. Mose und Jesaja! Beides zusammengenommen musste doch einfach zu einem guten Ergebnis führen!

Neue Freiheit in Schwesterntracht

Die zentrale Prüfung zum Abschluss der Polytechnischen Oberschule bestand Annegret mit Bravour. Dass das schwächere Ergebnis in Russisch das Notenbild ein wenig störte, hatte dank der besonderen Note in Sport keinen Einfluss auf das Gesamtergebnis. Die Abschlussnote war ausgezeichnet – und hatte dennoch keinen Einfluss auf die Qualifikation für den Zugang zur Klasse 11 der EOS und zum späteren Erwerb des Abiturs nach der Klasse 12. Nein, der weitere Weg zur Hochschulreife wurde dem frommen, nicht angepassten Mädchen verwehrt.

Übrigens erging es ihrem ebenso frommen und nicht angepassten Freund Kurt genauso. Halstuchverschmäher, Nichtpioniere und FDJ-Verweigerer lebten nun einmal nicht ideologiekonform und staatstreu, schon einmal gar nicht, wenn sie Christen waren und sich öffentlich zu ihrem Glauben bekannten. Ein Platz in der Elite des Arbeiter-und-Bauern-Staates stand ihnen deshalb einfach nicht zu.

Das eigentlich verbriefte Recht auf die besondere Ehrung für eine besondere Leistung stand ihnen auch nicht zu. Dabei hatte Annegret ihren Noten nach sogar die Voraussetzung für die Zuerkennung der Lessing-Medaille in Silber als offizielle ministerielle Auszeichnung erfüllt. Aber sie wurde erst gar nicht für diese Ehrung vorgeschlagen, hatte sie doch als getaufte und konfirmierte Jugendliche keine Anerkennung für ausgezeichnete Leistungen und sehr gute gesellschaftliche und außerunterrichtliche Arbeit verdient, obwohl sie solche Arbeit durchaus leistete. Das war sehr schade!

Dass die Schulleitung und andere staatlichen Behörden – gefangen in ihrer Ideologie – nicht anders denken und handeln konnten, war ja noch zu verstehen. Sozialistische Toleranz hatte eben ihre Grenzen. Dass allerdings die Leitung des Krankenhauses in der Goethestraße die Bewerbung der Jugendlichen um einen Ausbildungsplatz einer Krankenschwester mit einer sehr fadenscheinigen Begründung ablehnte, hatte Annegret dann doch nicht erwartet. Ihr wurde gesagt, die Bewerbung sei leider zu spät erfolgt, die wenigen Ausbildungsplätze seien bereits besetzt. Es sei auch nicht möglich, kurzfristig einen weiteren Platz einzurichten, weil der in der Planung nicht vorgesehen sei – es sei denn, sie trete umgehend der FDJ bei mit der Option, Mitglied in der SED zu werden. Zudem müsse sie auch Mitglied in der Gesellschaft für Deutsch-Sowjetische Freundschaft werden, um auf diese Weise ihre Solidarität mit dem DDR-Staat und seinen Beziehungen zum großen Bruder Sowjetunion zu beweisen. Wenn sie zu diesen äußeren Schritten und der damit verbundenen inneren Haltungsänderung bereit sei, werde man den ablehnenden Bescheid wohlwollend überdenken.

Das war dann doch eine böse Überraschung. Die trieb der inzwischen Siebzehnjährigen doch die Tränen in die Augen. Was war das für ein Staat, dem sie angehörte?! Wie ging der mit seinen Bürgern um?! Wo blieb die verfassungsmäßig garantierte freiheitliche Grundordnung für den Einzelnen? Das Recht auf freie Meinungsäußerung nach Artikel 9? Das Recht auf Arbeit nach Artikel 15? Bei dem Vorstellungsgespräch in der Goethestraße hatten die Genossinnen und Genossen bei ihren, Annegrets, vorsichtigen Einwänden nur milde gelächelt. Oder war das vielleicht eher ein Hohnlächeln gewesen auf ihre Bemerkung, sie werde auch ohne eine Parteimitgliedschaft und Gesellschaftszugehörigkeit ordentliche Arbeit leisten? Das habe sie doch in der Schule hinreichend bewiesen. Nein, das hatte niemand hören wollen!

Die Ablehnungen der Krankenhäuser in Güstrow und Malchin auf die Bewerbungen der Jugendlichen klangen ähnlich. Verwunderlich war das freilich nicht, hingen die doch im selben System und standen wahrscheinlich auch in Verbindung miteinander. Das ganze Geschehen machte dann aber Annegrets Vorsatz umso fester, nun erst recht den Beruf der Krankenschwester zu ergreifen, und zwar an den staatlichen oder kommunalen Einrichtungen vorbei. Es gab doch in der weiten DDR auch diakonische Einrichtungen und Krankenhäuser, die christlich orientiert arbeiteten und unter kirchlicher Leitung standen. Die waren dem System wenigstens ein Stück weit entzogen. In einem dieser Häuser würde es sicher für sie einen Platz geben …

„Und was machst du jetzt?“, stöhnte die Mutter, als es beim Abendessen am Familientisch wieder einmal um die Bewerbungsgeschichte und ihren enttäuschenden Ausgang ging.

„Ich gehe nach Woltersdorf bei Berlin, Mutti“, antwortete Annegret, als sei das eine bereits beschlossene Sache. „Da gibt es ein evangelisches Krankenhaus. Das gehört zum ‚Verband zur Pflege tätigen Christentums Haus Gottesfriede‘. Die haben einen Platz für mich.“

„Was willst du? Wohin willst du gehen?“, fragte Laura Kahle augenblicklich empört und scharf zurück. „Nach Woltersdorf bei Berlin? Haus Gottesfriede? – Das kommt überhaupt nicht infrage!“

„Und warum nicht?“, fragte Annegret ebenso scharf zurück.

„Weil du uns beide alten Menschen hier nicht alleine lassen kannst! Du kannst bei uns Krankenschwester spielen!“, kam es sehr bestimmt von Heinrich Kahle zurück. „Wozu haben wir dich denn seinerzeit aus dem Heim geholt?“

„Ach, so ist das!“, wunderte sich die Tochter. „Ihr habt mich nur aus dem Heim geholt, damit ihr beide in eurem Alter versorgt seid, damit euch jemand den Hintern putzt und die Fußnägel schneidet, wenn ihr es selbst nicht mehr könnt?! Sehr weit gedacht, muss ich sagen, meine lieben Adoptiveltern, sehr weit gedacht! Mein eigenes Leben spielt für euch wohl keine Rolle. Wenn ihr dann eines Tages den Löffel abgegeben habt, stehe ich ohne Ausbildung da und lutsche am Daumen.“

„Sei doch nicht so sarkastisch, Annegret“, rügte die Mutter. „Vati hat sich im Schrecken und Eifer des Moments vielleicht ein wenig überzogen ausgedrückt. Und doch hat er recht: Was wird aus uns, wenn du aus Teterow weggehst?“

Annegret zögerte einen Moment mit ihrer Antwort und sagte dann: „Noch seid ihr beide einigermaßen rüstig auf den Beinen und braucht keine ständige Hilfe von außen. Wenn es einmal anders wird, wird sich schon eine Lösung zeigen. Glaubt ihr plötzlich etwa nicht mehr an die guten Führungen Gottes und an seine Zusagen über seinen Beistand im Alter? Lest mal Jesaja 46!“

„Doch, Annegret, das tun wir schon noch, und ich weiß, was da steht von Gottes Heben, Tragen und Erretten im Alter“, antwortete die Mutter in etwas versöhnlicherem Ton. „Aber du scheinst dir deinen eigenen Weg zurechtgelegt zu haben, ohne uns in deine Pläne einzubeziehen.“

„Entschuldige, Mutti“, gab sich das Mädchen auch wieder versöhnlich. „Ich hätte tatsächlich vorher mit euch reden sollen. Aber ich sehe den Weg nach Woltersdorf trotzdem als Gottes Weg für mich. Hier in Teterow oder in Malchin oder Güstrow will mich doch keins der Krankenhäuser auf eine Lehrstelle nehmen. Soll ich etwa irgendwo irgendwelche blöden Hilfsarbeiten verrichten? Besen schwingen und Putzlappen wringen? Nein, dazu fühle ich mich nicht berufen! Ich möchte nun einmal Krankenschwester werden. Ich möchte für Menschen da sein, Krankenpflege lernen, und das kann ich in Woltersdorf. Die haben im Haus Gottesfriede einen Platz für mich. Alles ist da: Wohnung, Versorgung, Lehrstelle, christliche Jugend, Gemeinde. Was will ich denn mehr? Ich muss mich nur offiziell bewerben."

„Woher willst du das alles wissen?", hakte der Vater nach.

„Ich weiß das von Bärbel aus der Gemeinde. Die hat Kontakt nach Woltersdorf. Bärbel hat für mich gefragt und hat von der Hausmutter des Krankenhauses Antwort gekriegt, dass ich mich bewerben soll. Die Chancen stünden gut, einen Platz zu bekommen. – Schwester Erna Ring heißt die Frau und ist eine Diakonisse aus dem Mutterhaus in Aue im Erzgebirge."

„Und du bewirbst dich nicht!", kam es jetzt wieder sehr scharf und bestimmend von Heinrich Kahle. „Woltersdorf! Am Ende der Welt oder wo?!"

„Nun mach mal langsam, Heinrich", bemühte sich Laura Kahle, ihren Mann zu besänftigen, „lass uns vernünftig über die Sache reden. Es bringt nichts, wenn wir uns wegen Annegrets Zukunft in die Haare geraten."

„Danke, Mutti", griff Annegret den neuen Ton sofort auf und erzählte ausführlich, was sie von Bärbel über Haus Gottesfriede in Woltersdorf erfahren hatte. Die Einrichtung sei früher ein privates Sanatorium gewesen und später zum Diakoniekrankenhaus geworden. Es gehöre zum frommen „Verband zur Pflege tätigen Christentums", der früher einmal EC geheißen habe, „Verband für Entschiedenes Christentum". „Der EC ist ein jahrzehntealter weltweiter christlicher Jugendverband, der allerdings in der DDR nicht zugelassen ist. Deshalb der Diakoniename", erklärte das Mädchen. Das Krankenhaus sei recht groß und habe viele Fachabteilungen wie Chirurgie, Innere, Gynäkologie und andere.

Annegret erzählte weiter, was sie schon in Erfahrung gebracht hatte: Woltersdorf liege nicht irgendwo am Ende der Welt, sondern sei ein idyllisches Örtchen am östlichen Stadtrand von Berlin. Leider weitab vom Alexanderplatz, dem Fernsehturm und der Marienkirche. Der Ort sei bekannt durch seine Schleuse für Fracht- und Personenschiffe zwischen dem Flakensee und dem Kalksee. „Von da aus kann man mit schicken kleinen Motorschiffen die Spree erreichen und über diesen Fluss und durch verschiedene Seen, wie zum Beispiel den bekannten Müggelsee, auch nach Berlin-Mitte fahren. Das dauert allerdings lange, ist aber schön und romantisch."

Die Reise übers Wasser sei an der Grenze zu Westberlin dann aber leider zu Ende. Woltersdorf habe sogar eine eigene Straßenbahn von der Schleuse bis zum Bahnanschluss in Rahnsdorf. Das gehöre schon zu Berlin. Von dort aus könne man direkt mit der S-Bahn oder der Bahn ins Stadtzentrum fahren. An den Ausflug dorthin habe sie beste Erinnerungen.

„Du redest immer von Berlin, Annegret?", unterbrach Heinrich Kahle an dieser Stelle seine Tochter. Ob der gute

Mann wohl nicht richtig zugehört hatte? „Was willst du in Berlin? Ich höre immer nur Berlin! Ich denke, deine Ausbildung geschieht in Woltersdorf?" Der Vater erhob sich erregt von seinem Platz und stellte sich hinter seinen Stuhl. Dessen Lehne umfasste er so fest, dass die Knöchel seiner Hände weiß hervorstanden. „Berlin!? Berlin!? Ich sehe dich schon versumpfen in Berlin und verkommen in den Gefahren der Großstadt", fuhr er fort. „Unsere ganze behütete Erziehung geht den Bach hinunter und war umsonst."

Jetzt erhob sich auch Annegret von ihrem Stuhl, holte tief Luft und gab ihrem Vater ebenfalls erregt Kontra: „Danke für das Vertrauen, das du mir da aussprichst, Vati. Ich denke wohl auch, ich gehe nach Woltersdorf zur Ausbildung. Ich will Krankenschwester werden und nicht Großstadtflittchen. Berlin zu besuchen wird seinen Reiz haben, aber wohl nicht mal so eben möglich sein. Die Leute des Krankenhauses und der Dienstplan werden da ein Wort mitzusprechen haben.

Außerdem ist die Einrichtung ein christliches Haus, Vati. Da werden sie schon ein Auge haben auf ihre jungen Schwestern, ganz nach dem bekannten Motto: ‚Pass auf, kleines Auge, was du siehst', ‚Pass auf, kleiner Fuß, wo du gehst', ‚Pass auf, kleines Ohr, was du hörst' und so weiter. Das Lied habt ihr mir oft genug gesungen und mir damit Angst gemacht, weil der ‚Vater in dem Himmel' alles sieht und hört und achthat auf mich und mir eins über die Rübe gibt, wenn ich mich nicht benehme. Und du hast den Vater im Himmel ja wohl häufig genug mit Lederriemen und lockerer Hand auf der Erde vertreten." Etwas leiser hängte sie an: „Mutti mit ihrem Kochlöffel übrigens nicht weniger."

Jetzt schaltete sich ihre Mutter energisch in den Vater-

Tochter-Disput ein: „Hört auf, euch beide hier anzugiften. Irgendwelche Disziplinarmaßnahmen aufzulisten, hilft auch nicht weiter. Wenn sie nötig waren, waren sie wohl nötig! – Wenn Annegret nach Woltersdorf geht, ist sie dort in Gottes Hand und Hut wie hier auch. Die Leute vom ‚tätigen Christentum' werden schon auf sie aufpassen. Zudem wird sie ja wohl auch älter und weiß selbst immer besser, was sie zu tun und zu lassen hat. Sie wird schon nicht im Berliner Großstadtsumpf untergehen.

Außerdem gibt es in unserem Staat keinen Sumpf, in dem ein Mensch untergehen könnte, nicht wahr, Annegret?" Dieser letzte Satz von Laura Kahle klang ein wenig ironisch und war auch mit einem gewissen Grinsen auf dem Gesicht gesprochen.

„Nein, gibt es nicht!", wiederholte Annegret diesen letzten Gedanken mit ähnlicher Ironie. „Unser glorreicher sozialistischer Arbeiter-und-Bauern-Staat kennt nur anständige und angepasste Leute. Keine Gauner, keine Alkoholiker, kein arbeitsscheues Gesindel. Und eure Tochter ist ja wohl sehr anständig und angepasst. Oder hast du Grund, dich über mich zu beklagen, Vati?" Ob diese Frage auch noch ironisch gemeint war, war aus Annegrets Tonfall nicht genau herauszuhören.

Immer noch ein wenig bissig antwortete Heinrich Kahle: „Was nicht ist, kann ja noch werden."

Mit dieser Antwort handelte er sich allerdings jetzt wieder den deutlichen Widerspruch seiner Frau ein: „Nun hab doch einfach ein wenig Vertrauen in deine Tochter, Heinrich! Die wird in Woltersdorf schon zurechtkommen. Sie wird ihren Weg als Krankenschwester machen. Vielleicht führt der ja auch eines Tages wieder zurück nach Teterow."

Bei diesem Satz wurde Annegret hellhörig, und sie hakte sofort nach: „Du hast also nichts dagegen, dass ich mich in Woltersdorf bewerbe, Mutti?"

Die holte jetzt ein paarmal tief Luft und sagte dann: „Nein, habe ich nicht. Und wenn ich's hätte, würde es nicht weiterhelfen. Also schreib deine Bewerbung, Kind, und schick sie weg. Was daraus wird, steht dann in Gottes Hand. Wir werden es annehmen, wie es kommt. Ist das recht so?"

„Ist das jetzt recht so, Vati?", gab Annegret die Frage weiter und schaute ihren Vater, der immer noch hinter seinem Stuhl stand, erwartungsvoll an.

Heinrich Kahle atmete tief ein und aus, zog seine Stirn kraus und rang sich dann zu der trotzigen Antwort durch: „Dann soll es eben so recht sein. Notgedrungen einverstanden. – Aber nur unter einer Bedingung, Annegret: Wenn du nach Woltersdorf gehst, kommst du an jedem freien Wochenende nach Hause." Der Mann sprach's, ließ die Stuhllehne los, straffte sich und verließ die Küche. Dabei grummelte er irgendetwas vor sich hin, was die beiden Frauen nicht mehr verstehen konnten, vielleicht auch nicht verstehen sollten. Es klang aber eher nach weiterer Missbilligung der soeben getroffenen Entscheidung als nach Zustimmung.

Die Küchenuhr zeigte kurz vor halb acht. In wenigen Minuten würde die „Aktuelle Kamera" beginnen. Vor dem Fernseher würde der alte Herr – inzwischen bereits einundsiebzig Jahre alt und ein wenig kränklich – sich sicher vollends beruhigen.

Mutter und Tochter wechselten danach nur noch wenige abschließende Worte zu Vatis Bedingung für die freien Wochenenden, die umzusetzen keine Probleme machen sollte. Ob das freilich für jedes freie Wochenende gelten konnte, musste ohnehin die Zukunft zeigen. Dann sprachen die beiden Frauen auch noch über Form, Inhalt und Formulierung des Bewerbungsschreibens. Diese Aufgabe zu lösen, werde wohl einer Absolventin der Klasse 10 der POS mit glänzenden Noten keine Probleme bereiten. Davon war die Mutter überzeugt. Damit war das Thema Woltersdorf erst einmal beendet.

Annegret zog sich jetzt über die Jungfernstiege nach oben in ihr Zimmer zurück, um die Bewerbung um einen Ausbildungsplatz zur Krankenschwester auf Papier zu bringen, damit sie am nächsten Tag im Umschlag mit Abschlusszeugnis der Schule, mit Lebenslauf, Passbild und ein paar anderen Papieren per Post nach Woltersdorf gehen konnte.

Die Antwort des Hauses Gottesfriede ließ nicht lange auf sich warten. Das Verwaltungsbüro des Krankenhauses teilte mit, dass Annegrets Bewerbung angenommen sei. Die Anwärterin auf den Lehrplatz zur Krankenschwester möge sich am Samstag, dem 31. August, im Laufe des Nachmittags in Woltersdorf einfinden, um noch vor dem Abendessen ihr Zimmer beziehen zu können, das sie sich freilich mit einigen anderen Ausbildungsschwestern teilen müsse. Am folgenden Sonntag, dem 1. September, gebe es für neue Mitarbeiterinnen und Mitarbeiter des Hauses und seiner Einrichtungen einen feierlichen Begrüßungs- und Einführungsgottesdienst in der lutherischen Dorfkirche ganz in der Nähe des Krankenhauses. Der eigentliche Ausbildungsbetrieb werde dann am Montag, dem 2. September, morgens um acht Uhr beginnen.

Der Brief war sehr freundlich und persönlich gehalten und endete „... mit herzlichem Segenswunsch für eine erfolgreiche Lehrzeit und mit freundlichem Gruß. Wir freuen uns auf Ihr Kommen“ und der Unterschrift „Ihre Schwester Erna Ring – Hausmutter des Hauses Gottesfrieden“.

Das klang ja alles schon einmal sehr gut, ging es Annegret durch den Kopf, als sie den Brief wiederholt las. Ein guter Einstieg in einen neuen Lebensabschnitt, ihren dritten, wie es ihr spontan in den Sinn kam. Die ersten beiden liefen während dieser Momente wie ein Film im Zeitraffertempo vor ihrem inneren Auge ab:

Vier Jahre Kinderheim Güstrow lagen leider weitgehend im Dunkel. Wirkliche Erinnerungen gab es nur in einzelnen wenigen Momentaufnahmen, die sich im Laufe der vergangenen Jahre und als Folge der fragenden und suchenden Beschäftigung mit jener Zeit nach und nach in ihrem Bewusstsein gemeldet hatten: viele Kinder jeden Alters, Schwestern mit weißen Hauben und großen Schürzen, der große Schlafraum, der Sandkasten im Garten, der Besuch der fremden Frau und die erste Reise in der Obhut der Pflegeeltern mit dem Zug von Güstrow nach Teterow.

Danach dreizehn Jahre Pflege- und Adoptivtochter bei den Eltern Kahle – den Adoptiveltern! – mit Höhen und Tiefen im eigenen Leben, mit Umarmungen und Liebkosungen, aber auch mit viel Schelte und Schlägen. Mit Kindergarten und Schule, mit wachsenden Fragen nach der eigenen Geschichte – die meisten davon ohne Antworten. Mit dem Entdecken des Adoptionsvertrags und dem späteren Film „Kinder brauchen Liebe“. Mit Taufe und Konfirmation in St. Peter und Paul. Den schönen Stunden in der Niels-Stensen-Straße mit Spiel und Spaß und Jesus-Geschichten bis zur eigenen

Bekehrung. Schließlich mit der Verweigerung der besseren Schullaufbahn und des gehobenen Bildungsabschlusses wegen ihrer Unangepasstheit im Staat ... auch Kurt tauchte kurz auf. Schade, dass sich ihre Wege mit dem Umzug nach Woltersdorf zwangsläufig trennen mussten. Ob sie sich später wiedersehen würden, musste sich erweisen.

Nein, ging es der Jugendlichen jetzt durch den Kopf, nein, sie würde sich auch in Zukunft und am neuen Lebensort nicht verbiegen und nicht verbiegen lassen. Sie würde weiterhin ihr Leben aus staatlicher Sicht unangepasst leben und sich bemühen, ihre christliche Lebensausrichtung beizubehalten und auszubauen und durch ihre Glaubenstaufe vorläufig zu krönen.

Der Termin dieser Taufe sollte übrigens der 1. Dezember 1974 sein, der erste Adventsonntag. – Die neue Zeit in Woltersdorf würde ihr dabei sicher förderlich sein.

Um am letzten Augusttag 1974 spätnachmittags am Ort ihres neuen Lebensabschnittes einzutreffen, war die angehende Schwesternschülerin Annegret Kahle seit dem Vormittag mit Zügen der Reichsbahn, mit S-Bahnen und zuletzt mit der Straßenbahn unterwegs. Dabei musste sie auf der Fahrt von Teterow nach Woltersdorf mehrmals umsteigen. Auf ihr Gepäck und darauf, dass sie auf den Umsteigebahnhöfen jeweils den richtigen Zug oder die richtige S-Bahn erreichte, musste sie allerdings nicht achten, das tat ihre Mutter.

Die siebenundsechzigjährige Laura Kahle hatte es sich nicht nehmen lassen, ihre Tochter persönlich an ihren Ausbildungsort zu begleiten und sie dort in die Obhut der Leute vom „Verband zur Pflege tätigen Christentums“ im Haus

Gottesfriede zu geben. Ihr Mann hatte sie freilich vorher sehr nachdrücklich darum gebeten, und sie war seiner Weisung gerne gefolgt. Die Tochter sei noch nicht volljährig und dürfe und könne eine solche lange Reise mit ihren besonderen Anforderungen unmöglich allein machen. Sie könne sich auf den verschiedenen Umsteigebahnhöfen ja verirren, in den falschen Zug einsteigen, sich dadurch verfahren und am ganz falschen Ort ankommen. Zudem könne ihr Gepäck gestohlen werden oder sie könne irgendwelchen Ganoven in die Hände fallen und dann wisse man nie ... Der alte Herr hatte dann auch noch gemeint, es sei schon gut und wichtig, dass die Mutter in Woltersdorf wenigstens ein paar Leuten persönlich begegne, um gewisse Einzelheiten von Annegrets Zukunft mit ihnen abzusprechen.

Annegret war mit den Vorstellungen ihres Vaters gar nicht einverstanden gewesen. Sie hatte seinem Ansinnen vehement widersprochen, aber die Begleitung ihrer Mutter auf der Fahrt dann doch nicht verhindern können. Also hatte sie sich gefügt und gute Miene zum ärgerlichen Spiel gemacht. Unterwegs ging dann auch alles gut, wobei die beiden Frauen kaum miteinander redeten. Aber jetzt hier in der Schleusenstraße in Woltersdorf an der Pforte des Hauses Gottesfriede bei der Anmeldung die Mutter neben sich stehen zu haben und reden und immer wieder dazwischenreden zu hören, war Annegret dann doch peinlich. Sie wurde richtig ärgerlich, denn sie hätte sich sehr wohl auch selbst anmelden und die notwendigen Dinge ordnen können.

Peinlich war es der Jugendlichen auch, dass für die alte Dame ein Nachtquartier gesucht werden musste. Das Krankenhaus war ja kein Hotel oder Gasthof. Mit ihrer

Tochter im selben Zimmer zu wohnen, war für ihre Mutter nicht möglich. Dort wohnten nämlich bereits drei Schwesternschülerinnen, denen für heute eine neue Mitbewohnerin angekündigt war. Also musste Laura Kahle sich mit einer Liege in einem schlichten, gerade leer stehenden Mitarbeiterzimmer zufriedengeben. Sie nahm es gelassen, war sie doch glücklich, hier zu sein und zu erleben, wie denn die ersten Stunden und Tage ihrer Tochter am neuen Ort abliefen. Und wer die Menschen waren, die sie künftig umgaben und die sich um sie kümmerten.

Während Laura Kahle sich mit ihrem Quartier vertraut machte, begrüßte Annegret im gemeinsamen Zimmer unter dem Dach des Krankenhausgebäudes die drei Jugendlichen, die bereits seit einer Woche hier wohnten. Das waren Christel, die Pfarrerstochter, Heidrun, die Beschafferin aller möglicher seltener Dinge, und Edith. Diese rühmte sich, eine große Zahl DDR-Witze, sogenannte Flüsterwitze, zu kennen. „Die gebe ich nur bei besonderen Gelegenheiten und unter Ausschluss jeglicher Sicherheitsrisiken zum Besten“, wie sie schon bei der ersten Begegnung betonte.

Die drei Mädchen waren etwa gleichen Alters und hatten nur Vornamen. Nachnamen zu kennen sei völlig unwichtig. Alle drei trugen das gleiche Schicksal: Auch ihnen hatte der DDR-Staat am Ende ihrer Pflichtschulzeit ungerecht mitgespielt: weil sie selbst fromm und dazu Töchter christlicher Eltern waren. Weil sie nicht bereit waren anzuerkennen, dass „Dialektischer Materialismus … die wissenschaftliche Weltanschauung der Arbeiterklasse“ sei. Weil sie sich an ihren Heimatorten zu Kirche, Junger Gemeinde und anderen christlichen Kreisen gehalten hatten und anstelle des

Pionierhalstuchs und der FDJ-Nadel lieber das Kreuz auf der Weltkugel am Revers trugen, freilich mehr heimlich als offen, weil eigentlich verboten. Die drei hatten auch mit den staatlichen Kinder- und Jugendorganisationen der DDR nichts am Hut und hatten sich selten oder nie an Veranstaltungen dieser Gruppierungen beteiligt.

Aus diesen Gründen waren auch Christel, Heidrun und Edith andere Ausbildungswege verweigert worden, die sie gerne oder lieber eingeschlagen hätten. Und deshalb waren die vier per Zufall oder besser per göttlicher Fügung, wie Christel feststellte, für die nächsten Jahre zu einem vierköpfigen „FCAK" zusammengestellt, zu einem „fidel-charmanten Ausbildungskollektiv". Die vier Mädchen beschlossen noch am selben Abend, ihre gemeinsame Zeit auch wirklich fröhlich zu gestalten – und sich zudem Mühe zu geben, ihre Ausbildung in der vorgegebenen Zeit von drei Jahren erfolgreich abzuschließen. „Mit Gottes Hilfe wird uns das gelingen", fasste Christel ihre Ideen über die gemeinsame Zukunft zusammen.

Dass Annegrets Ausbildung erfolgreich verlaufe, sei ja wohl selbstverständlich, stellte die Mutter des Teterower FCAK-Mädchens beim Abschied von ihrer Tochter am nächsten Tag an der Straßenbahnhaltestelle vor dem Krankenhaus nachdrücklich fest. Und auch das andere möge sich das Mädchen hinter die Ohren schreiben: Am freien Wochenende führe der Weg nach Hause. Dann habe sie in Teterow zu sein. Das sei Annegret ihnen, den Eltern, schuldig. Zudem sei es nun wirklich nicht schön gewesen, dass sie, die Tochter, sich an diesem Wochenende so wenig um ihre Mutter gekümmert habe. Da hätte sie ja wohl auch in Teterow bleiben und sich die Reisestrapazen ersparen können.

„Na, wunderbar das alles, was du mir noch mitgibst, Mutti. Vergiss nicht, dass du die Reise freiwillig unternommen hast. Und für meine Zukunft behaltet mich nur an eurem Gängelband“, beendete Annegret ein wenig sarkastisch das Gespräch und nahm ihre Mutti kurz in die Arme. „Schau, deine Bahn kommt. Komm gut nach Hause und grüß den Vati. Ich gebe mir hier Mühe, alles so zu machen, wie ihr es wünscht und wie es hier von mir verlangt wird.“ Welche Gedanken der Jugendlichen dabei durch den Kopf gingen von Bevormundung, von Abstand, Loslassen und Freiheit verriet sie freilich nicht.

Momente später war Laura Kahle in die Straßenbahn eingestiegen, und das gelbe Schienenfahrzeug setzte sich mit einem schrillen Klingeln in Richtung Rahnsdorf in Bewegung. Annegret winkte ihm noch einmal nach und wandte sich dann den anderen drei FCAK-Mädchen zu, die ein paar Schritte abseits die Szene beobachtet und auf diesen Moment gewartet hatten. Wollten sie doch die Zeit bis zum Abendessen noch für einen ersten Spaziergang mit ihrer neuen Freundin nutzen.

„Und jetzt beginnt die Freiheit!?“, stellte Edith mit einem breiten Lächeln auf ihrem Gesicht fest, als Annegret die Mädchengruppe erreicht hatte.

„Jetzt beginnt die Freiheit, ihr Lieben!“, wiederholte Annegret den Satz. Sie sagte es mit spürbarer Erleichterung, machte einen Hopser auf der Stelle und ergänzte: „Ich fühle die Fesseln und Knebel schon deutlich gelockert.“

„Nur gelockert? Du bist sie also noch nicht los?“, fragte Heidrun.

„Natürlich nicht", antwortete Annegret mit einem leichten Seufzer. „Da muss ich wohl erst noch achtzehn werden, und das dauert bis zum nächsten Juli."

„Und du willst wirklich jedes freie Wochenende ...?", wollte Christel wissen.

„In der nächsten Zeit mal noch", erklärte Annegret. „Schon deshalb, weil ich zur Vorbereitung meiner Glaubenstaufe in der Gemeinde sein sollte. Unser Prediger hat mich freundlich gebeten, die letzten Termine nicht zu versäumen. Mein Vater hat dagegen meine Anwesenheit angeordnet, nach dem Motto: Wehe dir, du kommst nicht! – Was nach dem 1. Dezember ist, wird sich zeigen."

„Dann kannst du ja froh sein, dass unser DDR-Telefonnetz noch sehr großmaschig geknüpft ist", meinte Christel.

„Was glaubt ihr, wie ich das begrüße, dass meine Eltern keinen Telefonanschluss haben und wohl auch so bald keinen kriegen. Ihnen fehlt das berechtigte Interesse, das einer nachweisen muss, um per Antrag auf die Warteliste zu kommen", erklärte Annegret. „Meine Eltern würden doch sonst jeden Tag am Hörer hängen und Rechenschaft verlangen über jeden Schritt, den ich tue, und über jeden Pups, den ich lasse."

„Sie könnten aber doch von eurem Postamt aus anrufen", vermutete Edith.

„Das könnten sie. Das werden sie aber nicht tun", wies Annegret diesen Gedanken zurück. „Dafür haben sie viel zu großen Respekt vor Herrn Mielke von der Firma ‚VEB Horch und Guck'. Diesem Erich und seinen speziellen Freunden möchten sie selbst am Telefon nur sehr ungern begegnen. Es reicht ihnen, wenn die Männer in den schwarzen Mänteln und die Frauen in den grauen Einheitskostümen ab und an vorbeikommen, damit sie nachschauen, ob bei den Kahles noch alles in Ordnung ist."

„Da fällt mir doch gerade ein doppelter Erich-Witz ein", unterbrach Edith diesen Gedanken und schaute sich um, ob auch kein schwarzer Mantel in der Nähe war. „Kommt mal näher." Und dann sprach sie im Flüsterton weiter: „Die beiden großen Erichs, Honecker und Mielke, unterhalten sich über ihre Hobbys. Sagt Honecker: ‚Ich sammle alle Witze, die über mich im Umlauf sind.' Sagt Mielke: ‚Mensch Erich, da haben wir ja fast das gleiche Hobby. Ich sammle nämlich alle, die sie in Umlauf bringen ...'"

Nach einem Moment herzhaften Gelächters wurde Heidrun sehr ernst: „In den einschlägigen Sonderherbergen sollen eine Menge solcher Leute untergebracht sein. Also Vorsicht beim Scherzen." Dann kam sie auf das Stichwort von eben zurück: „Hätten die denn bei euch was zu finden?"

„Bisher haben sie nie etwas gefunden", grinste Annegret, „keine Mitgliedskarten der SED, der Deutsch-Sowjetischen Freundschaft, des FDGB oder eines anderen Vereins unseres Landes, keine systemtreuen Zeitungen und Zeitschriften, systemwidrige schon mal gar nicht, keine versteckten Antennen zum Empfang von Westfernsehen, nur immer Bibel, Gesangbuch, Andachtsbücher wie die Herrnhuter ‚Losungen' und die ‚Lichtstrahlen' oder fromme Bücher von Pfarrer Paul Toaspern und Diakon Fritz Hoffmann und solchen christlichen Autoren unseres Landes. Alles staatlich genehmigte Literatur, mit offiziellen Lizenznummern versehen."

„Solche Bücher würden die bei uns zu Hause regalweise finden, wenn sie denn danach suchten. Aber zu uns kommen die schwarzen Ledermäntel nicht selbst. Die schicken irgendwelche harmlosen Leute in die Seelsorge-Sprechstunden meines Vaters und in seine Gottesdienste. Die Ehrenmänner oder Ehrenfrauen machen dann Meldung an die Büros des feinen Herrn Mielke", erklärte die Pfarrerstochter Christel und leitete damit einen regen Austausch ein über ihre Familien und ihr Verhältnis zum DDR-Staat …

Während dieses Gesprächs hatten die vier Mädchen auf ihrem Spaziergang die Straße hinab in Richtung Kalksee die Schleuse erreicht und dabei nicht gemerkt, wie die Zeit davongeeilt war. Ein wenig erschrocken machten sie kehrt und eilten im Laufschritt die Schleusenstraße wieder hinauf. Völlig außer Atem erreichten sie den Mitarbeiterspeiseraum im Krankenhaus gerade noch vor dem Anfangsgebet. Die deutliche Ermahnung der leitenden Schwester zu künftig größerer Pünktlichkeit hörten sie dann nach dem Dankgebet am Ende des gemeinsamen Abendessens. In etwas freundlicherem Tonfall gab es dann auch die nötigen Anweisungen für den kommenden Morgen mit dem Beginn der Ausbildung der FCAK-Mädchen und ihrer Kolleginnen und Kollegen, die mit ihnen den Beruf der Krankenpflege erlernen wollten. Die Information endete mit dem deutlichen Hinweis darauf, es am Abend nicht zu spät werden zu lassen, denn am Morgen beginne der harte Ernst ihres „Hilfsschwestern-Lebens", wie die offizielle Bezeichnung hieß: 5.30 Uhr Aufstehen, 6.00 Uhr Frühstück, 6.30 Uhr Arbeitsbeginn auf Station.

Das Kleeblatt aus der Dachstube – Annegrets Kommentar: „Ich habe die vergangenen dreizehn Jahre nur in Dachstuben mit schrägen Wänden gelebt" – nahm sich die Mahnung zu Herzen. Der Tag war ja auch aufregend und anstrengend gewesen. Jede ordnete noch ihre Dinge für den kommenden Morgen, ehe die vier sich zu einer kurzen Abendandacht um den kleinen gemeinsamen Tisch setzten.

Allerdings musste an diesem ersten gemeinsamen Abend erst noch ein Flüsterwitz kommen. Die vier Mädchen steckten die Köpfe zusammen und Edith, die Witzesammlerin, sprach in leisem Gelispel: „Also: Die Lehrerin fragt in der Schule, mit was für einem Bild man die DDR beschreiben könnte. Meldet sich ein Schüler und sagt: ‚Ich stelle mir vor, die DDR ist wie ein Baum. Fest verwurzelt im sozialistischen Staatenverband wächst er empor und wird immer stärker.' – Meldet sich ein zweiter Schüler und sagt: ‚Ich stelle mir vor, die DDR ist ein Traktor mit einem riesigen Pflug dran. Unermüdlich fährt der Traktor vorwärts und überall, wo er den Ackerboden aufgebrochen hat, blüht und gedeiht es.' – Meldet sich Fritzchen und sagt: ‚Ich stelle mir vor, die DDR ist ein stolzes Schiff. Das Schiff trotzt jedem Sturm und jeder See, und die Leute stehen an Deck …' – ‚Ein sehr schönes Bild, Fritzchen', sagt die Lehrerin. Darauf meint Fritzchen: ‚Ich bin noch nicht fertig. Die Leute stehen an Deck, haben grüne Gesichter und füttern allesamt die Fische!"

Das Lachen über den Witz blieb ein wenig verhalten, gab er doch in seiner Pointe eine tiefe Wahrheit wieder. Es blieb allerdings auch deshalb gedämpft, weil selbst in diesem frommen Haus niemand sicher sein konnte, ob nicht irgendwo falsche Ohren mithörten.

Den Wochenspruch dieses 1. Septembers 1974, des 12. Sonntags nach Trinitatis, brauchte sie dann nicht mehr in gedämpfter Lautstärke zu lesen. Dazu schlug Christel, die Pfarrerstochter, die sich von Haus aus im Kirchenjahr und seinen Texten bestens auskannte, den Propheten Jesaja auf und las aus dem Kapitel 42,3: „Das geknickte Rohr wird er nicht zerbrechen, und den glimmenden Docht wird er nicht auslöschen.“ Danach sagte sie noch ein paar Sätze zu dem Text, quasi als Kurzpredigt: „Ihr Lieben, auf uns kommen ganz neue Zeiten zu. Da werden wir uns manchmal empfinden wie ein Docht, der nur noch glimmt, und wie ein geknicktes Rohr, das keinen Halt mehr findet. Immer wenn das so ist, sollen wir wissen, dass wir nicht allein sind. Wir haben ab heute uns, jede die anderen, und wir wollen immer füreinander da sein. Dazu haben wir unseren Herrn Jesus Christus, an den wir alle glauben. Der facht den glimmenden Docht wieder zur Flamme an, und der gibt dem kraftlosen Rohr neuen Halt. Amen, so ist es! – Wer jetzt beten will, der bete. Und dann schließen wir die Runde gut lutherisch ab mit dem gemeinsamen Vaterunser und dem Kanon ‚Herr, bleibe bei uns‘. Einverstanden?“

„Einverstanden“, antworteten die anderen drei gleichzeitig und so klang ihr erster gemeinsamer Tag aus mit dem dreistimmigen „Herr, bleibe bei uns, denn es will Abend werden, und der Tag hat sich geneiget“. Da Edith nicht so gerne sang, überließ sie den drei anderen die Teile des Kanons. – Übrigens sollte in der kommenden Zeit noch mancher gemeinsame Abend der Mädchen in der Dachstube einen ähnlichen Abschluss haben.

Für Annegret begann mit ihrem ersten Arbeitstag am Montag, dem 2. September, eine Zeit, die es in sich hatte und die bestimmt war von sehr viel Lernen in der Pflegeschule und viel Arbeit auf der jeweiligen Station. Was da an medizinischem Grundwissen und an speziellem Fachwissen bereits in den ersten Monaten alles in den Kopf musste über den Menschen und den Aufbau seines Körpers! Knochen, Gelenke, Sehnen, Muskeln, Nerven hatten alle ihre speziellen

Namen, und es gab sie in großen Stückzahlen. Das war ja schier nicht zu überschauen, geschweige denn ins Gedächtnis aufzunehmen. Was musste zudem nicht alles gelernt werden über die zahlreichen Organe des Menschen, über ihren Bau und ihre Funktionen!

Ach ja, dann gab es ja auch die ungezählten Möglichkeiten der Missbildungen und Fehlstellungen, der Brüche, Zerrungen und Stauchungen, des Totalversagens oder auch nur der Über- und Unterfunktionen mit den tausend Möglichkeiten, medizinisch und therapeutisch etwas dagegen zu tun …

Wahrlich, der Mensch war ein äußerst großartiges göttliches Geschöpf und ein „Kunstwerk von äußerster Komplexität", wie es jemand formuliert hatte, und er war sicher nicht „das Ergebnis eines langen evolutionären Prozesses", wie es der Unterricht an der POS hatte weismachen wollen. Die Lehrer damals hatten ja auch keine Ahnung von den biblischen Wahrheiten aus dem 1. Buch Mose, aus Psalm 8 und ähnlichen Texten über den Menschen als der Krönung der Schöpfung, „wenig niedriger gemacht als Gott". Darüber immer wieder dankbar zu staunen war das eine. Etwas ganz anderes war dagegen, die unzähligen elementaren Begriffe und Zusammenhänge zu lernen. Das machte zuweilen erhebliche Mühe und vermochte immer wieder, Annegret – und nicht nur ihr – die Freude am Erlernen des Pflegeberufs zu verringern oder gar zu vergällen.

Zum Einprägen des objektiven Fachwissens kam ja auch die Einübung des subjektiv rechten Verhaltens am Arbeitsplatz, das natürlich auch in einem christlichen Krankenhaus unter der staatlichen Vorgabe stand, die Krankenschwester in der DDR habe sich „mit den humanistischen Zielen des sozialistischen Gesundheitswesens zu identifizieren". Das war freilich relativ unproblematisch, waren doch die „Allgemeinen Prinzipien der Einstellungen und Verhaltensweisen in der Krankenpflege" von christlichen Zielen des Gesundheitswesens nicht sehr weit entfernt.

Die fünf Regeln „Einfühlungsvermögen", „Akzeptieren der Persönlichkeit", „Emotionale Zuwendung", „Kooperation und Zielorientierung" und „Eigenaktivität und Individualität", die sich eine Krankenschwester zu eigen machen sollte, ließen sich durchaus christlich deuten und umsetzen. Auch in einer Einrichtung wie Haus Gottesfriede galt, dass die Patienten unterschiedlichster Herkunft, Veranlagung und Erscheinung, Befindlichkeit und Bedürftigkeit mit ihren Bedürfnissen nach sozialistischen, nein, nach christlichen Maßstäben höchste Priorität genossen.

Dennoch: Was musste nicht auch für diesen Bereich alles gelernt und eingeübt werden: für das Miteinander mit den Ärzten, Schwestern, Pflegern und anderem Personal oder auch mit Besuchern des Krankenhauses, für den Umgang mit Patienten und für das Zusammenleben im Kollektiv der Lernenden. Bei dem allen stand hier und da ein Fettnäpfchen bereit, in das man hineintreten konnte. Da war immer wieder einmal eine Entschuldigung nötig, die Bitte um Nachsicht und bei sich selbst die Bereitschaft, Kritik und Korrektur zu hören, anzunehmen und zu verarbeiten.

In diesem Haus arbeiteten zwar beinahe ausschließlich Menschen, die ihren Christenglauben ins Leben umsetzen wollten. Aber auch die waren Menschen mit ihren ganz eigenen Stärken und Schwächen, und auch im Miteinander unter ihnen herrschte nicht immer eitel Sonnenschein. Da gab es durchaus hin und wieder kleine Unwetter mit Blitz und Donner und heftigem Niederschlag, die freilich in der Regel die Luft wieder reinigten und das Atmen erleichterten.

Im Dachzimmer der vier FCAK-Mädchen rauchten immer wieder gewaltig die Köpfe. Der von Annegret freilich rauchte am stärksten, fiel es ihr – aus welchen Gründen auch immer – doch schwerer als Christel, Heidrun und Edith, den Lernstoff in den Kopf zu bekommen. Die vielen Fachbegriffe waren für sie wie russische Vokabeln und russische Grammatik, die auch nur mit Mühe in den Kopf gegangen waren. Gut, dass die drei Freundinnen Verständnis hatten und sehr hilfsbereit waren. Gut auch, dass die Lehrschwester für Anatomie zwar ein strenger, aber dabei auch ein freundlicher und positiv denkender Mensch war. Sie versorgte Annegret mit gelegentlichen Hinweisen zum effektiven Lernen, sodass ihre Testergebnisse dann doch zumeist über dem Durchschnitt lagen.

In den praktischen Bereichen ihrer Ausbildung hatte Annegret weniger Probleme. Sie beherrschte ihre Gerätschaften, und sie kam zumeist mit Menschen gut aus, na ja, mit fast allen. Sie hatte freilich das Glück, einem Kollektiv zugeordnet worden zu sein, in dem Leute arbeiteten, die unkompliziert waren, und die es verstanden, aus Mücken keine Elefanten zu machen.

Bei all dem war eins allerdings schade: Für die eigene oder auch gemeinsame Freizeitgestaltung der jungen Leute blieb nicht viel Zeit. Das Arbeitspensum war erheblich. Dennoch gab es schon einmal einen Spaziergang, eine Spielrunde, eine Stunde zum Lesen oder für anderes, was nichts mit Lernen zu tun hatte. Eins allerdings war allen vieren aus dem FCAK wichtig: dabei zu sein, wenn Lehr- und Jugendschwester Inge rief, weil der christliche Jugendbund irgendetwas Übliches oder auch Unübliches veranstaltete.

Es gab im Haus Gottesfriede einen offenen christlichen Jugendkreis, der offiziell „Junge Gemeinde" war, also Jugendarbeit der evangelischen Kirche, der sich aber gerne – heimlich und verdeckt, versteht sich – „Jugendbund für entschiedenes Christentum" nannte. Denn das wollten die jungen Leute sein, die sich regelmäßig in einem eigens dazu hergerichteten Kellerraum des Krankenhauses um Schwester Inge scharten: entschiedene junge Christen, die sich in ihrem sozialistischen Umfeld als Kinder Gottes und Nachfolger Jesu zu bewähren wussten und die ihren Auftrag darin sahen, ihren Glauben einladend für junge Leute ihres „weltlichen" Umfeldes zu leben.

Unter den Jungen und Mädchen dieses Kreises wurde regelmäßig die Bibel gelesen und nach ihren Wahrheiten und Weisungen, nach ihren Ansprüchen und Zusprüchen gefragt. Es wurde viel gebetet, gesungen und gelacht, viel diskutiert über Themen der sozialistischen Welt zwischen „Marx gleich Theorie" und „Murks gleich Praxis". Selbstverständlich wurde drinnen und draußen auch kräftig gefeiert und gelegentlich richtiger Blödsinn veranstaltet – etwa nach einem guten Rat des italienischen Priesters und Jugendseelsorgers Don Giovanni Bosco, den irgendjemand als Karte im Jugendraum an die Wand gepinnt hatte: „Das Beste, was wir auf der Welt tun können, ist fröhlich sein, Gutes tun und die Spatzen pfeifen lassen." Ein guter Dreiklang, darin waren sich alle jungen Leute einig.

Das eigentliche Motto des Jugendkreises war allerdings dem Prophetenwort Nehemia 8,10 entlehnt: „Die Freude am Herrn ist unsere Stärke!" Diese Freude drückten die jungen Leute auch immer wieder aus, wenn sie ihre „Hymne“ sangen, das Lieblings- und Erkennungslied ihres EC – EC gleich „Enthusiasten-Club“. So nannten sie sich zuweilen, um „offiziell“ das staatlich verpönte Symbol „EC“ verwenden zu können.

Das besondere Lied stammte von Paul Nadolny und Wolfgang Behnk, war mit einer Melodie von Herbert Buffum versehen und im westdeutschen Hänsslerverlag erschienen. Irgendwann und irgendwie war es über die deutsch-deutsche Grenze gebracht worden – wie viele andere Lieder auch und wie manches Material für die Arbeit in christlichen Gemeinde- und Jugendkreisen – und hatte sich sehr schnell in der DDR verbreitet. Es gab kaum eine Zusammenkunft der frommen jungen Leute, bei der dies Lied nicht am Anfang oder am Ende der Veranstaltung gesungen wurde:

„Wir singen von Jesus, sein ist Gewalt und Macht;
er hat auf Golgatha das Heil der Welt vollbracht.
Der große Gott ist er und aller Herren Herr.
Wir singen von Jesus mehr und mehr.

Wir singen von Jesus, er ist der gute Hirt,
er sucht in Dunkelheit das Schaf, das sich verirrt.
Strahlt selbst als Stern so hell, weist dir den Weg so
schnell heraus aus Sünde, Furcht und Höll.

Wir singen von Jesus, er ist das Lebensbrot,
stillt Hunger in der Welt, tröstet dich in der Not.
Er trägt die Herrschaftskron, regiert vom Himmels-
thron, reicht Lebenswasser dir zum Lohn.

Wir singen von Jesus, er ist der Friedefürst,
heilt dich von Sorgenlast, wenn du sein Bruder
wirst. Weiß ist sein Festgewand, blutig die wunde
Hand; sie führt dich heim ins heilge Land.

Wir singen von Jesus, er ist der starke Fels.
Er ist das Sündenlamm, geschlachtet für die Welt.
Er ist der Bräutigam, zündt ihm die Lichter an,
damit die Welt ihn sehen kann.

Wir wandeln mit Jesus, ja, das ist herrlich schön.
Bald werden wir verklärt sein Antlitz strahlen sehn.
Wir werden sein wie er, so sagt sein heilig Wort.
Wir wandeln mit Jesus fort und fort."*

Zwei Strophen einer englischen Fassung des Liedes waren übrigens auch aus dem Westen mitgeliefert worden. Ob die wohl die Originalfassung des Liedes waren und dieser Herbert Buffum der englische Originaltexter? Wie auch immer, die englischen Strophen wurden ebenso gerne gesungen wie die deutschen:

„Let's talk about Jesus, the king of kings is He,
the Lord of Lords supreme, thro' all eternity …"

Annegret war seit ihrer ersten Begegnung mit diesem Lied von seinem Text und seiner Melodie tief begeistert. Deshalb hatte sie bei ihrem nächsten Besuch in Teterow Text

---

* Originaltitel: *Let's talk about Jesus*. Text und Melodie: Herbert Buffum (1879 - 1939). Dt. Text: Paul Nadolny (Str. 1) & Wolfgang Behnk (Str. 2-5) © (Dt. Text) SCM Hänssler, 71087 Holzgerlingen

und Noten im Gepäck, in Ermangelung eines Kopiergerätes mit spitzem Stift auf eine Matrize geschrieben und auf einer handbetriebenen Ormig-Maschine vervielfältigt, damit möglichst viele junge und alte Gemeindeglieder das Lied leicht lernen und singen konnten.

Im Gottesdienst ihrer Baptistengemeinde wurde das Lied dann auch sofort begeistert aufgenommen und gesungen. Dass es am Adventsonntag am 1. Dezember 1974 seinen Platz im Rahmenprogramm von Annegrets Taufe bekam, entsprach dem ausdrücklichen Wunsch der Hauptperson dieses Gottesdienstteils, einem ganz wichtigen Ereignis in ihrem Leben.

Aus den teilweise heftigen Diskussionen, die es im Vorfeld in Annegrets Umgebung über ihre zweite Taufe mehrfach gegeben hatte, hatte sie sich weitgehend herausgehalten, zuletzt mit der deutlichen Bitte, ihre Entscheidung zu diesem Schritt doch einfach zu akzeptieren und stehen zu lassen. Sie habe ein gutes Gewissen dabei und sehe nichts Falsches in ihrem Tun.

Das öffentliche Glaubenszeugnis vor der Gemeinde und die anschließende Taufe durch Untertauchen im Wasserbecken gaben der Jugendlichen das Gefühl, jetzt richtig zur Gemeinde Jesu in dieser Welt zu gehören: Er, Jesus, der Herr und Heiland, in ihr und sie in ihm und dadurch endlich vollgültiges Glied an seinem Leib mit Jesus als dem alles regierenden Haupt.

So ähnlich drückte es auch der Prediger in seiner kurzen Taufansprache aus, ehe er dem Täufling als Geleit das Wort Jesaja 43,1 zusprach:

„Und nun spricht der Herr, der dich geschaffen hat, Jakob, und dich gemacht hat, Israel: Fürchte dich nicht, denn ich habe dich erlöst; ich habe dich bei deinem Namen gerufen; du bist mein!“

„Setz für ‚Jakob' und für ‚Israel' deinen eigenen Namen ein, liebe Annegret", führte er dazu aus, „und nimm dieses vom Propheten gesprochene Gotteswort für dich ganz neu und ganz persönlich an. Es verbindet sich wunderbar mit deinem Konfirmationsspruch nach Jesaja 41,13, der ja bereits ein paar Jahre mit dir geht: ‚Ich bin der Herr, dein Gott, der deine rechte Hand fasst und zu dir spricht: Fürchte dich nicht, ich helfe dir.' Und er bestätigt auch den göttlichen Zuspruch, der dich noch länger begleitet, aus 1. Mose 28, bekanntlich auch ein Zuspruch an Jakob: ‚Gott spricht: Siehe, ich bin mit dir und will dich behüten, wo du hinziehst.' Also: Singe allezeit fröhlich von Jesus, liebe Annegret, und wandle mit ihm! Dann wird dein Leben einen gesegneten Verlauf nehmen."

Damit legte der Pastor dem Täufling die Hände auf das nasse Haupt: „Und so geh hin im Frieden des Herrn, Annegret Kahle. Geh hin mit dem Segen des dreieinigen Gottes, des Vaters und des Sohnes und des Heiligen Geistes."

Nach dem gemeinsamen Tauffest-Mittagessen in der Gemeinde an der Niels-Stensen-Straße musste Annegret, die inzwischen selbstverständlich ihr nasses Taufkleid gegen schicke winterliche Sonntagskleidung getauscht hatte, sich leider schon von den Eltern und von den Teterower Freunden verabschieden. Die Pflicht als Schwesternschülerin in Woltersdorf rief und ließ keinen längeren Aufenthalt zu Hause zu. Zudem wollte sie am Abend ihre Taufe noch ein wenig mit den Freundinnen des FCAK feiern, die leider in Teterow nicht hatten dabei sein können.

Suche nach den Wurzeln

Ihre Mutter begleitete Annegret noch zum Bahnhof. „Vati wäre auch gerne mitgegangen“, bedauerte sie, „aber er wird froh sein, wenn er nachher den Weg nach Hause wieder geschafft hat.“ Auf dem Bahnsteig drückte die ältere Frau der jüngeren noch einen Umschlag in die Hand. Sie tat es ein wenig verschämt und im letzten möglichen Moment. Annegret stand bereits in der Tür des Waggons. „Du magst später reinschauen, was drinsteckt. Es könnte für dich bedeutsam sein.“ Annegret kam gar nicht mehr dazu, sich zu bedanken, denn der Zug setzte sich bereits mit einem lauten Pfiff in Bewegung. Ihr blieb nur noch ein kurzes versonnenes Winken, das ihre Mutter allerdings schon gar nicht mehr sehen konnte.

Während sie einen Sitzplatz suchte, steckte Annegret den Umschlag zunächst einmal in die Innentasche ihres Mantels, ohne ihn weiter zu beachten. Der schien vom Tastgefühl her ohnehin den üblichen Inhalt zu haben, nämlich irgendeine fromme Schrift des westdeutschen Missionswerks Werner Heukelbach in Wiedenest bei Bergneustadt, wie auch immer ihre Mutter an diese Schriften herankam, die unter dem Gesamtmotto „Gerade du brauchst Jesus“ kostenlos zum Verteilen abgegeben wurden. Vielleicht steckten ja auch wie bisher immer ein paar rote oder grüne Scheine DDR-Mark für private Ausgaben darin. Das nachzuschauen hatte aber Zeit. Die Lernschwester zog zunächst ein Anatomiebuch aus ihrer Tasche, um die lange Liste der menschlichen Skelettknochen wieder einmal durchzusehen. In der neuen Woche sollte es einen Zwischentest geben, und den wollte sie ungern verhauen.

Am späten Abend in Woltersdorf angekommen, gab es im Zimmer der vier FCAK-Mädchen noch eine kleine Taufnachfeier bei adventlichem Kerzenlicht. Es brannte freilich mehr als eine Kerze.

Woher die Pfarrerstochter Christel die Flasche Sekt bekommen und wie sie diese unbemerkt nach oben gebracht hatte, blieb ihr Geheimnis. Das dazu passende Salzgebäck hatte Heidrun besorgt, und Ediths Witz durfte heute Abend auch nicht fehlen, wobei die vier Freundinnen ihre Köpfe nicht unbedingt zusammenstecken mussten, wie sie meinte. Edith stellte ja auch nur eine schlichte Frage: „Kann man eine Banane als Kompass verwenden?“ Achselzucken, Stirnrunzeln, große Augen bei den drei Freundinnen. Keine wusste eine Antwort. „Ist doch ganz einfach“, erklärte Edith: „Man legt sie auf die Berliner Mauer. Die Seite, von der die Banane angebissen wird, zeigt nach Osten.“

Nun, so richtig zum Lachen reizte diese Geschichte nicht, weil sie wie viele „einheimische“ Witze eine traurige Wahrheit als Hintergrund hatte: Bananen! Wann gab es denn im Land der ungezählten und stets wiederkehrenden „Ausgänge“ („Die Ware ist leider ausgegangen!“) schon einmal Bananen? Und wenn es sie doch gab, dann bildeten sich lange Schlangen wegen der fleckig-schrecklichen kubanischunreifen „Bückware“ in braunen Papiertüten, ähnlich wie bei den grünen „Gummihaut-Orangen“ von derselben sozialistischen Bruderlandinsel in der fernen Karibik.

Aber auch ohne Bananen stand jetzt einem fröhlichen und dankbaren Tagesausklang nichts mehr im Weg. Annegret berichtete nach Sekt und Gebäck, Spaß und Gelächter zuletzt noch über ihre Tauffeier und gab mit dem Hinweis auf ihren Taufspruch aus Jesaja 43 und den Gedanken des Pastors dazu dem Tagesausklang am Sonntagabend die übliche geistliche Ausrichtung. Schlusspunkt wurde die englische Version der „Hymne": „Let's talk about Jesus …"

Durch das fröhliche und zuletzt besinnliche Miteinander an diesem 1. Adventssonntag war der Umschlag, den die Mutter ihrer Tochter bei der Abfahrt aus Teterow noch zugesteckt hatte, in Vergessenheit geraten. Er tauchte in Annegrets Bewusstsein erst wieder auf, als sie wenige Tage später ihren Mantel brauchte und beim Überziehen spürte, dass da etwas in der Innentasche steckte. Rasch zog sie den grauen Umschlag heraus, riss ihn auf und zog ein unbeschriftetes gelbliches Heftchen in der Größe einer normalen Postkarte hervor. Was war denn das? Annegret drehte das Heftchen herum und las zu ihrem Erstaunen auf der Vorderseite „Impfausweis für Kahle Annegret." Der Name war handschriftlich eingetragen. Darunter stand in wesentlich kleineren Buchstaben: „Zur Beachtung: Der Impfausweis ist ein Dokument. Es ist sorgfältig aufzubewahren und bei jeder Vorstellung des Inhabers beim Arzt/Impfarzt, Schularzt, Mütterberatungsstelle, Poliklinik, Betriebsarzt sowie bei Aufnahmen in ein Krankenhaus vorzulegen." Annegret wendete das Papier hin und her, blätterte es durch und dachte dabei angestrengt nach. Nein, dieses Dokument hatte sie noch nie gesehen und schon gar nicht in der Hand gehabt.

Beim Lesen fiel der Schwesternschülerin ein, dass sie bei ihrer Ankunft im Haus Gottesfriede nach einem Impfausweis gefragt worden war. Die Mutter hatte sich sofort eingeschaltet und auf die Frage geantwortet, sie habe den Ausweis leider nicht dabei und werde ihn nachreichen. Annegret hatte die Frage und ihren Gegenstand dann wieder vergessen.

Aber jetzt hielt sie das Dokument in der Hand, das die Mutter ihr ohne jeden Kommentar einfach so zugesteckt hatte. Warum hatte die wohl nichts dazu gesagt? Annegret begann innerlich ein wenig zu zittern. Ärger kam in ihr hoch. Zorn über diese Übergabegeschichte griff nach ihr. Mit zitternden Händen schlug die Jugendliche, jetzt auf der Bettkante sitzend, das Heftchen richtig auf, schaute, las, staunte und wunderte sich. Auf der ersten Doppelseite fand sie noch einmal ihren Namen und ihre Teterower Anschrift. Dann standen da das Ausstellungsdatum 2.1.1962 und eine unleserliche Unterschrift. Das Ganze war versehen mit einem Stempel vom Rat des Kreises Teterow, Abteilung Gesundheitswesen und Sozialfürsorge.

Auf den folgenden Seiten waren verschiedene Termine eingetragen, die die Impfungen gegen Diphtherie, Keuchhusten, Wundstarrkrampf, Pocken und Tuberkulose dokumentierten und abgestempelt waren von einem „Clara-Dieckhoff-Haus“ in Güstrow, vom Kreiskrankenhaus in Teterow und von der Abteilung Gesundheitswesen-Impfwesen in Teterow. Der älteste eingetragene Termin war der 9.1.58, der jüngste der 17.4.73. Die Clara-Dieckhoff-Haus-Termine waren offenbar nachträglich eingetragen, bei einigen anderen war der Stempel nicht zu lesen. – Merkwürdig! Alles sehr merkwürdig!

Annegret lief es heiß und kalt den Rücken herunter. Was für ein Papier hatte sie da in der Hand? War das nicht ein eindeutiges neues Beweisstück dafür, dass sie ihre ersten

Lebensjahre in diesem Kinderheim verbracht hatte, wobei ihr eigentlicher Name Sawetzki in dem Papier gar nicht auftauchte? Als der Impfausweis ausgestellt wurde, war sie bereits adoptiert. So weit, so gut. Oder auch nicht gut! Warum bekam sie, Annegret, dieses Papier erst jetzt in die Hand? In der Jugendlichen nistete sich zu Ärger und Zorn zusätzlich Traurigkeit ein. Die alten Fragen kamen wieder hoch, die nach ihrer tatsächlichen Herkunft, die nach ihren Eltern und möglichen Verwandten und solche nach anderem, das mit ihrem jungen Leben zu tun hatte.

Zu den alten Fragen kam jetzt allerdings eine neue: Wieso „Clara-Dieckhoff-Haus"? Diesen Namen hatte Annegret noch nie gehört, zumindest nicht so, dass sie sich daran erinnern konnte. Aber dieses Haus musste wohl das sein, in dem sie ihre ersten Lebensjahre verbracht hatte und aus dem ihre Adoptiveltern sie herausgeholt hatten. Und wenn als erstes Impfdatum der 9.1.58 angegeben war, hieß das doch, dass sie, Annegret Sawetzki, bereits im Alter von sechs Monaten in diesem Haus gelebt hatte. Sie musste also bereits als Säugling in der Einrichtung in der Grünen Straße – die Anschrift war dem Stempel zu entnehmen – eingezogen sein. Was war denn dann im Sommer oder Herbst 1957 mit ihren Eltern gewesen, dass sie, die Tochter, schon bald nach ihrer Geburt nicht mehr bei Vater und Mutter hatte leben können?

Noch etwas fiel Annegret Kahle auf: An die letzte Impfung am 10. April vergangenen Jahres konnte sie sich gut erinnern. Eine freundliche Ärztin vom Impfwesen der Stadt Teterow hatte an jenem Dienstag, genau am hundertsten Tag des Jahres, wie die Frau bemerkt hatte, bei ihr eine Kombinationsimpfung gegen Wundstarrkrampf und gegen

Pocken vorgenommen. Eine Woche später hatte ein Arzt die Impfkontrolle durchgeführt. Dass aber beide Termine in einen Impfausweis eingetragen worden waren, daran konnte Annegret sich beim besten Willen nicht erinnern. Die Mutter, die damals dabei war, musste diese Einträge heimlich bekommen oder später eingeholt haben, damit sie, die Tochter, nichts von der Existenz dieses Papiers mitbekam. Wieder merkwürdig!

Beim weiteren Nachdenken über diese Dinge kamen der Lernschwester die Tränen. Warum hatte die Mutter, warum hatten die Eltern aus ihrer Herkunft ein solches Geheimnis gemacht? Warum hatten sie nie mit offenen Karten gespielt und auf dieses Kinderheim hingewiesen? Warum hatten sie ihre Adoptivtochter so dumm und im Ungewissen gehalten? Warum? Warum? Warum? Annegret nahm ihren brummenden Kopf zwischen die Hände und ließ den Tränen freien Lauf. Vielleicht brachte das ein wenig Erleichterung für ihre gequälte Seele. Vor der stand die große Frage, wie sie denn nun mit diesem neuen Wissen umgehen sollte? Den Eltern einen Brief schreiben und um endlich ehrliche Auskunft bitten? Sie demnächst bei ihrem Weihnachtsurlaub darauf ansprechen?

Ob die drei Freundinnen Rat wussten? Die kannten die Geschichte ihrer Teterower Mitbewohnerin, soweit wie die sie selber kannte. Ob sie mal mit Schwester Inge sprechen sollte? Die Leiterin des Jugendbundes hatte sich schon bei manchen kritischen Dingen als sehr einfühlsam erwiesen. Oder ob sie vielleicht auch mit der „Externen" im Jugendkreis über ihre Fragen sprechen konnte? Margrit Böckhauser, eine junge Horterzieherin aus dem benachbarten Rüdersdorf und treue Besucherin des Jugendbundes, hatte eine ähnliche Geschichte hinter sich; allerdings mit dem Unterschied, dass ihre Adoptiveltern ihrer Tochter schon sehr früh reinen Wein eingeschenkt hatten und sie folglich über ihre Vergangenheit Bescheid wusste – soweit das möglich war – und damit umgehen konnte, ohne innere Not zu leiden.

Während Annegret noch mit diesen Fragen beschäftigt war, hörte sie Christel, Heidrun und Edith die Treppe heraufkommen. Rasch wischte sie sich die letzten Tränen aus dem Gesicht, erhob sich von ihrer Bettkante und stellte sich ans Fenster, um den Schneeflocken zuzuschauen, die sanft und geräuschlos aus den grauen Wolken fielen und dem Boden entgegentaumelten. Die drei sollten nicht sofort sehen, dass ihre Mitbewohnerin im Augenblick mit besonderen Problemen kämpfte. Leider hatte es Annegret aber versäumt, den Impfausweis vom Fußboden aufzuheben, ihn wieder in seinen Umschlag zu stecken und verschwinden zu lassen, sodass Edith sich sofort nach dem Heft bückte und es aufhob.

„Was ist das denn für ein Schmuddelstück?“, fragte sie und antwortete gleich selbst: „Ein Impfausweis? Brauchst du etwa eine neue Impfung, Annegret? Tuberkulose, Pocken, Keuchhusten oder so was?“

Annegret blieb keine Wahl. Sie wandte sich vom Fenster ab und den dreien zu. „Das ist mein Impfausweis von 1962 mit Einträgen von 1958 und später.“

„1958?“, wunderten sich die drei beinahe gleichzeitig, und Christel bemerkte weiter: „Da stecktest du doch noch in den Windeln und im Strampler. Wo hast du das Papier plötzlich her?“

Jetzt blieb Annegret doch nicht anderes übrig, als ihre

Freundinnen in ihre Entdeckungen einzuweihen und sie an ihren Überlegungen zu beteiligen. – Es wurde ein langes, ernsthaftes Gespräch mit dem abschließenden Rat an Annegret, die ganze Sache tatsächlich noch einmal mit Margrit Böckhauser zu besprechen. Als selbst Betroffene wüsste die sicher am besten, wie Annegret mit der Sache umgehen könnte.

Nach dem Gedankenaustausch ging es Annegret schon wieder um einiges besser. „Danke, ihr drei“, beendete sie das Gespräch. „Ihr habt mir sehr geholfen. Es ist wie im Galaterbrief: ‚Einer trage des andern Last …‘ – Jetzt gehe ich noch eine Runde ums Haus. Ich brauche frische Luft und muss den Kopf von trüben Gedanken freikriegen.“

„Stopp!“, bremste Edith die Freundin noch für einen Moment. „Nimm dir noch einen Witz mit auf den Weg. Der hilft dir, dass du nicht draußen wieder ins Grübeln kommst.“

„Gut, dann erzähl“, gestand Annegret der Spezialistin für DDR-Witze zu, während sie sich den Mantel überzog.

„Also, ihr drei. Zugehört“, begann Edith. „Heute wieder ein Flüsterwitz.“ Die Freundinnen steckten die Köpfe zusammen, und Edith erzählte: „Auf einem Dorf in der DDR. Ein Pfarrer wird zum Sterbebett eines Mannes gebeten, der ihm als tiefgläubiges Gemeindemitglied bekannt ist. Als er gerade in dessen Haus eintreten will, kommt der Dorf-Parteisekretär heraus. Hämisch grinsend sagt er: ‚Wegen Paul brauchst du dich nicht zu bemühen, der ist gerade in die Partei eingetreten.‘ Der Pfarrer ist zuerst sprachlos, dann wird er ärgerlich. Er stürmt in Pauls Sterbezimmer. ‚Paul, wie konntest du das tun? Wenige Minuten, bevor du vor des Herren Thron trittst, verlässt du unsere Herde!?‘

Auf dem Gesicht des Sterbenden erscheint ein hintergründiges Lächeln: ‚Ach, wissen Sie, Herr Pfarrer, wenn schon einer sterben muss, dann soll es wenigstens jemand von den Halunken sein!'"

„Schon lustig, deine Geschichte ...", lachte Heidrun.

„Und auch ein wenig makaber", ergänzte Christel, „wie die meisten unserer Volkswitze."

Annegret wiederholte mit einem deutlichen Unterton: „... dann soll es wenigstens jemand von den Halunken sein!"

„Von den Halunken? An wen denkst du denn jetzt, Annegret", fragte Christel.

„Das ist ein mehrdeutiger Begriff", gab Annegret zurück. „Halunken – das könnten meine leiblichen Eltern sein, wenn sie mich denn nicht gewollt haben und ich deshalb bei Clara Soundso gelandet bin. – Halunken können auch die Behörden sein, die meine Geschichte zu verantworten haben. Und etwas Halunkiges haben wohl auch meine Adoptiveltern, die mir die letzte Wahrheit über mich immer schuldig geblieben sind. Aber die sollten schon noch ein wenig am Leben bleiben. Es wäre mir bei allem Merkwürdigen schon schlimm, wenn sie plötzlich nicht mehr da wären.

Aber jetzt gehe ich. Danke, Edith, für den Witz." Damit war Annegret auch schon aus dem Zimmer und für ihren Spaziergang mit ganz speziellen Gedanken über alle möglichen Halunken beschäftigt.

In der nächsten Jugendbundstunde bat Annegret Margrit aus Rüdersdorf, nach dem allgemeinen Schluss noch für ein paar Minuten zu bleiben; sie würde gerne mit ihr eine bestimmte Sache bereden. Die fromme Kindergärtnerin aus dem Nachbarort war gerne bereit, ihre Zeit zur Verfügung zu stellen.

Es wurde ein langes Gespräch zwischen den beiden und ein intensiver Gedankenaustausch zweier junger Menschen mit ähnlichem Schicksal. Zugleich wurde es der Anfang einer tiefen Freundschaft, die bis weit in das Erwachsenenleben zweier Frauen anhalten sollte.

„Du brauchst einfach Geduld, Annegret", riet Margrit. „In einem halben Jahr wirst du volljährig. Dann stehst du auf eigenen Füßen und deine Eltern können dich nicht mehr daran hindern, deiner Geschichte nachzugehen. Sei ihnen aber nicht böse wegen ihres Verhaltens. Sie sind doch selbst Gefangene im System und leben in ständiger Angst davor, Wahrheiten preiszugeben, die sich nicht überprüfen lassen. Sie wissen doch selbst oft nicht, ob das denn überhaupt Wahrheiten sind, was sie da sagen könnten."

Annegret seufzte ein wenig auf und gab zu: „Zugegeben, es fällt mir zurzeit schwer, meinen Adoptiveltern die Liebe entgegenzubringen, die ich ihnen eigentlich schuldig bin. Dafür war es manchmal einfach zu hart mit ihnen. Ich gebe zu – ich hab es ihnen auch nicht immer leicht gemacht."

„Aber du weißt etwas davon, dass Christen von der Vergebung leben?!", wandte Margrit ein.

„Natürlich weiß ich das", gab Annegret zurück. „Ich lebe doch selbst davon, täglich und immer wieder. Dennoch, als bekennende Christen hätten meine Eltern manchmal weniger Strenge und mehr Liebe zeigen können und mir einfach ehrlicher begegnen in dem, was sie über mich wussten. Deshalb muss ich bei den Behörden herausfinden, was die Eltern mir vorenthalten haben."

„Ob du damit aber dann Erfolg hast, kann dir niemand mit Bestimmtheit sagen. Unsere sozialistischen Amtsstuten und Bürohengste sind manchmal etwas merkwürdig in ihrem Verhalten und zuweilen äußerst zugeknöpft. Entweder wiehern sie in grässlichen Tönen, oder sie machen überhaupt keine Geräusche. Glaub es mir! Ich habe das alles kennengelernt und ertragen. Aber ich habe es verarbeitet. Es ficht mich nicht mehr an, Annegret.

Aber ich bin gerne als Verstärkung dabei, wenn du die Behördenställe aufsuchst, ob das dann in Teterow ist oder in Güstrow oder sonst wo. Ich habe keinen Respekt vor ‚roten Socken' in Dienstkleidung mit Orden und Ehrenzeichen auf der Brust hinter dicken Schreibtischen, auf denen sie die Schicksale ihrer werten Mitbürgerinnen und Mitbürger verarbeiten. Dicke Schreibtische sind zumeist auch nur aus Sperrholz oder Presspappe."

„Danke, Margrit", freute sich Annegret. „Ich komme auf dein Angebot zurück, und dann machen wir beide eine Reise zu den behördlichen Pferdeställen an der Nebel …"

„… die dann hoffentlich die Nebel deines Lebens etwas lichtet."

In der zweiten Julihälfte 1975 machten Annegret und Margrit zwei Wochen gemeinsam Urlaub bei Annegrets Eltern in der Nördlichen Ringstraße in Teterow. Im Dachzimmer machten es sich die beiden gemütlich. Von hier aus durchstreiften sie zu Fuß und mit geliehenen Fahrrädern die Stadt und ihre nähere Umgebung. Die Einheimische zeigte der Auswärtigen die Orte, die ihr wertvoll waren, und erzählte von den Fakten und Erlebnissen, die sie damit verband. Selbstverständlich besuchten sie auch die Baptistengemeinde und ließen sich dann gerne in verschiedene Familien, mit denen Annegret näheren Kontakt hatte, zum Mittagbrot oder zum Nachmittagskaffee einladen. Das waren gute Tage, schön und abwechslungsreich. Gerne hätte sich Annegret auch noch einmal mit Kurt getroffen, um zu erfahren, was er denn jetzt machte. Leider war der Junge aber mit seinen Eltern nach unbekannt verzogen. Schade, aber das gehörte wohl zum Leben, dass sich Wege trennten und im Irgendwo verschwanden. Vielleicht meldete er sich ja gelegentlich, um seinen neuen Wohnort mitzuteilen.

Heinrich und Laura Kahle waren nicht gerade begeistert von dem langen Besuch der beiden jungen Leute. Das störte den gewohnten Tagesablauf, verursachte Arbeit und brachte den alt gewordenen Gemütern Unruhe. Vor allem beunruhigte die Eltern, dass die beiden sich doch tatsächlich auf Spurensuche begeben wollten. Gegen dieses Vorhaben wehrten sich die beiden Alten mit Händen und Füßen und mit tausend Argumenten. Sie taten es allerdings vergeblich, denn Annegret war inzwischen volljährig und setzte sich gegen den Widerstand der Adoptiveltern durch.

Zunächst besuchten die beiden jungen Leute die örtliche Meldebehörde in Teterow. Annegret brachte ihr Anliegen vor und bekam lediglich die Auskunft, dass sie seit dem 28. April 1961 in der Stadt gemeldet sei und seit dem 28. Oktober 1961 den Namen Kahle trage. Aber das wisse sie ja alles selbst. Schließlich verfüge sie über entsprechende Personalpapiere. Mehr könne man über ihre Geschichte leider nicht sagen. Man verfüge nicht über irgendwelche Unterlagen aus ihrer Zeit vor der Anmeldung in der Stadt. –

Das Warten vor der Tür für die Kennbuchstaben A–K hatte sich also nicht gelohnt.

Ob es in der Abteilung Gesundheitswesen etwas zu erfahren gab? Einen Versuch war die Sache wert. Annegret und Margrit klopften also an der Tür mit dem Hinweis „Impfwesen". Sie wurden freundlich hereingebeten, und Annegret konnte die Frage loswerden, die sich für sie mit dem Datum 20. Juni 1961 in ihrem Impfausweis verband. Ob in den Unterlagen irgendetwas über ihre Herkunft zu finden sei, vielleicht ein direkter Hinweis auf das Clara-Dieckhoff-Haus in Güstrow, den Ort der frühen Eintragungen in dem Dokument.

Die Auskunft, die die Frau hinter ihrem Schreibtisch geben konnte, war dürftig: Das Clara-Dieckhoff-Haus sei ein Kinderheim des „Vereins Kostkinderheime" in Güstrow und stünde unter städtischer Leitung. Wenn dort geimpft worden sei, dann müsse sie, das Fräulein Annegret Kahle, wohl dort gelebt haben. Mehr könne sie auch nicht sagen, weil nicht mehr aus den vorliegenden Unterlagen zu entnehmen sei. Vielleicht führe sie ja einmal hinüber nach Güstrow, um das Kostkinderheim zu besuchen? Die Leute dort sollten eigentlich mehr Informationen geben können über die Zeit, die aus den Impfterminen hervorging. Sie müsse allerdings damit rechnen, dass man ihr jegliche Auskunft verweigere. Diese letzte Bemerkung sei aber bitte völlig unverbindlich und im Ernstfalle nie gemacht worden!

Wieder draußen vor dem Rathaus schauten sich die beiden jungen Frauen für einen Moment mit großen fragenden Augen an, zuckten mit den Schultern und stellten fest, dass sie die vergangenen Stunden wohl besser beim Baden am Teterower See verbracht hätten.

„Morgen fahren wir nach Güstrow und besuchen Clara Dieckhoff“, schlug Annegret vor. „Die muss mich kennen und ihre Vertreterin in dem Haus muss Auskunft geben können.“

„Hoffentlich tut sie’s. Denk an die Bemerkung der Frau von der Impfe“, dämpfte Margrit die Erwartung der Freundin. „Vielleicht weiß die Dame Clara Dieckhoff ja auch nicht mehr über dich als die anderen, die uns bisher nichts sagen konnten. – Oder sie weiß etwas, was sie aber nicht sagen darf und dann auch nicht sagen wird.“

„Wir werden sehen – und uns jetzt gönnen wir uns ein Eis! Schau, das Café drüben hat offen und sicher eine Kugel für uns. Lass uns hinübergehen und eine Mark verschleudern.“

Gegen Mittag des nächsten Tages klingelten die beiden Freundinnen an der Tür des Hauses Grüne Straße 21/22 in Güstrow und saßen wenige Minuten später einer Frau mittleren Alters gegenüber, die sich als die Heimleiterin Bianka Hasenwerk vorstellte. Den verschiedenen Abzeichen am Revers ihres Kostüms nach musste sie eine stramme Genossin sein.

Annegret Kahle legte der Frau auf der anderen Seite des Schreibtisches ihren Impfausweis vor und nannte ihr Anliegen: „Ich wüsste gerne, wer ich eigentlich bin. Können Sie mir Auskunft geben, Frau Hasenwerk? Ich muss diesem Papier nach hier im Haus gewohnt haben.“

Die Heimleiterin nahm das Dokument in die Hände, las, was geschrieben war, blätterte hin und her, schaute der jungen Fragestellerin ins Gesicht, schüttelte den Kopf und sagte dann, wobei sie noch einmal auf das Deckblatt des Impfausweises schaute: „Der Eintragung nach haben Sie wirklich hier gewohnt, Fräulein Kahle. Das war aber vor meiner Zeit. Ihr Name sagt mir deshalb gar nichts."

„Ich hieß damals nicht Kahle, Frau Hasenwerk", stellte Annegret fest. „Ich hieß damals Sawetzki, Annegret Sawetzki. Ich wurde 1961 von dem Ehepaar Kahle in Familienpflege genommen und noch im selben Jahr adoptiert."

„Sawetzki? Sawetzki?" Die Frau sprach den Namen ein paarmal vor sich hin, wohl um mögliche Erinnerungen zu wecken. Dann zuckte sie merklich zusammen, als sei sie vor irgendetwas erschrocken; eine deutliche Röte huschte über ihr Gesicht und ihre Züge verhärteten sich. Sie räusperte sich mehrmals und antwortete, wobei ihre Stimme etwas zu zittern schien: „Der Name Sawetzki sagt mir so wenig wie der Name Kahle. Es tut mir leid, Fräulein Kahle, dass ich Ihnen keine Auskunft geben kann über die Zeit, in der Sie offenbar hier gewohnt haben."

„Aber es muss doch eine Akte über mich ...", wagte die Besucherin nachzuhaken.

Frau Hasenwerk antwortete in scharfem Ton: „Da die Daten mehr als fünfzehn Jahre zurückliegen, müsste ich im Archiv nachschauen, ob es eine Akte gibt. Aber ich bin sicher, es gibt keine. Es müsste mir sonst beim Hören Ihres früheren Namens irgendeine Erinnerung gekommen sein. Tut mir leid, Fräulein Kahle." Die Frau erhob sich von ihrem Platz, reichte die Hand über den Schreibtisch und sagte: „Jetzt entschuldigen Sie mich bitte. Ich habe zu tun. Danke für Ihren Besuch. Es tut mir leid, dass ich Ihnen nicht helfen konnte."

Ein wenig irritiert nahm Annegret die gebotene Hand und stotterte: „Danke für Ihre Auskunft." In ihrem Kopf wirbelten die Gedanken. Ihr wurde schwindelig und sie fror plötzlich. Hier war doch offenkundig etwas faul! Die Frau hatte doch etwas zu verbergen! Aber dazu jetzt noch einmal nachzufragen, war wohl sinnlos. Die plötzliche Verabschiedung durch Frau Hasenwerk ließ keine weiteren Fragen zu. Sehr bedauerlich der Auftritt hier!

Draußen vor dem Haus am Zaun mit dem Einblick in den Hof mit dem Sandkasten äußerte Annegret ihren Verdacht. Margrit gab der Freundin sofort recht. Auch sie hatte gemerkt, dass der Name Sawetzki in der Frau irgendeine Erinnerung wachgerufen hatte, die ihr unangenehm war. Ob denn wohl die Meldebehörde oder die Abteilung Jugendfürsorge beim Rat der Stadt Güstrow eine Auskunft geben würde? Margrits Überlegung traf bei Annegret auf offene Ohren. „Lass uns noch zum Rathaus gehen", schlug sie vor. „Mehr als rausschmeißen können die uns auch nicht."

Gesagt, getan. Annegret und Margrit machten sich auf den Weg in die Stadtmitte. Unterwegs nahmen sie sich Zeit, um sich in den Straßen umzuschauen, Fassaden zu betrachten, Menschen zu mustern und um über alles Mögliche zu reden – zum Beispiel über paarweise auftretende Männer in Uniform, die ihnen begegneten. „Du weißt, warum unsere Vopos immer Doppelstreife laufen?", fragte Annegret ihre Begleiterin angesichts eines solchen grauen Pärchens.

„Klar, weiß ich das", antwortete Margrit. „Vopos brauchen den POS-Abschluss Klasse 10. Den erreichen sie aber jeweils nur im Doppelpack."

„Arme Kerle", meinte Annegret darauf. „Was müssen die sich alles gefallen lassen."

„Das meinst du ja wohl nicht ernst!?", wies die Freundin das vermeintliche Bedauern zurück. „Ich hab kein Erbarmen mit denen. Sind doch selbst schuld, wenn sie sich dem vorgegebenen sozialistischen Ordnungs- und Regulierungswahn hingeben. – Aber Vorsicht! Wenn die hören, dass wir Flüsterwitze kennen, machen die kurzes Federlesen mit uns. Du weißt, wieso?"

„Das haben wir in Staatsbürgerkunde gelernt, meine Liebe", gab Annegret zurück. „Vopos sind Staatsbedienstete. Nach § 106 STGB von 1968 ist die Diskriminierung des Staates und seiner Vertreter gesetzeswidrig und bei Strafe verboten. Das kann bis zu fünf Jahre gesiebte Luft kosten im Fünf-Sterne-Gefängnis Marke Sonderklasse."

„Also immer psst, leise sprechen, verehrte Bürgerin dieses Mängelstaates, damit es dir nicht irgendwann an Freiheit mangelt", meinte Margrit zu ihrer Freundin, um dann allerdings wieder normal redend auf ein besonderes Auto hinzuweisen, das auf dem Parkplatz inmitten von Wartburgs, Dacias und Fiat-Polskis zwischen einem Exemplar „graue Rennpappe" – einem Trabbi – und einem dunklen „Rostquietsch" – einem Moskwitsch – abgestellt war. Der gelbe Wagen mit dem schwarzen Vinyldach stach aber auch wirklich deutlich heraus aus dem farblichen Einerlei seiner vierrädrigen Umgebung. „Komm, lass uns den einmal von Nahem besehen", schlug Annegret vor und zog die Freundin auch schon auf den Parkplatz hinüber.

„Ist das vielleicht ein Auto!", bestaunten die beiden das Fahrzeug vom Typ Audi 80 und seine Harmonie in Form und Farbe innen und außen.

„So etwas kriegt nur der Kapitalismus hin", bemerkte Annegret trocken. „Ein Traum!"

„Träum weiter von einem Audi, Genossin", nahm Margrit das Stichwort auf und sprach mit deutlichem Sarkasmus in der Stimme weiter: „Ich träume von dem Trabbi, den mein Vater bestellt hat, als ich zwölf Jahre alt war. Man hat ihm neulich Hoffnung gemacht, die Rennpappe würde ausgeliefert, wenn ich fünfundzwanzig werde, also in fünf Jahren."

„Toll!", ließ Annegret sich hören.

„Das findest du toll?", empörte sich die Freundin leise.

„Nicht das!", gab die zurück. „Was sind denn im Sozialismus fünf Jahre? Gerade mal eine Planlänge! Ich meine das hier! Schau, welchen Aufkleber die Westdeutschen auf ihrem Auto fahren."

Margrit ging um den Audi herum und las, was da weiß auf grün stand: „‚Wir glauben an Jesus Christus!' Sehr gut! Über das Bekenntnis wird sich der ein oder andere SED-Genosse aus dem Rathaus sicher ärgern. Hast du mal einen Zettel?"

Annegret ahnte, was die Freundin vorhatte. Sie kramte aus ihrer Handtasche einen Zettel und einen Kugelschreiber heraus und reichte ihr beides. Margrit schrieb: „Wir zwei DDR-Gören auch! – Ps. 115,12 gilt hier wie da!" Dann schaute sie sich um, ob auch niemand sie beide beobachtete, und klemmte den Zettel so in die Fahrertüre, dass man ihn von außen nicht sehen konnte, er aber beim Öffnen der Tür herabfallen und entdeckt werden musste. „Die sollen wissen, dass es in unserem Staat des totgesagten Gottes auch Kinder und Erben seiner Großfamilie gibt."

„Und was steht in Psalm 115,12?"

„Der Herr denkt an uns und segnet uns", wusste Margrit. „Einer meiner Lieblingsverse in der Bibel. – Aber jetzt sollten wir die Suche nach deiner Vergangenheit wieder aufnehmen. Die Mittagspause müsste für die Bediensteten des Rates von Güstrow beendet sein."

Auf dem Weg zum Referat Jugendbildung, der ihnen vom Pförtner nach dessen gründlicher Identifizierung der Personen anhand der vorgelegten Personalausweise gewiesen worden war, wurden die beiden Freundinnen über viele Treppen und durch lange Flure geschickt. Überall an den Wänden hingen Fotos der Größen der Partei und des Staates und von besonders tüchtigen und verdienten Aktivisten der Verwaltungsbehörden von Güstrow. Dazwischen waren auf Plakaten und Bannern eine Menge Partei- und Gewerkschaftsparolen zu lesen, die wohl der Motivation derer dienen sollten, deren Porträts noch nicht aufgehängt waren: „Unsere ganze Schöpferkraft für den Sozialismus!“ „Vorwärts immer – rückwärts nimmer!“ „Mein Arbeitsplatz – Kampfplatz für den Frieden!“ „Arbeite mit, plane mit, regiere mit!“ – Der Satz aus der DDR-Verfassung war Annegret aus ihrer Schulzeit bekannt. – „So, wie wir heute arbeiten, werden wir morgen leben!“

„Ein sehr wahres Wort“, kommentierte Margrit diesen letzten Slogan mit deutlicher Ironie in der Stimme. „So, wie wir heute arbeiten, werden wir morgen leben“, wiederholte sie mit einem Lachen. „Ich weiß von ein paar Frauen in einem Produktionsbetrieb für Elektroteile. Die sind acht Stunden an ihrem Platz und haben für zwei Stunden Arbeit, weil für mehr das Material fehlt. Sechs Stunden lang können sie lesen, Karten spielen, häkeln und stricken, in den Konsum rennen, wenn jemand die Nachricht bringt, es gebe Bückware. Kein Mensch sagt etwas dazu. Sie können tun, wonach ihnen der Sinn steht, und das dient dann der hundertzwanzigprozentigen Planerfüllung. Und so werden wir morgen leben!“

Annegret ging auf Margrits Worte nicht ein. Sie wies

dafür auf ein Foto in der Reihe der „Verdienten Aktivisten unserer Verwaltung“ hin: „Schau an, da hängt ja auch unsere aktuelle Clara Dieckhoff. Das ist aber ein schönes Foto von der Frau Hasenwerk. So gut sieht die in Wirklichkeit gar nicht aus.“

„Ehre, wem Ehre gebührt“, meine Liebe“, ergänzte Annegret. „Wie heißt das doch in unserem besonderen DDR-Deutsch: ‚Schöner dein Antlitz!‘ ‚Verschöner‘ wäre ja wirklich zu umständlich auszusprechen. Die werte Genossin hat es immerhin schon zur Aufnahme in die Galerie gebracht. Vielleicht schafft sie es ja eines Tages, zur ‚Heldin der Arbeit‘ zu werden!“

„Davon gibt es doch pro Jahr nur fünfzig. Und für diesen Titel ist ihr Arbeitsbereich wohl zu wenig heldentauglich“, bemerkte Margrit und zeigte auf eine Tür mit dem Schild: „Jugendfürsorge – Kostkinderheimwesen“. „Hier müsste unser Auskunftsbüro sein.“

Wenige Momente später standen die beiden jungen Frauen drei Leuten gegenüber. Die saßen hinter dem einzigen Schreibtisch, der in der Amtsstube stand und auf dem nur eine einzige dünne Akte lag. Die beiden Frauen und der Mann, alle drei Amtspersonen wohl schon jenseits der fünfzig, trugen für jedermann sichtbar ihre Parteiabzeichen an der Kleidung. Sie schauten streng aus ernsten Gesichtern. Nicht geeignet für die Galerie!, ging es Margrit durch den Kopf.

Die Vertreter des Staates begegneten ihren Besucherinnen alles andere als freundlich. Sie stellten sich nicht vor und gaben den Gruß der beiden Besucherinnen nicht zurück. Sie boten ihnen nicht einmal Stühle an. Das konnten sie freilich auch nicht, denn es gab in dem Büro nur die drei, die von ihnen besetzt waren.

„Eine von Ihnen beiden ist Fräulein Kahle, vormals Sewatzki, wohnhaft in Teterow“, begann der Mann mit unangenehm schnarrender Stimme völlig unvermittelt das Gespräch und nahm dabei die Akte in die Hände.

„Verzeihung, vormals Sawetzki, Herr …“, korrigierte Annegret.

„Also wertes Fräulein Sawetzki“, nahm der Mann die Korrektur auf, die er bei einem Blick auf den Deckel der Akte anscheinend bestätigt fand. Dann fuhr er fort: „Sie haben sich im Kostkinderheim Clara-Dieckhoff-Haus nach Ihrem Aufenthalt in jener Einrichtung erkundigt?“

Woher wusste der Mann von ihrem Besuch in dem Heim?, schoss es beiden Besucherinnen sofort durch den Kopf. Da musste doch zwischenzeitlich telefoniert worden sein, um ihren Besuch hier anzumelden.

Durch die unvermittelte Anrede irritiert, antwortete Annegret ein wenig zaghaft und schob dabei eine Haarsträhne aus der Stirn: „Das – das habe ich. Ich suche – ich suche meine Vergangenheit, und ich suche – meine Eltern.“ Sie hob den Blick und schaute den drei Menschen auf der anderen Seite des Schreibtischs nacheinander in die Gesichter. Die wichen den Blicken zwar nicht aus, spiegelten allerdings keinerlei Regung wider, geschweige denn Anteilnahme.

Dafür nahm der Mann wieder das Wort: „Diese Suche, wertes junges Fräulein, stellen Sie bitte sofort wieder ein. Sie werden nicht fündig! Da gibt es niemanden, der Ihnen eine Auskunft erteilt. Wir erteilen Ihnen auch keine!“

„Aber Sie halten doch meine – ich habe doch …“, versuchte Annegret Widerspruch anzumelden, wurde aber sofort unterbrochen.

„Sie haben gar nichts, Fräulein Kahle! Seien Sie dankbar,

dass es in unserer sozialistischen Gesellschaft Menschen gab, die Sie als Kind aus dem Heim herausgeholt haben. Diesen Vorzug haben nicht viele Kinder. Seien Sie dankbar, dass Sie in rechtlich und menschlich geordneten Verhältnissen aufwachsen konnten und jetzt darin leben. Hören Sie auf, nach Dingen zu suchen, die Sie nie finden werden. Das ist ein sehr ernst gemeinter Rat, den ich Ihnen heute hier nachdrücklich gebe. Und jetzt wünsche ich Ihnen noch einen guten Tag."

Wie auf Kommando erhoben sich die drei Amtspersonen, skandierten gemeinsam mit weiterhin unbewegten Gesichtern „Es lebe der Sozialismus!" und signalisierten damit das Ende des Besuchs. Dabei hielt der Mann die Akte in seinen Händen, als befürchtete er, dass die Fragestellerin sie an sich reißen würde. Annegret und Margrit blickten sich für einen Moment an, als wähnten sie sich in einem fremden Film. Dann wandten sie sich der Türe zu. Da wurde Annegret noch einmal angesprochen. Diesmal von einer der beiden Frauen: „Wissen Ihre Adoptiveltern von Ihrem Besuch bei uns, Fräulein Kahle?"

Was sollte denn diese Frage?, schoss es Annegret durch den Kopf. Heinrich und Laura Kahle wussten natürlich von der Fahrt nach Güstrow. Aber ging diese drei Leute das etwas an? Also jetzt nur nicht falsch reagieren und dadurch den Eltern Mühe bereiten! Dann antwortete sie: „Verzeihung, werte Frau, ich bin volljährig und kann selbst entscheiden über das, was ich tue."

Weil damit der Besuch in dieser Amtsstube nun wirklich zu Ende war, verließen die beiden Freundinnen den Raum und nahezu fluchtartig das Gebäude. Keine von beiden sprach dabei ein Wort. Der Auftritt der drei strammen

Parteigänger hatte ihnen die Sprache verschlagen. Die kam erst zurück, als der Marktplatz hinter ihnen lag und sie durch das Gebiet der Innenstadt den kleinen Park erreicht hatten, in dessen Mitte die altehrwürdige Gertrudenkapelle ihren Platz hatte.

Im Schatten dieses alten Gebäudes ließen sich die beiden Freundinnen auf einer Bank nieder und schwiegen noch eine Weile, bis Margrit schließlich fragte: „Wie willst du jetzt mit dem Rat dieses komischen Radikalgenossen umgehen?"

Annegret holte einmal sehr tief Luft und antwortete mit spürbarer Resignation: „Ich werde ihn befolgen. Der Mann mag ja recht haben. Vielleicht ist es gar nicht gut, wenn ich weiß, weshalb ich bei Clara Dieckhoff gelandet bin. Mit meinen richtigen Eltern muss ja wohl wirklich irgendetwas faul gewesen sein und vielleicht ist es das immer noch …"

„… und dann ist es gut, wenn du es nicht weißt, Annegret", versuchte Margrit die Freundin zu trösten und zugleich in ihrem Entschluss zu bestärken. „Lass die Zeit für dich arbeiten."

„Wie meinst du das?" Annegret schaute die Freundin fragend an. „Träumst du etwa davon, dass sich in unserer glorreichen DDR irgendwann irgendetwas ändert? Träumst du von Zeiten mit Redefreiheit und gefüllten Regalen und erlaubten Westreisen für Nichtrentner? Träum weiter, Margrit! Ich höre auf, davon zu träumen, dass ich eines Tages weiß, wer meine Eltern Sawetzki sind. Es ist wohl besser so. Ich höre ohnehin schon meine beiden alten Kahles sagen: ‚Wir haben dich gewarnt, Kind. Hör auf zu suchen.' Oder so ähnlich. Also höre ich auf. Punkt!

Komm, lass uns kurz in die Halle gehen und Ernst Barlachs kleine Leseratte begrüßen, ich meine den ‚Lesenden Klosterschüler‘. Ich möchte wissen, ob er inzwischen ein paar Seiten weiter ist in seiner Lektüre. Dann nehmen wir den nächsten Zug nach Teterow.“

Urlaub mit Folgen

Annegret hörte auf zu fragen und zu suchen – zumindest für die nächste Zeit. Es gab Momente, da bedauerte sie sogar, dass sie überhaupt gesucht hatte. Solche Momente gab es besonders dann, wenn die Eltern wieder einmal davon berichteten, dass sie merkwürdigen Besuch gehabt hatten. Mal war es eine Frau, dann wieder ein Mann, die sich nach ihrem Befinden erkundigten, wie es sich denn so lebte in der Stadt als alte Menschen, wie sie denn zufrieden seien mit der Versorgung mit Grundnahrungsmitteln und Gütern des sonstigen häuslichen Bedarfs. Ob sie auch gelegentlich im Intershop einkaufen gehen könnten, weil sie doch über Westgeld verfügten, denn sie hätten ja seit Jahren Westkontakte und seien selbst ja auch schon mehrfach in der BRD gewesen.

Die merkwürdigen Besucher wollten zumeist auch wissen, wie es denn ihrer Adoptivtochter aktuell ginge und ob sie Fortschritte mache in ihrer Ausbildung … Es waren lästige Besuche von Leuten mit interessantem Vorwissen, deren Absichten von dem alten Ehepaar leicht zu durchschauen waren. Dabei waren Heinrich und Laura Kahle klug und vorsichtig genug, um damit umzugehen. Wenn die Stasi durch ihre Mittelspersonen gerne irgendwelche Wichtigkeiten über das Ehepaar und die Familie feststellen wollte, dann mussten ihre Mitarbeiter jeweils sehr enttäuscht sein. Es gab aus den Begegnungen nichts, was es wert war, gemeldet und festgehalten zu werden und was ursächlich dafür hätte sein können, die beiden Menschen in die Kategorie „feindlich-negative Personen“ einzuordnen.

Annegret selbst wurde in Ruhe gelassen. Vielleicht lag das an dem vergleichsweise sicheren Ort, an dem sie lebte, lernte und arbeitete. Dort war sie in eine Gemeinschaft von Menschen eingebunden, die sich weniger um Politik als um ihren Auftrag an den Patienten kümmerten. Und denen es wichtig war, wie sie denn ihren Glauben pflegten und stärkten und wie sie ihn in ihrem Leben und in ihren Taten bewährten. So erwartete man es wohl auch von den Menschen, die zum „Verein tätigen Christentums“ gehörten. Die sozialistische Maxime allen Handelns, „Der Stärkere hilft dem Schwächeren, der Fortgeschrittene dem Zurückbleibenden“, war ja doch im Grunde eine urchristliche, die vom Marxismus-Leninismus lediglich „ausgeliehen“ und ideologisch umgemünzt worden war.

Die Zugehörigkeit zu diesem „Groß-Kollektiv“ mit seinen zahlreichen „Unter-Brigaden frommer Menschen“ machte Annegret weiterhin Freude, und sie blieb dem Haus Gottesfriede insgesamt nahezu elf Jahre lang treu. Dabei hatte diese lange Zeit durchaus eine Reihe abwechselnder Tiefen und Höhen. Tiefen, das waren Zeiten, in denen die Jugendliche sich zunehmenden Knebelungen durch die Adoptiveltern ausgesetzt sah, deren Ansprüche auf Anwesenheit und Zuwendung mit weiter zunehmendem Alter bis ins Unerträgliche wuchsen. Die Tochter war mehr oder weniger gezwungen, ihre freie Zeit in Teterow zu verbringen, sich um Heinrich und Laura Kahle zu kümmern und der Mutter die Pflege ihres hinfällig gewordenen Mannes zu erleichtern.

Dass Arbeit und Ausbildung in Woltersdorf darunter litten, sahen die beiden Alten nicht. Dass Annegrets Beziehungen zu ihren Kollegen und Freundinnen dadurch Schaden nahmen, vermochten sie nicht einzusehen. Sie hatten keinerlei Verständnis dafür, dass das für Annegret schwer war. Die Tochter hatte Dankbarkeit zu leben und private Dinge hintanzustellen, Punkt!

Nachdem der Vater 1979 dann gestorben war und die Mutter, für ihr Alter noch recht rüstig, „endlich frei" war, brauchte Annegret nicht mehr so häufig zu reisen. Ihre Trauer über den Tod des Adoptivvaters hielt sich in Grenzen und war auch bald überwunden. Dafür reiste ab jetzt die Adoptivmutter und Annegret musste für sie jedes Mal in Woltersdorf Quartier suchen. Das war gar nicht einfach, und es war auch nicht leicht, die alte Dame ein paar Tage lang – zumeist waren es Wochenenden – mit ihren Ansprüchen und mit ihrem sehr nörgelnden und bestimmenden Wesen, das sie inzwischen entwickelt hatte, zu ertragen. Manchmal ging das nur unter Tränen, die die Tochter weinte, wenn die Mutter nicht dabei war.

Eine Folge dieses „Drucks" war, dass Annegret bei ihrem ersten Versuch, das Schwesternexamen erfolgreich zu bestehen, scheiterte. Manches notwendige Wissen war zuletzt einfach nicht mehr in den Kopf gegangen, weil die Gedanken häufig durch Einflüsse von außen blockiert waren. Das waren Tiefen, die die heranwachsende junge Frau meistern musste. Zum Glück gab es in ihrer Umgebung verständnisvolle Menschen, die ihr immer wieder beistanden, ihr Mut machten, ihre Lasten mittrugen und ihr Möglichkeiten boten, ihre Enttäuschungen zu verarbeiten.

Der Jugendbund des Hauses Gottesfrieden und das gute Miteinander der frommen jungen Leute sorgten dafür, dass es für Annegret auch Höhenphasen gab, in denen die Leichtigkeit, das Singen und die Freude überwogen. Die Beziehungsfäden zu Christel, Heidrun und Edith, ihren drei Mitbewohnerinnen der ersten Jahre, wurden freilich dünner, und irgendwann trennten sich auch die Wege der vier Krankenschwestern. Dafür aber festigte sich Annegrets Freundschaft mit der Rüdersdorfer „Externen" Margrit Böckhauser. Die beiden rückten näher zusammen, auch wenn sie wohnungsmäßig einige Kilometer zwischen sich hatten. Aber es gab ja die Zusammenkünfte der jungen Leute, bei denen sie sich regelmäßig trafen. Mit ihren Fahrrädern konnten sie auch die wenigen Kilometer zwischen den Dörfern rasch überbrücken. Selbst zu Fuß war der Weg von hier nach da in weniger als einer Stunde zu schaffen.

Es war nicht nur die vergleichbare Lebensgeschichte oder ihre gemeinsame Abneigung gegen das staatlich und gesellschaftlich geforderte sozialistische Denken, was die beiden verband. Es waren auch der Glaube und die Liebe zum Heiland Jesus Christus, den die beiden teilten, und das gemeinsame Bewusstsein des Gehalten- und Getragenseins. Das drückte sich auch in einem der vielen Lieder aus, die die beiden gerne zu zweit oder auch zu mehreren sangen und musizierten:

„Du bist nicht allein! Jesus ist dir nah!
Keinen lässt er einsam sein, denn er ist immer da!

Viele Menschen fühlen sich verlassen,
suchen jemand, der mit ihnen geht.
Sie sind Einzelne in Menschenmassen,
suchen jemand, der sie ganz versteht.

Junge sind es, Alte, Arme, Reiche.
Jung sein, reich sein sind nicht Garantie.
Alle wünschen, hoffen sie das Gleiche,
dass es einen gebe nur für sie.

Jeder Einzelne ist gern geborgen.
Keinem bringt die Einsamkeit Gewinn.
Jeder teilt doch gerne seine Sorgen.
Einsam hat das Leben keinen Sinn.

Du bist nicht allein! Jesus ist dir nah!
Keinen lässt er einsam sein, denn er ist immer da!“

Margrit war es auch, die ihrer Freundin Mut machte, nach der vergeigten Prüfung noch einmal ganz von vorne anzufangen und die Ausbildung zur Krankenschwester komplett zu wiederholen, wenn die Krankenhausleitung den Weg dazu öffnete. Die tat das dann auch, und Annegret absolvierte ihren zweiten Ausbildungsdurchgang schließlich mit so gutem Erfolg, dass ihr sogleich eine Zusatzausbildung angeboten wurde, nach deren Abschluss die dann doppelt examinierte Krankenschwester sich „Fachkrankenschwester für Chirurgie“ nennen konnte. Eine weitere Fachausbildung zur OP-Schwester konnte sie allerdings nicht mehr zu Ende bringen, weil das Leben dann doch einen anderen Verlauf nahm, als die inzwischen fünfundzwanzigjährige hübsche junge Frau es sich vorgestellt oder gar vorgenommen hatte.

In den Jahren bis zu diesem Einschnitt gab es manches weitere Höhenerlebnis, das Annegret Kahle dankbar genoss, weil es sie innerlich aufbaute. So nahm sie teil an Jugendrüsten in Bad Doberan an der Ostsee, in Aue im Erzgebirge, in Bad Suderode im Harz und an anderen Orten, wo sich christliche Gästehäuser und Rüststätten befanden. Stolz und mutig trug sie seit dem Buß- und Bettag 1980 mit ungezählten anderen christlichen Jugendlichen in der DDR den vom sächsischen Landesjugendpfarrer Harald Bretschneider initiierten und von der Grafikerin Ingeborg Geißler gezeichneten Aufnäher „Schwerter zu Pflugscharen". Dieses Symbol nach Micha 4 hatte als Vorbild die sowjetische Skulptur vor dem UNO-Hauptgebäude in New York. Es wurde zum Zeichen der christlichen Friedensbewegung in der DDR und war in der Folge zwischen den staatlichen Behörden und kirchlichen Kreisen heiß umkämpft.

Als der DDR-Staat dieses Emblem nicht mehr duldete, trug Annegret wie viele andere Jugendliche hin und wieder den weißen Fleck, wo vorher der Aufnäher war, mit der eingetragenen Bemerkung: „Hier war ein Schmied." Ganz schön mutig, die junge Frau!

Besonders interessant und wertvoll waren Rüsten, wenn Jugendliche oder gar Referenten aus Westdeutschland dabei waren, die sich entweder zuvor unter irgendwelchen plausiblen Vorwänden zu Verwandtenbesuchen die Einreisepapiere in die DDR beschafft oder auch eine ganz offizielle Teilnahmegenehmigung erhalten hatten. Grußworte von Besuchern von jenseits der Mauer und der Grenzanlagen waren bei kirchlichen Veranstaltungen nämlich erlaubt. Zuweilen hatten solche „Grußworte“ dann den Charakter abgeschlossener Fachvorträge oder erbaulicher Predigten. Dass das atheistisch-sozialistische System auf diese Weise immer wieder klug und weise hintergangen wurde, war für alle Beteiligten eine Freude!

Manche Westler nahmen an Rüsten teil, auch wenn der Ort ihrer An- und Abmeldung ganz woanders lag. Sie konnten das aufgrund der Bewegungsfreiheit, die den Westbesuchern seit einigen Jahren im Land zugestanden wurde. Dabei waren nur grenznahe Gebiete ausgenommen. Auf diese Weise gab es immer wieder wunderbare deutsch-deutsche Begegnungen mit gegenseitiger Stärkung des Glaubens und Ermutigung zum Handeln. Vor allem gab es für die Einheimischen jeweils eine Fülle geistlicher Literatur und guter Materialien für die Arbeit in den christlichen Gruppen in der DDR, an die sonst nicht heranzukommen war. Auch der Jugendbund des Hauses Gottesfriede und sein öffentlicher Schaukasten profitierten davon. In die Schaukastengestaltung mischte sich der Staat nämlich nicht ein, wenn der Kasten auf kirchlichem Grund stand.

Bei diesen Rüsten wurden viele gute Verbindungen geknüpft von hüben nach drüben und zurück. Manche Patenschaften für junge DDR-Leute in geistlicher Ausbildung zum Beispiel in der Malche in Bad Freienwalde, in der Bibelschule Falkenberg ganz in der Nähe der Malche oder auch im Paulinum in Berlin-Friedrichshain wurden von Westbesuchern übernommen und gepflegt oder in Patengemeinden Westdeutschlands vermittelt. Das bedeutete dann, dass mancher Mangel wegen leerer Regale in den Geschäften per Paket und Päckchen ausgeglichen wurde oder auch über andere, zuweilen geheimnisvolle Kanäle. Das war dann praktische Anwendung der biblisch-paulinischen Weisung nach 2. Korinther 8,14: „Euer Überfluss diene ihrem Mangel!“

Auch Annegret konnte sich gelegentlich über Mitbringsel aus dem Westen freuen. Bei grenzüberschreitenden Begegnungen bekam sie freilich immer dann Probleme, wenn es um die gegenseitige Vorstellung ging: „Wer ist wer?“ Wenn sie wieder einmal an der Reihe war, bekam sie in der Regel innere Beklemmungen, scheute sie sich doch zu bekennen, dass sie Kostkinderheim- und Adoptivkind war. Und mit der Angabe von Name, Wohnort und Beruf gaben sich manche Leute einfach nicht zufrieden. Westler wollten gerne wissen, wie Ostler lebten und wie sie mit ihrer eingeschränkten Freiheit zurande kamen.

Umgekehrt war das Interesse mindestens ebenso groß, wenngleich sich Besucher von drüben häufig zierten, zu viele Einzelheiten aus ihrem vergleichsweise paradiesischen Leben preiszugeben. Keinen Neid verursachen!, war für manchen von drüben die Devise. Und die Christen im Osten mussten sich immer wieder sagen, was Annegret und Margrit einmal bei einer S-Bahn-Fahrt als „guten Rat für DDR-ler“ entdeckt hatten: Da hatte jemand aus dem warnenden Hinweis am Fenster „Nicht hinauslehnen!“ durch Entfernen einiger Buchstaben einen neuen Text gemacht: „Nicht hin..s.ehnen!“

Nein, nach einem Leben, wie Annegret es sich den Erzählungen und Informationen nach vorstellte, die die junge Frau aus westlichen Quellen erreichten, sehnte sie sich nicht unbedingt. Sie war eigentlich zufrieden mit dem, was sie hatte, was ihre Werktage und den Sonntag füllte und wie sie persönlich mit den DDR-Lebensbedingungen zurechtkam. Sie sehnte sich mehr und mehr nach etwas ganz anderem. Sie sehnte sich danach, dass ihr ganz persönlicher Mangel irgendwann ausgeglichen würde, den sie zunehmend empfand und der sie immer wieder einmal beschäftigte. Es fehlte ihr nämlich ein Partner, mit dem sie das Leben teilen konnte, wie es ihre Freundinnen aus dem FCAK schon seit einiger Zeit taten.

Von den dreien waren zwei, nämlich Christel und Heidrun, bereits verheiratet, und Edith hatte auch einen festen Zuhörer, dem sie ihre Flüsterwitze erzählen konnte. Bei Freundin Margrit hatte sich ebenfalls inzwischen ein junger Mann eingefunden, der gerne ihre Briefmarkensammlung anschaute und der noch lieber schon einmal Zeit mit der Horterzieherin ganz allein verbringen wollte. Carsten war ein netter junger Mann, dazu auch fromm, mit dem man herrlich diskutieren konnte über Gott und die Welt, aber … Es kam immer häufiger vor, dass Annegret sich als Störenfried empfand, wenn die drei gemeinsam irgendwo unterwegs oder auch zusammen zur selben Zeit am selben Ort waren. Hätte sie doch nur auch jemanden, der … Das könnte vielleicht ein gutes neues vierblättriges Kleeblatt werden …

Ohne dass es für Annegret schon jemanden gegeben hätte, fuhr sie mit Margrit im Herbst 1982 für einige Tage in den Urlaub nach Mylau im nördlichen Vogtland. Das Herzensthema fuhr freilich mit in diesen Zipfel des DDR-Bezirks Karl-Marx-Stadt und sollte dann auch immer wieder einmal zur Sprache kommen.

Ihren Urlaub gerade in dem Kleinstädtchen Mylau zu verbringen, verdankten die beiden einer Sonderbriefmarke der DDR-Post im Wert von 25 Pfennig aus dem Jahre 1976. Die Marke zeigte die Göltzschtalbrücke, dieses berühmte, mit mehr als 26 Millionen Ziegelsteinen erbaute Viadukt, das als Teilstück der Eisenbahnstrecke Leipzig–Hof mit 29 Bögen auf vier Etagen und einer Höhe von 78 Metern den kleinen Fluss Göltzsch überspannte. Ein außerordentliches, imposantes Gebäude, ein besonderer DDR-Stolz, ein einmaliges Weltereignis, das die Briefmarkensammlerin Margrit unbedingt einmal aus der Nähe bestaunen und möglichst auch einmal besteigen und überqueren wollte.

Freundin Annegret war gerne dabei, und so verbrachten die beiden jungen Frauen ein paar gemeinsame, für Leib und Seele gleichermaßen abwechslungsreiche und frohe Tage in einer kleinen Privatpension dieses idyllischen Ortes am Zusammenfluss von Göltzsch und Raumbach. Das zweite Flüsschen nannten die Einheimischen meistens Seifenbach. Von hier aus genossen sie gleich mehrfach und jedes Mal anders die Begegnungen mit dem faszinierenden Brückengebäude, besonders die Begehung ganz oben, als sie die Brücke auf dem schmalen Fußgängersteig überquerten. Welch ein herrliches Erlebnis, hier oben zu sein und von hier aus ins weite, liebliche Umland zu schauen! Der überwältigende Eindruck drängte die beiden Frauen, spontan das schöne Lied von Gerhard Fritzsche und Johannes Petzold zu singen, das sie aus dem Jugendbund kannten:

> *„Dich, Schöpfer, lobt die ganze Welt, das Licht der tausend Sonnen, das Sternenheer am Himmelszelt, der Wolken Wasserbronnen. Dir singt, was du geschaffen hast, bewusst und unbewusst, die finstre Nacht, der Sonne Glast, die kleinste Vogelbrust.*

Doch wäre deine Liebe nicht, die uns zu Kindern machte, so wär's, als wenn das Sonnenlicht nicht auf der Erde lachte. Es wäre dunkel, öd und kalt. Nun aber brennt dein Licht, und über Meer und Feld und Wald sehn wir dein Angesicht.

So hat das Leben Sinn und Ziel: Du bist des Lebens Quelle. Das Sein ist nun kein irres Spiel. Aus dir strömt klar und helle das Licht, das uns dich sehen macht, der Glanz die Welt betaut. Du hast uns durch dein Lieb und Macht auf ewig dir vertraut."

Die beiden Freundinnen besuchten auch die alte Burg Mylau, die aus dem zwölften Jahrhundert stammte und vollständig erhalten war. Eine völlig andere, aber ähnlich begeisternde Anlage!

Sie genossen in der Stadtkirche St. Wenzel – einem neugotischen Backsteinbau mit einem 72 Meter hohen spitzen Turm und sehr ansprechender Innengestaltung – ein wunderbares Barockkonzert mit Ludwig Güttler, dem bekannten Solotrompeter und Träger des Nationalpreises der DDR. Er wurde auf der Silbermann-Orgel, einem Instrument des berühmten Orgelbauers Gottfried Silbermann aus dem Spätbarock, begleitet von dem Dresdner Kirchenmusikdirektor Friedrich Kircheis. Ein tief beeindruckendes, grandioses Konzert der berühmten zwei vom „Duo Trompete und Orgel"!

Ein anderer musikalisch beeindruckender Höhepunkt dieser Urlaubstage war für die beiden der Besuch eines Konzertes der Berliner Rockband „Karat" in Greiz im Tal der Weißen Elster, der nahe gelegenen thüringischen „Perle des

Vogtlandes". Die Rockband „Karat" genoss in der DDR und auch bereits darüber hinaus einen hervorragenden Ruf. Die gesellschafts- und staatskritischen Texte der fünf Musiker wurden von den Behörden zwar immer kritisch beäugt, bisher aber mit Rücksicht auf ihr Ansehen unter der Jugend zähneknirschend hingenommen. Immerhin hatte die Band vor ein paar Jahren bereits den Kunstpreis der FDJ bekommen, und in Westberlin hatten sie auch schon auftreten können. Die Texte und die Musik dieser Männer kam an, und so füllten auch in Greiz Hunderte junge Leute den Konzertraum und gingen in der Veranstaltung begeistert mit. Text und Melodie ihres derzeit bekanntesten Songs hingen auch Annegret und Margrit noch lange in den Ohren:

„Über sieben Brücken musst du gehn,
sieben dunkle Jahre überstehn,
siebenmal wirst du die Asche sein,
aber einmal auch der helle Schein."

Annegret und Margrit erfreuten sich auch an mancher hübschen und interessanten Sehenswürdigkeit im Umland von Mylau, das sie zu Fuß kennenlernten – zum Beispiel den Kuhberg – oder auch mit geliehenen Fahrrädern erkundeten – zum Beispiel das Netzschkauer Schloss und das nahe gelegene Städtchen Reichenbach.

Bei einer solchen Tour kehrten die beiden in einem privaten Landgasthof ein, um dort mit Blick auf die imposante Göltzschtalbrücke Rast zu machen und Hunger und Durst zu stillen. Während sie auf ihre Bestellung warteten, brachte Annegret das Gespräch wieder einmal auf ihre derzeitige Sorge: Wenn es doch irgendwo einen jungen Mann gäbe …

einen, der über die Brücke käme nach Zeiten der „Asche“, und hoffentlich keine „sieben dunkle Jahre“ mehr, sondern endlich „heller Schein“.

„Darf ich eigentlich Gott um einen Freund oder Partner bitten?“, fragte Annegret plötzlich, während sie in der Juliausgabe der Zeitschrift „Das Magazin“ blätterte, die sie sich aus einem Zeitungsständer an der Garderobe im Gastraum geangelt hatte.

„Selbstverständlich darfst du den himmlischen Vater bitten, seinem irdischen Kind einen Partner an die Seite zu geben, Annegret. Habe ich doch auch gemacht und Carsten als Antwort bekommen“, machte Margrit ihrer Freundin Mut, diese Sorge auf Gott zu werfen – ganz nach dem Rat des Petrus in seinem Brief Kapitel 5,7. „Das steht übrigens auch irgendwo bei Paulus.“

„Ich weiß, hab ich mal auswendig gelernt“, antwortete die junge Frau und zitierte die bekannte Stelle aus Philipper 4: „‚Sorget nichts, sondern in allen Dingen lasset eure Bitten im Gebet und Flehen mit Danksagung vor Gott kund werden!‘ Das sollte ich vielleicht ernster nehmen.“

„Solltest du, meine Liebe“, bestätigte Margrit, „und dabei beachten, dass da ‚allen‘ steht. Und wenn in den Texten ‚allen‘ steht, dann gibt es keine Ausnahmen. Zu ‚allen‘ gehört dann auch ein lieber Freund und möglicher Partner, wie gesagt, siehe mein Carsten. Also, Annegret Kahle, schwing dich auf und bete um einen Stephan, Martin oder auch Heinrich für deine Seite.“

„Aber bitte keinen Heinrich“, wehrte Annegret diesen Namen ab und musste doch dabei lachen. „Der würde mich immer an meinen Adoptivvater erinnern. Das wäre nicht gut.“

„Soll er doch heißen, wie Gott will“, gab Margrit zurück. „Nur Carsten sollte er nicht heißen, damit Verwechslungen mit meinem Carsten von vornherein ausgeschlossen bleiben.“

„Gut, meine Liebe. Ich werde tun, wie du mir geraten hast“, nahm Annegret diesen Gedanken auf und blätterte dabei in ihrer Zeitschrift weiter, in die sie bisher nicht wirklich hineingeschaut hatte. Plötzlich fiel ihr Blick auf eine bestimmte Seite und sie fragte: „Darf man als Christ auch auf eine Heiratsanzeige antworten?“

„Wie kommst du jetzt darauf?“, wunderte sich Margrit, hob ihre Augen von der Zeitung, in der sie gerade las, und faltete das Papier ordentlich zusammen.

„Hier im ‚Magazin‘ stehen solche Anzeigen“, antwortete Annegret. „Soll ich mal eine vorlesen?“

„Jetzt nicht, Fräulein Kahle! Erst wird gegessen“, wies Margrit das Angebot zunächst ab, weil die Gastwirtin das bestellte Tellergericht brachte: Bouletten mit Kartoffelbrei und Kohlgemüse. Dazu ein großes Glas kühle Fassbrause mit Waldmeistergeschmack – herrlich erfrischend! – und ein Schälchen Schokopudding als Nachtisch.

Leider fehlte der Senf. Der sei wieder einmal ausgegangen, stellte die Wirtin mit Bedauern fest. Und leider sei das Besteck immer noch aus Aluminium. „Wir haben seit Wochen neues Besteck bestellt“, sagte sie entschuldigend. „Aber dank des andauernden Materialengpasses für rostfreie Bestecke ist die Lieferung bisher ausgeblieben.“

„Macht nichts“, trösteten die beiden Gäste die Wirtin. „Es ist alles reichlich, sieht lecker aus und wird uns ganz sicher gut schmecken!“

Nachdem die beiden ihre Teller und Dessertschälchen geleert hatten, forderte Margrit die Freundin auf, doch einmal eine Anzeige vorzulesen. Die schlug „Das Magazin“ wieder auf, suchte die entsprechende Seite, wählte ein Inserat aus und las vor: „Suche junge Frau, die zu mir passt: Mitte zwanzig, nicht ortsfest, dafür naturverbunden, warmherzig und liebevoll, sportlich und unternehmungslustig wäre auch gut. Zuschriften an das „Das Magazin“, Chiffre soundso.“

„Hört sich ja gar nicht so schmierig an, wie man es aus deinem Schmuddel-Magazin erwarten müsste“, stellte Margrit fest und machte den Vorschlag: „Kannst ja mal zum Spaß an den Herrn Chiffre schreiben.“

„Wieso denn Schmuddel-Magazin?“, wunderte sich Annegret über diese Beschreibung der Zeitschrift mit dem schwarz gekleideten Opa auf rosa gestrichener Bank vor grünem Gehölz auf dem Titelbild. „Ich hab beim Blättern nichts Schmuddeliges gefunden. Der Opa ist es sicher nicht. Hier geht es doch offenbar um Kultur, Politik, Mode, sozialistischen Lebensstil und solche Sachen.“

„Du hast ja auch die diversen nackten Tatsachen noch nicht gefunden. Diese feine Zeitschrift lebt schon jahrzehntelang von nackten Tatsachen. Deswegen verkauft die sich in unserem sauberen und gesitteten Staat auch so gut. Wir Christen müssen uns an diesen besonders merkwürdigen Gepflogenheiten der DDR-Freikörperkultur und ihrer Darstellung nicht beteiligen. Wie Frauen aussehen, wissen wir auch ohne die Zeitschrift. Und nackte Männer sind nicht unbedingt ansehnlich. Igitt! – Also, nicht weiterblättern, wertes Fräulein!“

„In Ordnung, Fräulein Sittenwacht, danke für den Appell an mein Gewissen“, bemerkte Annegret amüsiert und wollte dann doch wissen: „Aber was ist mit der Anzeige?“

„Schreib sie dir raus", schlug Margrit vor. „Und wenn du meinst, du solltest dem Herrn Chiffre schreiben, dann schreib. Wirst sehen, ob dann irgendwann was passiert. Aber überlass es trotzdem Gott, wie er mit deinem Mangelempfinden und deiner Bitte dazu umgeht."

„Genau das mache ich", lächelte Annegret, nahm Zettel und Stift aus der Tasche und schrieb den Text der Anzeige auf, dazu die Anschrift der Redaktion aus dem Impressum der Zeitschrift. „Mal sehen, vielleicht macht Gott ja etwas daraus", meinte sie noch. „Warum musste mir diese Anzeige denn auch gerade hier und heute vor die Augen kommen? Du weißt, ich glaube nicht an Zufälle, es sei denn an die biblischen nach Matthäus 6,33. Etwas freier formuliert steht da: Trachtet als Erstes nach Gottes Reich, so wird euch alles zufallen, was ihr braucht. – Aber jetzt lass uns bezahlen und das nächste Ziel ansteuern."

Etwa ein halbes Jahr später – Annegret hatte ihren Brief an den unbekannten Herrn der Annonce längst vergessen – hielt die chirurgische Krankenschwester eines Nachmittags nach Schichtende einen Brief in den Händen, mit dem sie zunächst nichts anfangen konnte. Einen Herbert Breithand aus Plauen, der als Absender auf dem Umschlag stand, kannte sie nicht. Wer mochte das wohl sein? Die Zeilen, handgeschrieben auf einem Blatt blassrosafarbenem Briefpapier, das sie dem typisch DDR-genormten Einheitsbriefumschlag entnahm, gaben Auskunft: Herbert Breithand war der angeschriebene „Herr Chiffre" aus der Heiratsanzeige damals in Mylau.

Annegret wurde innerlich plötzlich unruhig. Was war das? War dieser Brief etwa eine späte Gebetserhörung? Ein biblischer „Zufall"? Die junge Frau las den kurzen Text mehrmals, bis sie begriff, dass der Unbekannte tatsächlich auf ihren Brief von damals reagierte:

„Wertes Fräulein Kahle!
Verzeihen Sie, dass ich mich erst jetzt melde auf Ihren netten Brief vom vergangenen Oktober. Ich war damals noch bei der NVA und hatte keine Gelegenheit, gleich zu antworten. Wenn sich Ihre Anfrage inzwischen erledigt hat, geben Sie mir bitte einen kurzen Bescheid dazu. Wenn sie sich noch nicht erledigt hat, geben Sie mir bitte auch eine entsprechende Antwort. Die darf dann länger sein. Ich hoffe auf das Letztere.
Mit freundlichen Grüßen,
Herbert Breithand aus Plauen im Vogtland."

Der Briefempfängerin lief es inzwischen abwechselnd heiß und kalt den Rücken herunter. Was sollte sie jetzt machen? Wie sollte sie antworten? Gar nicht zu antworten wäre unfair und würde den Mann im Ungewissen lassen. Kurz antworten? Ihre Anfrage von damals hatte sich bisher nicht erledigt. Da war ja doch immer noch kein junger Mann an ihrer Seite, auch nicht heimlich im Herzen. Aber „lang" antworten? Sie musste die Sache noch einmal mit Margrit besprechen. Und weil sie durch den Brief in innere Not geriet, musste sie sie auch mit Gott besprechen nach der Weisung aus Psalm 50,15: „Rufe mich an in der Not, so will ich dich erretten, und du sollst mich preisen."

Annegret tat also beides. Sie betete um einen Hinweis, wie sie antworten sollte, und sie beriet sich mit Margrit. Die Freundin riet ihr nach ausführlichem und ernstem Gespräch zur „langen“ Antwort. Sie drängte sie allerdings auch dazu, dass Annegret in ihrer „langen“ Antwort nicht verschweigen dürfe, dass sie entschiedene Christin sei und durch ihr christliches Leben für den DDR-Staat zu den „feindlich-negativen Personen“ gehöre. Sie solle Herbert Breithand dann darum bitten, sich zu dieser Tatsache eindeutig zu äußern. Wenn diese Äußerung positiv ausfalle, wenn der junge Mann aus Plauen sich auch als ein Christ beschrieb, dann könne sie, Annegret, wohl davon ausgehen, dass Gott in der Geschichte seine Hände im Spiel hatte. Sollte Herbert Breithand Probleme damit haben, dann solle sie die Beziehung beenden, bevor sie sie eigentlich begonnen habe.

Annegret tat nach Margrits Rat und wie ihr Herz es ihr sagte. Sie schrieb eine „lange“ Antwort und versteckte sich dabei nicht hinter irgendwelchen Mehrdeutigkeiten. Herbert Breithand aus Plauen sollte von Beginn an über seine mögliche Briefpartnerin Bescheid wissen. Also schrieb sie einen kurzen Abriss ihres bisherigen Lebens als ehemaliges Kostkinderheim-Kind mit unbekannter Herkunft, als Adoptivkind frommer lutherisch-baptistischer Eltern, als Krankenschwester, getaufter Lutheranerin und erwachsen getaufter Baptistin und von daher aus der Sicht des DDR-Staates als feindlich-negative Person. Er, Herbert Breithand, möge auf ihren ehrlichen Brief bitte ebenso ehrlich antworten. Offenheit sei eine wichtige Grundlage für eine dauerhaft tragfähige Beziehung.

Es dauerte diesmal nur drei Wochen, bis Annegret die Antwort aus Plauen vor sich hatte. Im Umschlag steckte sogar ein Foto des Absenders in der Uniform eines Bausoldaten, erkennbar an den Spaten auf den Schulterklappen. Das sah schon mal nicht schlecht aus: ein hübscher junger Mann, der sich dem Staat und seiner Wehrpflicht verweigert und den wesentlich härteren Dienst als „Spati“ auf sich genommen hatte. Aus dem Brieftext erfuhr Annegret, dass Herbert Breithand seine Zeit als ein „Sandkorn im Getriebe der NVA“ in Prora auf Rügen endlich beendet habe.

Mit einem gewissen Grausen schaue er auf die vergangene Zeit im „Nazi-KdF-Koloss von Rügen“ zurück. Die Arbeit beim Neubau der Hafenanlage Mukran sei die reine Schikane gewesen, das Leben im Block V dieser Mammutanlage unter der scharfen Aufsicht und Anleitung militärischer und politischer Übergrößen habe gelegentlich höllische Züge aufgewiesen. Das sei zum Glück – besser Gott sei Dank! – jetzt alles vorbei, und er schaue voller Hoffnung auf bessere Lebensbedingungen nach vorn. Seine Arbeit in der Verwaltung eines Volkseigenen Betriebes der Plauener Spitzen-Herstellung („Plauener Spitze bekannt auf dem Weltmarkt“ stünde weithin sichtbar als Leuchtreklame auf einem Haus in der Dürerstraße) habe er am 15. März wieder aufgenommen, nachdem sie für die Zeit bei den „Spatis“ natürlich völlig stillgelegen habe. Er sei immer noch dabei, sich wieder einzugewöhnen, zumal er jetzt mit einer modernen Robotron-Computeranlage arbeiten müsse.

In seiner Freizeit halte er sich zur lutherischen Johannisgemeinde des Pfarrers und Superintendenten Thomas Küttler und besuche dort mehr oder weniger regelmäßig die Gottesdienste und die Veranstaltungen der Jungen Gemeinde. Übrigens komme er demnächst in die Hauptstadt, um in der Erlöserkirche im Stadtteil Rummelsburg-Lichtenberg einen der weithin gerühmten Bluesgottesdienste zu besuchen. Das sei doch vielleicht eine gute Gelegenheit, sich persönlich zu begegnen.

Für Annegret hörte und fühlte sich das alles sehr gut an. Ihr wurde beim wiederholten Lesen des Briefes richtig warm ums Herz, und sie gewann schon jetzt den inneren Eindruck, ja bereits die innere Überzeugung, dieser Herbert Breithand sei der Partner, um den sie gebetet und den sie sich ersehnt hatte. Sie besprach die Sache kurz mit Margrit und schrieb dann eine ausführliche Antwort, der sie jetzt auch ein Foto von sich beilegte, eins in Krankenschwesterkluft mit Haube.

Mit gleicher Post schickte sie eine kurze Information an ihre Mutter nach Teterow – und provozierte damit eine heftige Reaktion, die ihr gar nicht gefiel: Wenn sie tatsächlich diesen Herbert einmal heiraten und womöglich ins Vogtland übersiedeln sollte, dann müsse sie schon jetzt wissen, dass sie, die Mutter, ebenfalls ins Vogtland umziehen werde. Sie ließe sich nicht mit weiter zunehmenden Jahren von ihrer Tochter einfach so abhängen, damit die Jugend ihr Glück leben könne und sie als Alte im Elend versänke.

Nach der ersten Lektüre dieses schlimmen Briefes bebte Annegrets Herz und ihre Hände zitterten. Was drohte ihr die Mutter da an? Das konnte doch wohl nicht wahr sein! Nein, darüber war wohl das letzte Wort noch lange nicht gesprochen. Und wenn es doch so kommen sollte? Wie würde Herbert darauf reagieren? Eins stand für Annegret allerdings jetzt schon fest: Wenn es so weit käme, dass sie nach Plauen ginge, dann müsste sich Herbert um zwei

Wohnungen bemühen. Die Mutter in denselben Räumen mit ihnen als junge Leute? Nein! Das nicht!

Die nächsten Monate wurden für Annegret aufregend, spannend und gefüllt mit einer merkwürdigen Mischung aus Hoffen und Bangen. Mit hinein mischten sich auch wieder die unbeantworteten Fragen nach ihren leiblichen Eltern, nach deren Verbleib, nach möglichen Geschwistern, nach den Gründen ihrer, Annegrets, Einweisung in das Clara-Dieckhoff-Haus in Güstrow, und nach diesem oder jenem, was sie sonst aus jener dunklen Vergangenheit gerne gewusst hätte. Lange hatte die junge Frau diese Fragen in irgendwelchen hinteren Schubfächern ihres Bewusstseins abgelegt. Aber jetzt kamen sie ganz von allein wieder hervor und bedrängten die Seele. Herbert Breithand würde sicher Fragen stellen und sie würde gerne antworten können.

Aber war das überhaupt nötig und sinnvoll, sich wieder nach hinten zu orientieren, wo sich doch jetzt eine Perspektive nach vorne ankündigte?

Gut, dass Annegret Margrit hatte, die ihre Gedanken aus ihrer eigenen Lebensgeschichte verstand und ihr immer wieder Mut machte, mit Gott und seiner Hilfe zu rechnen. Auch wenn König David am Ende des Psalms 27 etwas anderes gemeint haben könnte, sei sein Rat gut, wie die Freundin nachdrücklich bestärkte: „Ich glaube aber doch, dass ich sehen werde die Güte des Herrn im Lande der Lebendigen. Harre des Herrn! Sei getrost und unverzagt und harre des Herrn!" Ja, das wollte sie verstärkt tun: Mit Gott rechnen und damit, dass er die Dinge schon alle richtig lenken und alles zu einem guten Ende führen würde. Besser: zu einem guten Anfang mit dem jungen Mann aus Plauen im Vogtland …

Der kam dann auch wie angekündigt zu diesem besonderen Samstagabend-Bluesgottesdienst nach Lichtenberg, wo sich die beiden jungen Leute inmitten Hunderter Jugendlicher zum ersten Mal begegneten und aufgrund weiterer ausgetauschter Fotos am vereinbarten Treffpunkt am Haupteingang der Kirche auch sofort erkannten. In der übervollen Kirche saßen sie dann dicht nebeneinander, sodass sie die Wärme des anderen unmittelbar spürten.

Irgendwie schien der Funken spontan übergesprungen, sodass sich die beiden für den folgenden Sonntag zu einer weiteren Begegnung an der Woltersdorfer Schleuse verabredeten. Die dazwischenliegende Nacht wollte Herbert Breithand im Junge-Leute-Massenquartier der Erlöser-Gemeinde verbringen.

Gut, dass Annegret an diesem Wochenende keinen Dienst hatte. So konnten die beiden jungen Menschen die Zeit nutzen, sich näher kennenzulernen, ihre Gedanken über die Gegenwart und die Zukunft auszutauschen, besonders die um eine mögliche gemeinsame Zukunft, die sich zumindest im Händchenhalten bereits andeutete …

In der Folge dieses Wochenendes gab es regelmäßige Briefe hin und her, mehrere gegenseitige Besuche in Plauen und Woltersdorf und erste Überlegungen zu einer möglichen Verlobung. Die wurde schließlich am Sonntag, dem 22. April 1984 – am Ostersonntag –, im kleinen Kreis im traditionsreichen Café Knappe in Woltersdorf gefeiert, lag der Ort doch günstig sowohl für Annegrets Mutter, die die Reise von Teterow nach hier schon häufig gemacht hatte, als auch für Herberts Eltern, die von Plauen her anreisten und auf diese Weise Annegrets Wohn- und Arbeitsort kennenlernen und auch Berlin, die Hauptstadt, besuchen konnten. Freundin Margret und ihr Carsten hatten als einzige nicht verwandte Gäste den kürzesten Anreiseweg …

Die Verlobungsringe hatte sich das Brautpaar übrigens zuvor in einem Intershop am Alexanderplatz in Berlin gekauft. Die dazu nötigen 140 DM hatten sich die beiden von ihrer Westverwandtschaft erbeten, weil für DDR-Mark keine gescheiten Ringe zu bekommen waren. Altgold zur Abgabe hätte ja vielleicht geholfen, irgendwo Ringe zu erstehen, stand aber nicht zur Verfügung. Das Westgeld hatten sie dann freilich bei der Staatsbank der DDR in Forum-Schecks eintauschen müssen, ein durchaus riskantes Unterfangen, weil die DDR-Behörden dadurch Einblick bekamen in diese Art persönlicher Beziehungen der Bankkunden. Leider hatten Annegret und Herbert auf eine Gravur der Ringe mit ihren Namen und dem Verlobungsdatum verzichten müssen. Wer hätte die auch ausführen sollen? Dazu hätte es das berühmte Vitamin B gebraucht; aber diese notwendige Beziehung fehlte ihnen beiden. Also blieb das Datum 22. April 1984 lediglich in den Köpfen eingraviert.

Die Verlobung war eine fröhliche Feier, deren heitere Stimmung gegen Schluss leider ein wenig eingetrübt wurde durch die etwas ungeschickt eingebrachte „Tischrede" von Mutter und Schwiegermutter Laura Kahle. Sie begrüßte Herbert Breithand als ihren Schwiegersohn und bat ihn sogleich, er möge sich bis zum angesetzten Hochzeitstermin am Freitag, dem 5. Oktober, in Plauen um eine Wohnung für sie bemühen. Sie bliebe nicht in Teterow, wenn ihre Annegret ins Vogtland zöge.

Und auf ein anderes müsse sie leider auch noch hinweisen: Es gebe für ihre Adoptivtochter Annegret leider keine offizielle Geburtsurkunde von 1957, sondern nur eine Geburtsbescheinigung von 1961, ausgestellt vom Standesamt Güstrow. Sie habe diese Bescheinigung kürzlich wiedergefunden und gebe sie bei diesem besonderen Anlass heute weiter, quasi als so etwas wie ein Verlobungsnebengeschenk. Für das spätere Aufgebot in Plauen sei aber wohl eine richtige Geburtsurkunde nötig. Die zu bekommen, müsse sich Annegret allerdings selbst kümmern. „Es tut mir leid, dass ich das jetzt einbringen musste." Mit dieser Bemerkung reichte Laura Kahle ihrer Tochter den Umschlag mit der Bescheinigung und beendete so ihren besonderen Festbeitrag.

Annegret schluckte ihren spontanen Ärger über die Worte ihrer Mutter und reagierte nur mit der kurzen Feststellung: „Danke für die Bescheinigung, Mutti. Um das andere werden wir uns kümmern. – Und jetzt lasst uns einen Gang hinunter zur Schleuse machen, damit wir zurück sind, wenn das Abendessen aufgetragen wird." Die innere Unruhe, die Laura Kahle mit dem Hinweis auf die Geburtsbescheinigung bei der Braut verursacht hatte, konnte die junge Frau nur mit Mühe verbergen. Geburtsbescheinigung!? Von einem solchen Dokument hatte sie zuvor nie etwas gehört, geschweige denn gesehen. Warum mussten solche Offenbarungen auch immer zur Unzeit aufs Tapet gebracht werden?

„Nimm es nicht tragisch, Schatz", versuchte Herbert seine Annegret zu beruhigen, hatte er ihren Unmut doch sehr wohl gespürt. „Deine Mutter scheint Fettnäpfe zu lieben. Das war wohl eben einer mit ganz schönen Spritzern. Aber wir kriegen das schon hin in dem halben Jahr bis zum Oktober. – Und jetzt vergiss es einfach und sei wieder eine fröhliche Braut. Ich liebe dich, Anne!"

Noch in der Osterwoche schrieb Annegret Kahle, vormals Sawetzki, einen Brief an den Rat der Stadt Güstrow, Abteilung Personenstandswesen, mit der Bitte, ihr eine Geburtsurkunde (!) auszustellen und zuzuschicken. Sie brauche diese Urkunde für die Bestellung eines Aufgebots beim Standesamt in Plauen.

Die Antwort, die aus Güstrow eintraf, war wenig erfreulich und entsprach dem, was der jungen Frau schon einmal im Rathaus der Barlach-Stadt gesagt worden war: Es gebe keine Akte über eine Person Annegret Kahle, vormals Sawetzki.

Das konnte doch wohl nicht wahr sein! Annegret packte wieder der Zorn auf die Güstrower Behörde und auf das gesamte System DDR. Sie hatte die Akte doch mit eigenen Augen gesehen! Und auf der Geburtsbescheinigung stand doch ein Aktenzeichen des Standesamtes Güstrow! Aber vielleicht hätte sie ihrem Brief eine Kopie dieser Geburtsbescheinigung beilegen sollen, ging es ihr durch den Kopf. Den Fehler musste sie sich wohl selbst zuschreiben. Die junge Frau beschloss, noch einmal persönlich in Güstrow vorzusprechen, wenn sie am letzten Augustwochenende „pflichtgemäß" ihre Mutter in Teterow besuchte.

Mit Laura Kahle hatte sie dann wieder einmal einige unerquickliche Auseinandersetzungen darüber, weshalb sie ihre Informationen und Unterlagen über das Vorleben ihrer Adoptivtochter nicht längst vollständig an sie herausgegeben hatte. Auf die wiederholt gestellte Frage, wo denn die Mappe mit dem Adoptionsvertrag von 1961 nun wirklich abgeblieben sei, bekam Annegret auch diesmal die Antwort, die Mappe sei beim Umzug nach Oschersleben oder auch bei der Rückkehr nach Teterow verloren gegangen. Die alte Dame reagierte wieder äußerst beleidigt und verschnupft und blieb zufriedenstellende Antworten einfach schuldig.

Die Vertreterin der Stadtverwaltung, der Annegret dann im Standesamt in Güstrow gegenübersaß, zeigte sich zunächst in der Sache ebenfalls abweisend, musste aber angesichts der vorgelegten Kopie der Geburtsbescheinigung zugestehen, dass sie wohl doch noch einmal genauer nachschauen müsse. Ihre Besucherin möge sich ein wenig gedulden.

Die tat das auch und hielt eine Stunde später eine richtige Urkunde in der Hand, die die Geburt der Annegret Sawetzki am 14. Juli 1957 bestätigte und noch einmal feststellte: „Das Kind ist von den Ehegatten Heinrich Kahle und Laura Kahle mit Wirkung vom 28. Oktober 1961 an Kindes statt angenommen. Es führt den Familiennamen ‚Kahle'."

Ein wunderbares Papier, ging es Annegret Kahle durch den Sinn, mit behördlichem Siegel inklusive Staatswappen versehen und heute, am 27. August 1984, zwar unleserlich, aber immerhin per Hand unterschrieben und mit einer Gebührenmarke versehen. Mit dem Dokument in den Händen hielt sie für ein paar Augenblicke die Luft an und musste sogar einmal schlucken. „Endlich gibt es mich auch offiziell", sprach sie halblaut vor sich hin, schaute dann der Frau auf der anderen Seite des Schreibtischs mit feuchten Augen und verschleiertem Blick ins Gesicht: „Warum musste ich erst siebenundzwanzig Jahre alt werden, um festzustellen, dass es mich wirklich gibt!? Können Sie mir das sagen? – Dabei sagt mir immer noch niemand, wo ich eigentlich herkomme. Dass so etwas in unserer DDR möglich ist, ist doch ein Jammer! Oder etwa nicht? Dabei muss es bei Ihnen ja eine Akte geben, in der meine Geburt verzeichnet ist und in der auch Hinweise auf meine Eltern stehen müssen. Woher sonst die Nummer 566/1957? Ich versteh's nicht."

Der Angestellten wurde die Situation offenbar peinlich. „Bitte, Fräulein Kahle, freuen Sie sich doch einfach über die Urkunde, bestellen Sie Ihr Aufgebot, heiraten Sie und werden Sie glücklich. Das Leben behält immer Fragen zurück, auf die es keine Antworten gibt", sagte sie in einem Tonfall, der wohl besänftigen sollte, um dann aber in deutlich schärferem Ton fortzufahren: „Es gibt auch immer wieder Fragen, die man am besten gar nicht stellt! Kein Mensch muss alles verstehen! – Und jetzt lassen Sie mich bitte meine weitere Arbeit tun. Auf Wiedersehen, Fräulein Kahle!"

Ein wenig irritiert von der zwiespältigen Reaktion der Frau steckte Annegret die Urkunde vorsichtig in ihre Tasche, stotterte ein „Auf Wiedersehen und vielen Dank!" und verließ das Büro, um sich auf den Rückweg zum Bahnhof zu machen. Sie musste noch vor dem Abend Woltersdorf erreichen. Dort hatte sie als angehende OP-Schwester zum ersten Mal Nachtbereitschaft.

„Bist du inzwischen bei der Wohnungsverwaltung gewesen? Gibt es eine Wohnung für uns? Und gibt es eine für meine Mutter?" Annegret Kahle schaute ihren Herbert erwartungsvoll an, als sich die beiden zwei Wochen später im Bahnhofslokal von Plauen Händchen haltend gegenübersaßen.

„Du stellst mir schwere Fragen, mein Liebes, auf die es keine leichten Antworten gibt", gab der junge Mann zunächst zurück. Dann trank er einen Schluck von seiner Fassbrause, holte tief Luft, seufzte einmal auf und sagte: „Eine Wohnung beantragen können wir erst, wenn wir verheiratet sind, also erst mit Heiratsurkunde nach dem 5. Oktober. Wahrscheinlich zwei Zimmer Plattenbau am Chrieschwitzer Hang. Silo-Wohnen! Für deine Mutter mag es eine Ein-Zimmer-Wohnung geben. Die muss sie aber selbst bei der Kommunalen Wohnungsverwaltung beantragen."

„Das wird sie noch können", gab Annegret zurück. „Wenn sie schon nicht mit uns in eine gemeinsame …"

„Davor bewahre uns Gott", meinte Herbert dazu und hatte dann eine weitere schlechte Nachricht: „Mit einem Ehekredit für eine Wohnungseinrichtung wird es auch nichts."

„Wieso das denn nicht? Der Staat unterstützt doch junge Ehen", empörte sich Annegret. „5000 Mark für junge Eheleute zum späteren Abkindern …"

„… wenn beide jünger sind als 26, mein Schatz", musste Herbert feststellen. „Du bist 27 und ich 28. Also trifft uns der Kreditbann. Und drei Sprösslinge zum Abkindern muss man dann auch erst mal haben wollen."

„Und es gibt keine Ausnahmen?" Annegret überging zunächst den letzten Teil der Aussage ihres Verlobten.

„Vielleicht gibt es die, wenn ich meine NVA-Zeit ins Feld führe und du deine zwei Ausbildungen. Aber wir werden als nicht angepasste Bürger unseres Staates kaum Fürsprecher für eine gewünschte Ausnahme finden."

„Dann müssen wir umso mehr den himmlischen Fürsprecher bemühen, mein Lieber", schlug Annegret vor. „‚Bittet, so wird euch gegeben!', sagt Jesus in der Bergpredigt."

„Dann bete du mal fleißig, Anne", gab Herbert diesen Vorschlag mit einem deutlichen Unterton zurück.

„Betest du etwa nicht?" Annegret klang ein wenig erschrocken.

„Na ja, Liebes, mit dem Beten hab ich es nicht so“, gab der junge Mann zu. „Das scheint mir auch eher Frauensache zu sein und die Sache des Pastors. Ich bin mir auch nicht sicher, ob das hilft.“

„Und ob das hilft, Herbert!“, betonte Annegret. „Ich weiß es! Und ich denke, wir sind uns in unserem Jesus-Glauben einig!?“

„Sind wir doch auch, Anne“, antwortete Herbert und griff die Hände seiner Braut. „Kein Grund zur Aufregung, Liebes!“

„Was meintest du übrigens mit den drei Sprösslingen zum Abkindern eines Ehekredits, die man erst haben wollen muss?“, kam Annegret auf Herberts Bemerkung von vorhin zurück.

„Drei Sprösslinge braucht man, um den Kredit zu erledigen, meine liebe Annegret Kahle“, informierte der junge Mann. „Das erste Kind bringt 1000 Mark, das zweite 1500 Mark und das dritte den Rest, der dann noch bei der Sparkasse in der Kreide steht. Aber drei Kinder zu haben? Und die auch noch in relativ kurzer Zeit!? Na, ich weiß nicht. Scheint mir zu viel und heutzutage nicht mehr angebracht. Das ist zumindest meine Meinung.“

„So, deine Meinung!? Darf ich auch eine Meinung haben, wenn wir dann mal verheiratet sind?“ Annegret klang ein wenig entrüstet wegen Herberts Aussage zu Kindern. „Ich denke eher: Was kommt, wird gewickelt, mein Lieber. – Na ja, wir werden sehen, was wird und wie alles wird“, gab sie sich verständnisvoll und schlug vor: „Gehen wir in mein Quartier?“

„Gehen wir, aber gehen wir durch den Stadtpark und suchen uns noch für eine Weile eine Schmusebank.“

„Und morgen früh besuchen wir den Gottesdienst in der Luthergemeinde!?“

„Einverstanden“, nahm Herbert den Vorschlag auf. „Ich hol dich rechtzeitig ab.“

Andreas und die friedliche Revolution

Am Freitag, dem 5. Oktober 1984, tauschten Annegret und Herbert Breithand nachmittags in der Lutherkirche in Ellefeld im Vogtland die Ringe von der jeweils linken auf die rechte Hand und antworteten auf die Frage: „Willst du … in guten und in bösen Tagen … bis der Tod euch scheidet?“ beide deutlich „Ja, mit Gottes Hilfe!“ Sie wussten es wohl beide oder ahnten es zumindest, dass eine lebenslange Ehe zu führen kein dauerndes Zuckerschlecken sein konnte. Dass es zuweilen auch Tränen kostete und immer wieder Geduld forderte, Nachsicht, Verzeihen und Vergeben. Deshalb: „Ja, mit Gottes Hilfe!“ Zumindest für Annegret war das ein wichtiger und bedeutsamer Nachsatz. Dass die Ringe immer noch nicht mit Namen und Daten graviert waren, ertrug Annegret mit erneutem Bedauern. Herbert hatte sich kümmern wollen, es dann aber doch nicht getan.

Zeugen dieses feierlichen Moments waren außer dem Pastor und einigen wenigen Schäfchen seiner Gemeinde derselbe kleine Kreis aus der Breithand-Verwandtschaft, der vor einem halben Jahr die Verlobung in Woltersdorf mitgefeiert hatte. Selbstverständlich waren die Mutter der Braut dabei und auch Freundin Margrit mit ihrem Carsten.

Wenn sie denn innerlich offen dafür waren, konnten sie alle gute Gedanken aus dem Traugottesdienst in ihr eigenes Leben nehmen, die der Mann im Talar und mit festlicher Stola auf besonderen Wunsch der Braut ausbreitete zu den Paulus-Versen Römer 15,5-7: „Der Gott aber der Geduld und des Trostes gebe euch, dass ihr einträchtig gesinnt seid untereinander nach Christus Jesus, auf dass ihr einmütig mit einem Munde lobet Gott, den Vater unsers Herrn Jesus Christus. Darum nehmet einander an, gleichwie uns Christus hat angenommen zu Gottes Lob."

Annegret Breithand – seit der standesamtlichen Trauung ein paar Tage zuvor im Rathaus Plauen vor einer freundlichen jungen Beamtin im schwarzen Kostüm, unter dem milden Lächeln des Staatsratsvorsitzenden Erich Honecker auf großem Bild im goldenen Rahmen und unter den leisen Hintergrundklängen des Hochzeitsmarsches aus Felix Mendelssohn Bartholdys „Sommernachtstraum" trug die junge Frau nun den dritten Namen ihres Lebens.

Annegret Breithand, die hübsche Braut im weißen Kleid mit Krönchen und kurzem Schleier war selig. Diesen Namen zu tragen hatte sie selbst bestimmt und freiwillig übernommen. Mit dem Mann an ihrer Seite, dessen Namen sie jetzt trug, konnte es nun ganz neu und gut weitergehen – auch wenn die alten Fragen nach der eigenen Herkunft bisher ohne schlüssige Antworten geblieben waren. Gottes Segen für den neuen Weg war den beiden Breithands gewiss zugesprochen worden. Der Vater des Herrn Jesus Christus hatte seine Lebensbegleitung zugesagt, auch wenn das gegenseitige Annehmen sicher in vielen Dingen noch gelernt und geübt werden musste: „... in guten und in bösen Tagen, bis der Tod euch scheidet!"

Die ersten Wochen und Monate der breithandschen Ehe verliefen dann auch einigermaßen harmonisch. Die beiden Eheleute hockten sich ja auch noch nicht täglich auf der Pelle. Herbert wohnte zunächst in seiner alten Wohnung in Plauen, Annegret pendelte, so oft es ging, zwischen dem Vogtland und Woltersdorf hin und her. Noch arbeitete sie als chirurgische Fachkrankenschwester im OP des Krankenhauses Gottesfriede. Einen Arbeitsplatz im Krankenhaus Rodewisch-Obergöltzsch würde sie bekommen, wenn nach dem offiziellen Einstellungsplan einer frei wäre. Eine zeitliche Vorgabe zu bekommen, war nicht möglich. Das in allen Bereichen planwirtschaftliche System DDR ließ das nicht zu.

Das planwirtschaftliche System DDR ließ es dann aber zu, dass die jungen Eheleute im Herbst 1985 endlich eine Wohnung bekamen, wie sie es schon vermutet hatten: Zwei-Zimmer-Silo-Wohnen am Chrieschwitzer Hang, ganz in der Nähe der Mutter und Schwiegermutter und doch nicht in direkter Sichtweite oder enger Tuchfühlung.

Laura Kahle hatte durch Herberts intensiven Einsatz bei den Wohnungsbehörden ein paar Wochen zuvor eine Ein-Zimmer-Wohnung in einem der Hochhäuser in diesem Plauener Stadtteil bekommen, war von Teterow in den Süden des Arbeiter-und-Bauern-Staates gezogen und war glücklich, ihre Tochter demnächst dauerhaft in der Nähe zu wissen. Freilich begegnete sie schon bald im Senioren-Club der Gemeinde ihrem Georg Pfaff, einem sympathischen rüstigen Rentner aus dem Jahrgang 1907 wie sie selbst. Nach wenigen Wochen der Bekanntschaft waren die beiden dann auch schon verheiratet! Selbstverständlich behielt Laura Kahle ihren bisherigen Familiennamen.

Diese Heirat war für Annegret eine Entlastung insofern, als sie sich um ihre Mutter weniger zu kümmern brauchte, wenn sie selbst dann endlich auf Dauer in Plauen wohnte. Leider war es mit dem Ehekredit für die beiden jungen Breithands tatsächlich nichts geworden. Sie waren zu alt für eine Bewilligung, und das System DDR oder auch nur der zuständige Mann hinter seinem Schreibtisch ließ keine Ausnahmen zu. So brauchte also auch kein Ehekredit „abgekindert" zu werden.

Dass Herbert von einer so gestalteten Tilgung eines Kredits ohnehin nicht begeistert war, ließ er immer wieder einmal bei seiner Annegret durchblicken. Ihm war es genug, dass sie beide ihre Arbeitsplätze hatten und Geld verdienten, um sich zur Finanzierung der Wohnungseinrichtung einen kleinen freien Kredit leisten zu können. Es war ihm auch genug, dass sie Ehespaß miteinander hatten. Von einem Kind oder gar von Kindern war ganz selten die Rede. Annegret musste wegen dieser Einstellung ihres Mannes hin und wieder still seufzen. Sie wollte Kinder, möglichst mehrere. Innerlich bewahrte sie die Hoffnung, dass es irgendwann einmal „passieren" würde.

Als es dann wirklich „passiert" war, verschwieg die Ehefrau ihrem Mann im Frühjahr 1985 zunächst, dass sie schwanger war. Sie wollte wenigstens die ersten zwölf Wochen ihr Geheimnis für sich behalten. Herbert sollte nicht auf den Gedanken kommen, ihr das „Gesetz zur Regelung des Schwangerschaftsabbruchs" vorzuhalten und gar von ihr verlangen, die in diesem Gesetz festgeschriebene Fristenregel für sich selbst anzuwenden.

Nein, niemals würde sie das tun! Darin war sich Annegret so sicher, wie das Amen in der Kirche galt. Also spielte sie ein Vierteljahr lang die brave Ehefrau und verbarg geschickt ihre gelegentlich auftretende Übelkeit hinter dieser und jener mehr oder weniger einleuchtenden Begründung. Dabei war sie froh darüber, dass sich noch kein Bäuchlein formte, ihr äußerlich die Schwangerschaft also noch nicht anzusehen war.

Doch dann stellten sich bei der werdenden Mutter plötzlich merkwürdige Beschwerden ein. Es zeigten sich Blutungen, sie bekam Schmerzen im Bauchraum, die rasch unerträglich wurden. Annegret begab sich in ihr Krankenhaus, Abteilung Gynäkologie, wo sie bald nach ihrer Aufnahme das Kind verlor. Welch eine Dramatik! Welch eine Tragik! Welch ein Schmerz der jungen Frau, die sich riesig auf das Kind gefreut hatte. Und welch eine Ernüchterung folgte durch die Reaktion ihres Mannes, den man von seinem Arbeitsplatz ins Krankenhaus gerufen hatte. „Ist schon recht so, Anne. Das Kind wäre ohnehin nicht mein Wunschkind gewesen“, wusste er nur zu sagen.

Annegret war entsetzt: „Wie redest du, Herbert? Das Kind kein Wunschkind?! Ich hatte es mir so gewünscht und mich so gefreut.“

„Gott hat's wohl nicht haben wollen“, stellte der Mann mit deutlicher Gefühlskälte lapidar fest. „Jetzt noch nicht“, fügte er wie zur Besänftigung seiner leidenden Frau an.

„Jetzt redest du plötzlich von Gott, Herbert“, empörte sich die junge Frau. „Seit Wochen schon fragst du nicht mehr nach ihm und lässt mich allein die Tagestexte aus der Bibel und die Lichtstrahlen lesen und in die Gemeinde gehen, obwohl wir das alles einmal anders besprochen hatten. Und jetzt soll Gott herhalten für deine Erklärung meiner Fehlgeburt. Nein, Herbert, so kann's doch nicht gehen!" Annegret kamen die Tränen und heftiges Schluchzen erfasste ihren Körper.

„So geht es aber, meine liebe Frau", bemerkte der Ehemann trocken. „Stell das Flennen ein. Es wird schon alles wieder gut." Herbert griff nach Annegrets Hand, die sie ihm aber ruckartig entzog.

„Wir werden sehen, wie gut es wird, Mann", sagte sie traurig. „Und jetzt geh zurück an deine Arbeit. Ich bin müde."

In den ersten Wochen nach diesem traurigen Ereignis rauften sich die beiden Eheleute wieder zusammen, und es schien so, als würde tatsächlich alles gut. Doch dann blieb bei Annegret die Regelblutung wieder aus. Sie war erneut schwanger! Welche Freude! Vielleicht war das jetzt das Kind, das Gott haben wollte, ging der jungen Frau durch den Kopf, was Herbert vor einem halben Jahr bei ihrer Fehlgeburt gesagt hatte. Annegret war sich sehr sicher, dass die Schwangerschaft diesmal gut verlaufen würde. Und genau das sagte sie ihrem Mann, als der von seiner Arbeit nach Hause kam und seine Frau wie gewohnt zur Begrüßung in die Arme nahm: „Herbert, mein Lieber. Du wirst Vater, und mir geht es diesmal gut dabei, und ich bin glücklich!"

Mit der Reaktion, die jetzt kam, hatte die werdende Mutter allerdings nicht gerechnet: Herbert war entsetzt, stieß seine Frau aus der Umarmung, schlug heftig mit der Faust gegen den Schrank, verzog sein Gesicht zu einer Fratze und herrschte Annegret an in einer Lautstärke, die wohl bis in die Nachbarwohnungen zu hören war: „Nein! Das nicht, Annegret Breithand! Du treibst Betrug mit mir! Du weißt genau, ich will kein Kind! Ein Kind macht nur Arbeit und ist im Weg. Ein Kind behindert meine Karriere und deine auch."

„Aber Herbert, Liebster", versuchte Annegret ihren Mann zu unterbrechen und zu beruhigen. Es gelang ihr nicht. Der schlug noch einmal mit der Faust gegen den Schrank und redete sich weiter in Rage. „Ich sag dir nur eins: Du gehst in die Klinik und lässt das Kind wegmachen! Ich will es nicht! Punkt und basta!"

„Und wenn ich das Kind nicht wegmachen lasse, was dann?" Annegret wirkte jetzt sehr ruhig und gefasst in ihrer Haltung. „Bitte, Herbert, sag mir, was ist dann? Sag's mir!"

Herbert zögerte einen Moment mit seiner Antwort. Dann sagte er: „Dann wirst du dich entscheiden müssen zwischen mir und dem Kind. Willst du mich, dann ohne Kind. Willst du das Kind, dann ohne mich. Überleg dir's gut und sag mir Bescheid. – Ich hab noch was für meine Mutter zu erledigen."

„Dann nimm dein Nachtzeug gleich mit", hörte Annegret sich spontan antworten. „Ich habe mich bereits entschieden: Ich will das Kind! – Du magst gehen, wie auch immer es dann für mich und dich und uns weitergeht." Mit diesem Satz sank die Frau auf einen Küchenstuhl. Sie vergrub ihr Gesicht in den Händen und begann, bitterlich zu weinen. Dass Herbert wenig später tatsächlich mit einer gepackten Tasche die Wohnung verließ, bekam sie nicht mit. Dass er tatsächlich gegangen war und sein Nachtzeug und auch schon einiges andere mitgenommen hatte, registrierte sie erst, als sie später den Zettel im Schlafzimmer fand: „Ich bin weg! Werd glücklich mit dem Kind! Ich werd's ohne. Meine anderen Sachen hole ich später. Kannst die Scheidung einreichen. Ich mach dir keine Probleme."

Annegret verstand die Welt nicht mehr. Wen hatte sie da eigentlich vor zwei Jahren geheiratet? Es hatte doch alles so gut und so einvernehmlich angefangen. Auch im gemeinsamen Glauben an den lebendigen Gott. Einträchtig gesinnt, wie es im Trautext hieß. Sie hatten sich doch gegenseitig angenommen und gemeinsam Gott und Jesus Christus gelobt. Jedenfalls eine Zeit lang. Bis Herbert sich aus der frommen Gedankenwelt und der Praxis des gelebten Glaubens mehr und mehr zurückgezogen hatte. Und jetzt brachte die Aussicht auf ein Kind diesen Mann, den sie doch liebte, dazu, von Scheidung zu reden. Als wäre dieser Schritt die normalste Reaktion, die es geben konnte. Dabei hatte er doch gesagt: ein Kind, wenn Gott es haben wollte. Und jetzt wollte Gott es doch offenbar haben.

Annegret hielt lange ihren Kopf zwischen den Händen, ließ den Tränen freien Lauf, wischte sich mehrmals über die Augen, um diesen schrecklichen Zettel wieder und wieder zu lesen: „Ich bin weg! Werd glücklich mit dem Kind! Ich werd's ohne. Meine anderen Sachen hole ich später. Kannst die Scheidung einreichen. Ich mach dir keine Probleme."

„Gott, was machst du mit mir?", fragte Annegret. „Warum diese Geschichte? Was habe ich falsch gemacht? Wozu soll das dienen? Halt mich auf den Beinen, Herr Jesus, und halt mich bei dir!"

Solche und ähnliche Gedanken jagten sich im Kopf der jungen Frau und machten ihr große Unruhe. Dann fiel ihr verschleierter Blick schließlich auf das Titelbild des November-Gemeindebriefes der Kirchgemeinde, der auf dem Tisch lag, und sie las den Monatsspruch aus Offenbarung 21,5, der dort in großen kalligrafischen Buchstaben gedruckt stand: „Gott spricht: Seht, ich mache alles neu!" – Wenn das so war, wie es da stand, dann war das tröstlich. Ja, Gott machte neu! Alles neu! Die soeben verlassene Ehefrau hatte es deutlich vor Augen: Gott, der Vater im Himmel, würde mit den schiefgelaufenen Dingen der vergangenen Jahre gnädig umgehen. Wie das Neue dann aussehen würde, wollte sie, Annegret, ihm dann auch überlassen.

Die werdende Mutter suchte in der Folge dieses Geschehens ihre Adoptivmutter auf, um sie über das Ehezerwürfnis zu informieren und mit ihr die neue Situation zu bedenken. Laura Kahle zeigte viel Verständnis für ihre Tochter und nahm Annegret in die Arme: „Keine Bange, mein Kind. Trag du deinen kleinen Menschen aus und bring ihn zur Welt. Wir kriegen den Jungen oder das Mädchen schon groß. Das machen wir gemeinsam. Solange ich gesund bleibe und mein Georg das mitmacht – und der wird das mitmachen –, hast du unsere volle Unterstützung. ‚Fürchte dich nicht!', steht heute in den Herrnhuter Losungen. Das gilt auch für dich. Und steht das nicht auch in deinem Konfirmationsspruch: ‚Fürchte dich nicht! Ich helfe dir'?"

„Steht da, Mutti", bestätigte Annegret. Nach einem kurzen Moment der Besinnung ergänzte sie: „Und ich will mich daran festhalten: ‚Fürchte dich nicht! Ich helfe dir!'"

Auch Margrit und Carsten, die inzwischen als Ehepaar im etwa fünfzig Kilometer östlich von Berlin gelegenen Buckow in der Märkischen Schweiz lebten und arbeiteten, bestätigten in einem langen Brief Annegret in ihrer Entscheidung für das Kind und gegen Herbert: „Denk an die Worte im Psalm 127: ‚Kinder sind eine Gabe des Herrn …' Und denk daran, wie Jesus nach Matthäus 19 und anderen Stellen im Evangelium die Kinder gesegnet hat. Nein,

Annegret, eine Abtreibung ist nie nach dem Willen Gottes. Das kann nicht sein!

Unser Staat macht es sich da zu leicht mit seiner Fristenlösung und der aus dem Westen importierten Frauenparole: ‚Mein Bauch gehört mir!'. Gott schenkt das Leben, und er will das Leben! Und er will auch das Leben deines Kindes, Annegret. Freu dich drauf! Und verlass dich drauf: Wir sind für dich da, wenn du uns brauchst. Wenn es dir recht ist, melden wir uns für die Patenschaft jedenfalls schon einmal an.

In Herbert haben wir uns offenbar alle getäuscht. Lass ihn gehen und streich ihn aus deinem Leben, so gut das geht! Wie der sich verändert hat, bist du zu schade für ihn. Er macht dich nicht mehr glücklich, und du kannst ihn nicht mehr glücklich machen. Und was hilft es deinem – eurem – Kind, wenn sein Vater es nicht will und nicht annimmt? Vielleicht gibt es ja eines Tages jemanden, der dich mit dem Kind nimmt."

Annegret nahm die Ratschläge der Mutter und der Freunde an, schickte sich in die Dinge, gewann nach und nach den notwendigen Abstand und fand neue innere Ruhe und Halt durch ihren Glauben an Jesus, den Heiland auch ihrer Seele. Das Scheidungsverfahren lief relativ problemlos. Um Herberts Verpflichtung zur Unterhaltszahlung musste sie freilich kämpfen. Sie gewann dann aber die erzwungene gerichtliche Auseinandersetzung vor einer sehr verständnisvollen Richterin: Annegret durfte in der Wohnung bleiben, und Herbert musste sich an den Wohn- und Lebenshaltungskosten beteiligen. Welch eine gnädige Lösung der leidigen Probleme.

Dass die junge Frau zu ihrem vorehelichen Namen zurückkehrte und fortan wieder Kahle hieß, war ihr selbstverständlich, sollte doch auch ihr Kind nicht den Namen seines Vaters tragen. Der hätte doch zeit seines Lebens an einen Abschnitt im Leben der Mutter erinnert, den die am liebsten sofort und radikal aus ihrer Geschichte gestrichen hätte, wenn da nicht das Kugelbäuchlein gewesen wäre, dessen Geheimnis sich etwa Mitte des Jahres lüften würde. Anlass zu großer Dennoch-Vorfreude …

Am Freitag, dem 19. Juni 1987, wurde Andreas Kahle geboren, ein kräftiger, gesunder Junge mit dunklem Lockenkopf und allem dran, was zu einem kleinen Menschen gehörte, ein besonders süßes Geschenk Gottes. Dem Kind und seiner Mutter ging es gut, und Oma Kahle hielt zum ersten Mal in ihrem Leben einen kleinen Knaben in ihren Armen – ein ganz besonderes Empfinden für die achtzigjährige alte Dame, deren eigene Kinder allesamt Mädchen gewesen waren. Ein Stammhalter! Gott sei Lob und Dank! Hoffentlich gab Gott ihr noch ein paar rüstige Jahre, in denen sie der Mutter des Knaben beistehen und sie entlasten konnte und in denen sie den Jungen aufwachsen sah …

Für Annegret Kahle wurde nun wirklich alles neu. Sie brauchte vorerst nicht an ihren Arbeitsplatz zurückzukehren und hatte doch ihr finanzielles Auskommen. Na ja, große Sprünge machen konnte sie nicht. Aber sie hatte es ja gelernt, sich zu bescheiden und ihre Ansprüche niedrig zu halten. Die Regale der Konsumgeschäfte und der Kaufhallen boten ohnehin immer seltener ein sinnvolles Angebot von Waren für den täglichen Bedarf, und die Schlangen vor den Geschäften wurden immer länger, wenn es denn einmal etwas Besonderes gab.

Auch ein Säugling hatte schon seine besonderen Bedürfnisse, als die Muttermilch für seine Ernährung nicht mehr ausreichte. Dann konnte es schon recht aufregend sein, in den Geschäften der Stadt nach Babynahrung von Babysan und Milasan zu suchen. Sie war häufig nicht zu finden. Nein, so gerne die junge Mutter ihrem Sohn Besseres geboten hätte, der Junge musste sich zufrieden geben mit Zwieback- und Mondaminbrei, später zerdrückter Banane, püriertem Gemüse und solchen Sachen.

Trotzdem gedieh der kleine Kerl erstaunlich gut, nahm zu an Leib und Geist, bekam pünktlich seine ersten Zähnchen, lernte zu kriechen, zu sitzen, zu stehen und zu laufen, lernte zu brabbeln und zu sprechen und machte in allen Dingen seiner Mutter und seiner Großmutter große Freude – auch dem angeheirateten Großvater Georg Pfaff, den es bis zu seinem tödlichen Schlaganfall im Spätsommer 1989 gab. Nach ihrem Babyjahr, also im Juni 1988, fand Annegret einen Arbeitsplatz als Sprechstundenhilfe in einer Poliklinik in der Stadt Plauen. Dank der Hilfe von Oma und Opa in der Betreuung von Enkel Andreas konnte sie ihre Tage gestalten und auch ihre „Freiheit" genießen, soweit man das Leben im DDR-Staat unter den immer offensichtlicher und beinahe rasant wachsenden Mangelbedingungen überhaupt genießen konnte.

Für den örtlichen, regionalen und überregionalen DDR-Staatsapparat wurde die allgemeine Versorgungslage zunehmend kritisch, machte sich doch in der gesamten DDR unter der Bevölkerung zunehmend Unmut breit über die kontinuierlich leerer werdenden Regale in den Geschäften und die ebenso kontinuierlich wachsenden Menschenschlangen vor deren Türen. Auch in Plauen und im umliegenden Vogtland wurden das Grummeln und Schimpfen hinter vorgehaltener Hand unter den wartenden, Schlange stehenden Menschen immer lauter und intensiver.

Die Eröffnung von Delikat-Läden und Exquisit-Geschäften half wenig weiter und vermochte kaum, die zunehmend unruhig werdenden Leute der Stadt zu besänftigen. Das Angebot dieser Läden an hochwertigen Lebensmitteln aus Importen beziehungsweise an Kleidung, Schuhen und Kosmetika besonderer Qualität, die eigentlich für den Export aus der DDR in die kapitalistischen Nachbarländer zwecks Erwirtschaftung von Devisen vorgesehen waren, war zwar relativ umfangreich und sehr verlockend, aber für die meisten Menschen auch in der Vogtland-Metropole Plauen und ihrem Umland nicht erreichbar. Das verursachte Unmut, wenn nicht gar Ärger, der sich irgendwann einmal Luft machen musste. Die Atmosphäre in der Bevölkerung war seit der Kommunalwahl vom 7. Mai 1989 ohnehin zusätzlich gespannt, weil es sich erwiesen und rasch herumgesprochen hatte, dass das veröffentlichte Wahlergebnis gefälscht war, wie übrigens nahezu überall in der DDR.

Da braute sich also nach und nach etwas zusammen, das den Verantwortlichen in den politischen und wirtschaftlichen Gremien der Stadt und des Kreises nicht gefallen konnte und dem sie mit wachsender uniformierter Präsenz in Straßen und auf Plätzen zu begegnen suchten. Zudem machten sich Gerüchte breit, die Garnison der Sowjetarmee im Stadtteil Westend werde viel besser versorgt als die allgemeine Bevölkerung, und auch die Einrichtungen der

DDR-Grenztruppen, von denen es einige im Stadtgebiet gab – Plauen lag nur etwas mehr als zwanzig Kilometer von der Staatsgrenze entfernt –, stünden sich wesentlich günstiger in Sachen Versorgung als die normalen Bürger der Stadt. Das brachte diese umso mehr auf die Palme.

Die Bürger horchten mehr und mehr darauf, was sich hinter den Verwaltungstüren der Genossen tat. Sie registrierten eine stetig steigende Zahl von Anträgen „zur ständigen Ausreise aus der DDR". Man munkelte von mehr als 380.000 legalen Ausreisen aus der DDR seit dem Bau der Mauer 1961. Und man munkelte auch von mehr als 220.000 illegalen Ausreisen.

Den Dementis solcher Zahlen durch die staatliche Propaganda glaubte niemand. Dem Westfernsehen, das hier und da im Vogtland und auch in Teilen der Stadt Plauen empfangen wurde – vom westdeutschen Sender Ochsenkopf im Fichtelgebirge her, heimlich, versteht sich, weil offiziell verboten –, vertraute man da schon eher. Dass bis Anfang Oktober 1989 bereits Tausende DDR-Bürger illegal über Ungarn und Österreich in den Westen gelangt waren, dass ebenso Tausende ausreisewillige DDR-Bürger Zuflucht gesucht hatten in den Botschaften der BRD in Budapest, Prag und Warschau, das erzählten die, die es aus den westlichen Medien erfahren hatten. Die DDR-müde Volksseele heizte sich auch in Plauen mehr und mehr auf und war sich zunehmend darüber im Klaren, dass etwas geschehen musste.

An Flucht oder auch an legale Ausreise aus ihrem Staat hatte Annegret Kahle bisher nicht gedacht, auch wenn sie sich mehr und mehr freiheitliche, demokratische, intakte westliche Lebensbedingungen vor Augen malte. Nur, mit Andreas bei Nacht und Nebel ... oder über Ungarn ... oder über die BRD-Botschaft in Prag ...? Nein, das war ihr zu gefährlich. Und das ging auch deshalb nicht, weil sie ihre inzwischen zum zweiten Mal verwitwete zweiundachtzigjährige Mutter nicht im Stich lassen konnte und wollte. Aber die fortschrittlichen Gedanken der reformwilligen Mitbürger ihrer Stadt, die davon flüsterten, demnächst eine örtliche Gruppierung der landesweiten Bürgerbewegung „Neues Forum“ zu gründen – in Berlin war Anfang September das erste „Neue Forum“ offiziell gegründet worden –, hatte sie sich längst zu eigen gemacht.

Annegret beschloss, die Gründungsversammlung am 5. Oktober in der Markuskirche zu besuchen, auch wenn diese Veranstaltung wahrscheinlich illegal sein würde. Die Bewegung „Neues Forum“ war nämlich von Berlin aus als verfassungs- und staatsfeindlich eingestuft und darum verboten worden. Aber irgendwann musste den sozialistischen Betonköpfen in der Staatsführung doch einmal widerstanden werden, auch wenn die große Gefahr bestand, dass solche Aktionen nicht friedlich verlaufen würden. Aus anderen Regionen der DDR sickerten Informationen über Repressalien, Einbestellungen, Zuführungen und Verhaftungen aufmüpfiger Bürger auch ins Vogtland hinein ...

Am Donnerstag, dem 5. Oktober, kam es zunächst einmal nicht wie geplant zur Gründung des Plauener „Neuen Forums“. Die Markuskirche war gefüllt bis auf den letzten Platz, und draußen standen Hunderte Menschen, die gerne in das Gebäude hineingekommen wären und sich auf eine anschließende Wiederholung der Veranstaltung vertrösten lassen mussten. Annegret konnte sich derweil glücklich preisen: Sie hatte einen Platz im Gedränge bekommen und erlebte so unmittelbar mit, dass die Veranstaltung in dem Gotteshaus kurzerhand zu einer Friedensandacht umfunktioniert wurde mit biblischen Texten, Liedern und Gebeten und mit einer Ansprache zu Römer 12,12: „Seid fröhlich in Hoffnung, geduldig in Trübsal, haltet an am Gebet!" Das geschah wohl in der Annahme oder wohl eher sicheren Gewissheit, dass unter den Besuchern eine große Zahl Stasi-Leute sein musste, denen man natürlich keine Handhabe gegen die Veranstalter und die Besucher wegen eines Verstoßes gegen geltendes Gesetz oder Aufruf zum Aufruhr oder so ähnlich bieten wollte.

In der Ansprache des Pfarrers, den Annegret nicht kannte, ging es dann sehr offen und mutig um die allgemeine Lage in Volk und Staat, um die steigenden Zahlen unzufriedener Menschen auch in Plauen wie im ganzen Vogtland, die ihre persönliche Lebenslösung in der Republikflucht suchten.

Beherzt sprach der Redner von den Tausenden Botschaftsflüchtlingen, die wie bereits in den letzten Tagen auch in der vergangenen Nacht wieder mit Sonderzügen aus Prag über Dresden und Karl-Marx-Stadt kommend durch Plauen gefahren waren, um drüben in Hof in der Bundesrepublik die Freiheit zu finden, die sie in ihrer Heimat DDR nicht mehr gefunden hatten. Es ging auch um die nahezu zweitausend Personen, die aus Plauen und Umgebung Ausreiseanträge gestellt hatten und die, während sie auf deren Genehmigung warteten, manchen behördlichen Repressalien ausgesetzt waren. Schließlich sprach der Pfarrer von dem Römertext her von den Menschen, die mit gleichen Sehnsüchten das Land noch nicht verlassen hatten und es auch gar nicht verlassen wollten, die aber mit den entmutigenden Verhältnissen irgendwie umgehen mussten.

Der Abschlussappell der Predigt war dann auch eindeutig und entstammte demselben Kapitel aus dem Römerbrief des Paulus: „Lass dich nicht vom Bösen überwinden, sondern überwinde das Böse mit Gutem." Das hieß: „Wir stehen auf! Wir wehren uns! Wir tun das aber nicht gewalttätig. Wir wehren uns ohne Waffen im Anschlag. Wir wehren uns friedlich und begegnen dem Bösen mit Gutem!"

Annegret saß tief bewegt von dieser Veranstaltung eng zwischen Leuten, die sie gar nicht kannte, die aber offenkundig genauso interessiert waren wie sie an notwendigen gesellschaftlichen, wirtschaftlichen, politischen und sonstigen Veränderungen im Land. Während des mächtig gesungenen Schlussgebets dieses Gottesdienstes: „Verleih uns Frieden gnädiglich, Herr Gott, zu unsern Zeiten. Es ist doch ja kein andrer nicht, der für uns könnte streiten, denn du, unser Gott, alleine", spürte Annegret, dass ihre Nachbarin zur Linken ihr offenbar etwas zustecken wollte. Sie griff nach dem Gegenstand und fühlte so etwas wie ein zusammengeknülltes Papier. Sie steckte es rasch in die Manteltasche, um der Frau danach nur einen kurzen, bestätigenden Blick zuzuwerfen.

Später in ihrer Wohnung nahm Annegret das Papier in die Hände, dünnes Durchschlagpapier, glättete es, um es lesen zu können. „Was ist das?", wollte ihre Mutter wissen, während der kleine Andreas auf dem Fußboden mit ein paar Bauklötzen spielte.

„Das hat mir meine Banknachbarin zugesteckt. Das ist – ein Aufruf zu einer Demo, Mutti", stellte die Tochter erstaunt fest. „Ich lese dir vor, soweit ich es entziffern kann.

Das Papier scheint der fünfte Durchschlag des Originals zu sein. Da hat sich einer viel Mühe gemacht, diese Aufrufe auf der Schreibmaschine zu tippen." Die jüngere der beiden Frauen strich noch einmal über das Blatt, um es leichter lesbar zu machen. Dann las sie vor:

„‚Am 7. Oktober, dem 40. Jahrestag der DDR, findet ... eine groß angelegte Protestveranstaltung auf dem Plauener Theaterplatz statt. Beginn 15.00 Uhr. Unsere Forderungen lauten:' (jetzt kommen immer Spiegelstriche mit Stichwörtern dahinter. Bei einigen muss ich raten. Also, ich versuch's:) ‚Versammlungs- und Demonstrationsrecht, Streikrecht, Meinungs- und Pressefreiheit, Zulassung der Operationsgruppe, nein, Oppositionsgruppe ‚Junges Forum' oder ‚Neues Forum'? Schwer zu lesen. Aber doch wohl ‚Neues Forum'."

„Ist das heute noch nicht gegründet worden?", fragte die alte Dame dazwischen. „Das war doch so beabsichtigt."

„So war es, Mutti, ging aber nicht. Zu viel Stasi in der Kirche, ich erzähl dir gleich. Also weiter: ‚freie demokratische Wahlen, Reisefreiheit für alle'. Dann kommt einiges, was kaum zu lesen ist: ‚Bürger der Stadt Plauen! ... Schließt euch zusammen! Die Zeit ist reif! ... Bürger, überwindet die Lethargie' (das heißt wohl Trägheit) ‚und Gleichgültigkeit. Es geht um unsere Zukunft! Jetzt oder nie!' – Jawohl, Mutti. Die haben recht: Jetzt oder nie! Das Volk muss es denen da oben geben!"

„Willst du am Samstag etwa in den Tunnel gehen, ich meine, auf den Grotewohl-Platz?" Laura Kahles Stimme klang besorgt.

„Natürlich will ich, Mutti. Die Zeit ist reif! Ganz schön mutig vom Schreiber, diesen Aufruf unter die Leute zu bringen. Wie oft wird er den geschrieben haben?!"

„Den Menschen hat die Stasi doch sicher längst gefasst und eingelocht und seine Mitschreiber genauso, wenn er welche gehabt hat", vermutete die Mutti.

„Glaube ich nicht. Die werden mehr als vorsichtig gewesen sein", gab sich Annegret zuversichtlich. „Die Stasi-Leute werden schäumen vor Wut, dass sie den oder die Aufrührer nicht gekriegt haben. Hoffentlich werden sie die Leute und ihre Schreibmaschine nie kriegen."

„Und wenn der Samstag endet wie damals der 17. Juni?", fragte sich Laura Kahle besorgt.

„Wird er nicht, Mutti", wies Annegret die Bedenken zurück. „Davon bin ich fest überzeugt. Du kennst doch auch die neue Politik unserer sowjetischen Freunde: Gorbatschow-Politik von wegen Glasnost und Perestroika. Der russische Präsident will Offenheit und Umbau für sein Land und auch für die Bruderstaaten, also auch für uns. Davon wird er sicher bei seinem Staatsbesuch zum 40. DDR-Jubiläum übermorgen in Berlin reden. Dagegen werden unsere Erichs und Genossen nicht öffentlich aufmucken. Das können die sich gar nicht leisten. Öffentlich Hui mit Gorbi und heimlich Pfui mit Panzern und MPs? Nein, Mutti, das geht nicht! Der Wagen ist angeschoben und beginnt zu rollen. Den hält keiner mehr auf. Der neuen Entwicklung können sich die mächtigen Herren aus Wandlitz wahrscheinlich nicht lange entziehen."

„Na, deine Gedanken und Worte in Gottes gute Ohren, Kind", meinte die Mutti dazu. „Aber sprich sie bitte nicht zu laut aus, damit nicht die Falschen sie hören."

„In Gottes Ohren haben wir sie in der Markuskirche zu Hunderten gesprochen, Mutti", griff Annegret die Worte ihrer Mutter auf und erzählte vom Gottesdienst, was Laura Kahle auch gerne hören wollte. Während des Erzählens verbrannte die Tochter den Aufruf in einer Blechschüssel. Das Papier sollte doch nicht durch einen dummen Zufall oder durch eigenes Versäumnis von den falschen Leuten in ihrer Wohnung gefunden werden, hatte Annegret doch seit ihrer Scheidung immer wieder einmal den Eindruck gehabt, sie werde beobachtet und befände sich im Visier der Stasi. Merkwürdigen Besuch seitens des Rates der Stadt, Abteilung Jugendfürsorge, hatte sie bereits mehrmals gehabt.

Gerne hätte sie darüber Gewissheit, ob ihr Gefühl oder auch ihre Vermutung berechtigt waren oder ob sie sich täuschte. Aber was war denn bei ihr schon auszuspähen? Also, sich besser keine Gedanken machen, sagte sich die junge Frau und verwies sich auch selbst darauf, dass dieser ganze DDR-Spuk irgendwie seinem Ende zuging. Nur bitte und hoffentlich nicht wie damals im Juni 1953, wovon die Eltern oft erzählt hatten …

Bereits vor 15.00 Uhr füllte sich am Samstag, dem 7. Oktober, die Plauener Innenstadt mit Tausenden Menschen. Nicht etwa, weil sie alle das Staatsjubiläum feiern wollten, obwohl die Bürger wie überall im Land eigentlich dazu verpflichtet waren. Nein, es war wohl eher die Handzettel-Aktion des oder der unbekannten Menschen und die anschließende Flüsterpropaganda, die ihren Erfolg zeigten.

Die Staatsmacht hatte allerdings auch nicht geschlafen. Nachdem sie begriffen hatte, dass die Menschen in Plauen und Umgebung eben nicht das 40-jährige Bestehen der DDR feiern wollten, hatte sie mehrere Einheiten der Bereitschaftspolizei in die Stadt bringen lassen. Die Männer in ihren Kampfuniformen und Stahlhelmen hatten die Aufgabe, einen Sperr- und Schutzgürtel zwischen der Menschenmenge und dem Rathaus zu bilden. Sie hatten wohl Angst um ihre Oberen, oder die hatten Angst vor der unberechenbaren Menge der Demonstranten. Wie auch immer: Diese Maßnahme schien die Leute auf der Straße nicht zu beeindrucken. Im Gegenteil, sie wurden immer mehr, und es wurde immer enger auf dem Theaterplatz und dem Otto-Grotewohl-Platz, dem sogenannten Tunnel. Waren es 15.000, waren es 20.000, die abwartend und friedlich im Regen mehr oder weniger still ausharrten und die Vertreter der Stadt durch ihr Dasein provozierten und in Aufregung versetzten?

Als der Staatsmacht dann allerdings die Geduld ausging und sie einen Wasserwerfer der Feuerwehr auffahren ließ, der seinen kalten Strahl in die Menge hielt, um sie auseinanderzutreiben, war es mit der Ruhe vorbei. Bald skandierten die Leute Parolen gegen die Polizei, gegen die Stasi, gegen die Partei und gegen die Stadtverwaltung. Dann griffen die ersten Menschen zu Steinen und Flaschen, bewarfen das Fahrzeug damit und zwangen es zum Rückzug in Richtung Rathaus. Der Mann an der Spritze konnte sich gerade noch ins Führerhaus des Fahrzeugs retten. Das freilich sah inzwischen ziemlich ramponiert aus. Sein Rückzug war ein deutlicher Erfolg der Menge gegen die Staatsmacht, der mit lautem Hallo und Jubel quittiert wurde – und damit, dass die durchnässten Leute nun erst recht gegen das Rathaus vorrückten.

Gegen diesen Ansturm konnten sich die dort zum Schutz des Gebäudes positionierten Polizisten nur mit ihren Schlagstöcken wehren, die sie ohne Rücksicht auf Mann oder Frau einsetzten. Als dann auch noch ein Polizeihubschrauber auftauchte und im Niedrigflug pausenlos über der Menschenmenge drohend seine Kreise zog, bestand die Gefahr, dass die Situation eskalierte. Doch die Menschenmenge blieb friedlich, aber hartnäckig, wenngleich die Sprechchöre lauter und vielfältiger wurden. „Freiheit!“, „Stasi raus!“, „Gorbi!“, „Keine Gewalt!“ tönte es über die Plätze und Straßen.

Auf irgendeinen besonderen Zuruf hin formierte sich die Menge dann zu einem Demonstrationszug, der für mehr als eine Stunde verschiedene Parolen skandierend durch die Stadt zog und schließlich wieder vor dem Rathaus eintraf. Inzwischen hatten findige Leute Transparente und Banner gemalt mit Aufschriften wie „Wir brauchen Reformen“, „Für Reformen und Reisefreiheit gegen Massenflucht – vor allem Frieden“ und mit ähnlichen Losungen, die vor dem Menschenzug hergetragen und mittendrin in die Höhe gehalten wurden.

Die Rufe aus der Menge nach dem Bürgermeister griff jetzt der lutherische Superintendent der Stadt, Thomas Küttler, auf. Annegret hatte oft in der Johanneskirche unter der Kanzel des 52-jährigen Pfarrers gesessen, und sie schätzte ihn mit seiner besonnenen Art und seiner Aufrichtigkeit sehr. Gut, dass der die Initiative ergriff und die Verhandlungen mit den Stadt- und Polizei-Oberen in die Hände nahm! So blieb die aufgeheizte Lage überschaubar und „ruhig“.

Es dauerte eine ganze Weile, bis Pfarrer Küttler aus dem Rathaus wieder auf den Theaterplatz trat. Dort wandte er sich an die Menge – woher hatte er wohl plötzlich das Megafon, mit dem er weithin zu hören war? – und verkündete als Ergebnis seiner Verhandlungen, dass die

Sicherheitskräfte sich zurückziehen würden, dass es bald Gespräche einer Delegation der Protestierenden mit dem Oberbürgermeister geben werde, dass die nächste Demonstration am kommenden Samstag stattfinden werde – „Wir kommen wieder!" – und dass jedermann sich weiterhin ruhig und abwartend verhalten möge.

Bei den letzten Worten des geistlichen Mannes begannen plötzlich die Kirchenglocken der Lutherkirche zu läuten. Die hatte wohl der dortige Pfarrer Weber in Gang gesetzt. Wie ein himmlisches Zeichen, ging es Annegret durch den Sinn, und nicht nur sie machte sich still auf den Heimweg, äußerlich durchnässt vom Regen und vom Wasser des Feuerwehrfahrzeugs, innerlich wie wohl viele der Kundgebungsteilnehmer erfüllt mit Dankbarkeit und Stolz über das, was die erste Demonstration in ihrer Stadt bereits erreicht hatte. Was mochte daraus in den kommenden Tagen und Wochen werden?

Dass es am späten Abend und in der folgenden Nacht dann doch noch Übergriffe der Sicherheitskräfte gegen einzelne unliebsame Personen gegeben hatte, sprach sich natürlich am Sonntag herum wie ein Lauffeuer und erregte den Volkszorn. Der beherrschte sich freilich und riss sich zusammen. Wohl auch deshalb, weil von den Kanzeln der Stadt genau dazu sehr nachdrücklich aufgerufen wurde.

Was sich am selben Tag bei den offiziellen Feierlichkeiten zum 40. Geburtstag der DDR im fernen Berlin abspielte, interessierte in Plauen übrigens kaum jemanden. Die Geburtstagsfeier hier war ohnehin ausgefallen beziehungsweise umfunktioniert worden. Es reichte den meisten Menschen, die Lobhudeleien der Staatsführung und ihrer Ehrengäste aus den sozialistischen Bruderländern durch

Funk und Fernsehen zu erfahren oder am Montag der Presse zu entnehmen und ansonsten den eigenen Weg im Blick zu behalten, den sie mit der Demo des Jubiläumstages beschritten hatten.

„Hattest du eigentlich keine Angst?“, fragte Laura Kahle, als sie ihre Tochter zum Sonntagskaffee besuchte.

„Nur für ein paar Momente, Mutti“, antwortete Annegret. „Als der Wasserwerfer auffuhr und der Hubschrauber kam, da wurde es brenzlig, und vielen wurde doch ganz schön mulmig. Mir auch. Nicht auszudenken, wenn da einer aus der Polizisten-Mauer einen Schuss abgegeben hätte. Der Kessel wäre sicher explodiert.“

„Und wer hat den Deckel gehalten?“

„Ich denke, Gott hat ihn letztlich gehalten durch die Person von Pfarrer Küttler. Der hat verhandelt, und der OB ist eingeknickt und der Polizeichef auch.“

„Na, dann sagen wir von Herzen Gott sei Dank!“, sagte die Mutti und wollte wissen: „Was machst du jetzt weiter?“

Annegret atmete einmal tief aus und meinte: „Ich halt mich aus den Dingen erst einmal raus. Wenn es mein Dienst zulässt und weitere Friedensgebete angesetzt werden, gehe ich hin. Ansonsten gibt es in der Stadt Leute, die mutiger sind als ich und die vor allem kompetenter sind als ich, den Wagen weiterrollen zu lassen.“

„Gut, mach das so“, meinte die alte Dame erleichtert. „Dann hab ich noch etwas anderes.“

„Und was?“, wurde Annegret neugierig.

„Ich möchte bei dir einziehen. Mir fällt es von Tag zu Tag schwerer, allein zu sein und mich selbst zu versorgen. Und du hast ein Zimmer frei.“

Annegret hielt für einen Moment die Luft an. Dieses Ansinnen der Mutti konnte doch wohl nicht ihr Ernst sein. Die Fernbeziehung war schon nicht immer leicht. Eine Nahbeziehung in einer gemeinsamen Wohnung würde sicher zu Spannungen führen. Die Junge fürchtete um ihre gewonnene Freiheit, wenn die Alte ständig anwesend war. Freilich musste Andreas nicht mehr von hier nach da gebracht werden, was wiederum ein Vorteil wäre. Annegret kämpfte innerlich um eine Antwort, die sie der Mutti jetzt geben musste. Dann fragte sie: „Für wann stellst du dir das vor?"

„Ich habe meine Wohnung bereits zum 15. Oktober gekündigt, Kind", antwortete die Mutter, als sei das für die Tochter keine Frage, sie schon in der nächsten Woche bei sich aufzunehmen.

„Hättest du mir nicht etwas früher davon erzählen können, Mutti, vielleicht auch erst einmal fragen?!", empörte sich die Tochter. „Stellst mich einfach vor vollendete Tatsachen. Und mir bleibt wieder einmal nur noch, deine Entscheidung über mein Leben abzunicken. Wie in den sozialistischen Gremien. Die Oberen bestimmen, das Volk darf zustimmen und hinnehmen."

„Sieh die Sache doch einmal positiv, Annegret", versuchte die Mutter zu beschwichtigen. „Wenn ich hier wohne, hast du nur noch eine Wohnung zu putzen. Und den Einkauf für mich brauchst du auch nicht mehr vorbeizubringen."

„Tolle Argumente!", reagierte Annegret deutlich sauer. „Aber wenn es ja bei dir längst beschlossene Sache ist und du deine Wohnung bereits gekündigt hast, muss es wohl sein. Ich werd die paar Jahre schon überleben, die du mit deinen zweiundachtzig Lenzen noch hast."

„Das war jetzt aber nicht sehr freundlich, Annegret", mokierte sich die alte Dame. „Aber hast ja vielleicht recht. Wer weiß, wie viele irdische Jahre Gott mich noch tragen will. Und dann bist du mich endgültig los."

Annegret seufzte einmal tief auf: „Nun spiel nicht die Beleidigte, Mutti. Es soll nun einmal so sein, und dann wird es eben auch so. Fangen wir also an mit dem Umräumen. Und du, kleiner Mann, hilfst der Mama dabei, okay? Die Oma will hier einziehen, und dann wird sie immer da sein, wenn du auch da bist, vor und nach der Krippenzeit, in der Nacht und immer, wenn die Mama nicht da ist. In Ordnung, mein kleiner Schatz?"

Annegret nahm ihren Andreas von seiner Spieldecke, drückte ihn an sich und flüsterte ihm ins Ohr, sodass es die Oma nicht hören konnte: „Der Heiland muss uns helfen, dass das klappt mit der Oma. Wir beide müssen kräftig dafür beten. Machst du das mit, mein Kleiner?"

Als hätte Andreas die Worte seiner Mutter verstanden und als wollte er ihr sagen: „Nur Mut, Mama! Wir schaffen das schon!", schmiegte er sein Gesicht an das ihre und gab ihr doch tatsächlich so etwas wie einen Kuss.

Die nächsten Wochen dieses Jahres 1989 waren für Annegret so sehr angefüllt mit Arbeit und Aufregung, dass sie kaum mitbekam, was sich vor allem in den größeren Städten der DDR wie Berlin, Leipzig, Dresden, Karl-Marx-Stadt und auch anderswo alles abspielte, seitdem die ersten mutigen Oppositionellen auf die Straße gegangen waren und seitdem die Sätze von Michail Gorbatschow vom 6. und 7. Oktober in Berlin den Forderungen nach Veränderung als Argument dienten: „Gefahren warten nur auf jene, die nicht auf das Leben reagieren ... Das Leben verlangt mutige Entscheidungen. Wenn wir zurückbleiben, bestraft uns das Leben sofort." Woraus der Übersetzer genialerweise zusammenfassend den Satz machte, der in die Geschichte eingehen würde: „Wer zu spät kommt, den bestraft das Leben."

Einen Fernseher besaß Annegret nicht, eine Tageszeitung bekam sie auch nicht, und so beschränkten sich ihre Informationen auf die Dinge, die sie in ihrer Poliklinik aufschnappte, wenn andere sich über die Lage im Land, über Demonstrationen, Bürgeraktionen und solche Sachen unterhielten. Manchmal brachte die Mutter auch Neuigkeiten mit aus ihrem Seniorenkreis oder von anderen Orten, an denen die Tagespolitik unter den Menschen besprochen wurde.

So kam es dann, dass Annegret, die Sprechstundenhilfe der städtischen Poliklinik, am frühen Freitagmorgen, dem 10. November 1989, ihren Ohren nicht traute, als sie im Radio hörte, den DDR-Bürgern seien gemäß einer Mitteilung des Politbüromitglieds Günter Schabowski bei einer internationalen Pressekonferenz am Vorabend in Berlin neue Reisebedingungen eröffnet worden; die Grenzen zwischen hüben und drüben in Berlin und an den Übergängen zu Westdeutschland seien geöffnet und nach wenigen Stunden trotz nächtlicher Zeit bereits von Tausenden Menschen in beiden Richtungen per Pkw und zu Fuß überquert worden, ohne dass die üblichen Kontrollen durchgeführt worden seien.

Es gebe gar nicht genügend Grenzpersonal dafür. Auf die Ausstellung von Visa habe man an manchen Orten wegen zu hohen Andrangs bereits verzichten müssen. Im Normalfall benötige man für eine Überquerung der Grenzen von Ost nach West aber den entsprechenden Stempel in den

Reisepapieren, der von den zuständigen Stellen der Volkspolizei ohne besonderen Antrag ausgestellt würde.

Annegret Kahle schossen die Tränen in die Augen. Das konnte doch nicht wahr sein! Welch eine Botschaft am frühen Morgen! Es gab Reisefreiheit! Die vermauerten, verzäunten und verminten Grenzen waren offen! Ein Besuch im paradiesischen freien Westen war möglich! Die Tochter weckte rasch ihre Mutter, um ihr diese besondere Nachricht sofort mitzuteilen. Im Augenblick saß die alte Frau kerzengerade in ihrem Bett. „Reisefreiheit?“, wiederholte sie. „Offene Grenzen? Ein Stempel reicht? Nein, Gott, was machst du?! Was lässt du hier geschehen?“ Laura Kahle besann sich einen Moment und fragte dann ganz aufgeregt und doch entschlossen: „Hast du am Wochenende frei?“

„Was meinst du damit, Mutti?“, wunderte sich Annegret über die Reaktion ihrer Mutter auf die unglaubliche Nachricht. „Wozu soll ich freihaben? Ich habe natürlich frei! Es ist doch mein freies Wochenende!“

„Dann gehst du heute noch arbeiten, ich besorge die Stempel und morgen fahren wir zu dritt nach Berlin und besuchen meine Verwandten in Tegel. Haben wir das eigentlich dem Krenz zu verdanken?“

„Weiß ich's, Mutti“, gab Annegret zurück und zuckte mit den Schultern. „Dem Beton-Erich sicher nicht mehr. Der ist doch seit drei Wochen runter von seinem Balkon und weg vom Fenster aus dem Ballast der Republik. Aber vielleicht steckt ja Gorbi hinter der Bekanntmachung vom Schabowski. Der große Sowjetfreund von Glasnost und Perestroika hat dem Politbüro sicher Druck gemacht. Schluss mit Zastoi gleich Stillstand. ‚Wer zu spät kommt, den bestraft das Leben' oder so ähnlich hat er doch selbst den SED-Bonzen ins Gästebuch geschrieben."

„Egal, was wer wem ins Gästebuch geschrieben hat! Annegret, uns beschenkt das Leben, wenn das alles so stimmt! Dass ich das auf meine alten Tage noch erleben darf! Wie ist doch unser Gott so gut! Diese Ernte ist ganz sicher nicht ohne ihn eingefahren. Eine wunderbare Ernte! Ein Wunder als Ernte! Ein Gotteswunder als Antwort auf eine friedliche Kerzen- und Gebetsrevolution! ‚Wir sind das Volk!' Und Gott erweist sich als der Herr der Geschichte. Wie herrlich, Kind! Hast du schon begriffen, dass unser Kleiner künftig in einer ganz neuen Freiheit aufwachsen darf? Den Jungen wird niemand hindern, sein Abitur zu machen, wenn er denn das Zeug dazu hat."

Laura Kahle war richtig ins Schwärmen geraten und konnte sich schier nicht beruhigen. Sie setzte sich noch im Nachthemd vors Radio und saugte die Nachrichten, Berichte und Reportagen, die einander abwechselten, in sich auf wie ein leerer Schwamm das Wasser.

Annegret konnte dabei leider nicht zuhören. Auf sie wartete ihre Arbeit. Sie war sehr gespannt, was dort an Neuem und an Begeisterung auf sie zukam ...

Gegen Mittag des folgenden Tages – am 11. November 1989 – fanden sich die drei Kahles in einer dichten Menschenmenge im Bahnhof Friedrichstraße wieder, einem der Übergangsorte von Ost- nach Westberlin. Dieser hier hatte in den zurückliegenden Jahren als „Tränenpalast" traurige Berühmtheit erlangt. Wenn hier heute Tränen vergossen wurden, dann waren das keine bitteren Tränen des Abschieds, sondern Tränen unbeschreiblichen Glücks, riesiger

Freude und großer, tiefer Dankbarkeit. Dankbarkeit, wie sie für viele ein Posaunenchor ausdrückte, der draußen auf der Straße wohl ein spontanes Choralblasen veranstaltete und der dabei Mühe hatte, sich gegen die allgemeine lautstarke Fröhlichkeit durchzusetzen:

„Großer Gott, wir loben dich!
Herr, wir preisen deine Stärke.
Vor dir neigt die Erde sich
und bewundert deine Werke …“

Auch den beiden erwachsenen Kahles kamen solche Tränen, während der kleine Andreas auf den Schultern seiner Mutter natürlich nicht begriff, was sich in dieser an sich so grauen und schmuddeligen Bahnhofshalle an geballter Begeisterung artikulierte. Selbst die Scheu und das Misstrauen gegen die Uniformierten des DDR-Staates waren aus diesem Raum völlig gewichen. Da kam doch tatsächlich einer mit mehreren Sternen auf den Schulterklappen durch die dichte Menge auf Laura Kahle zu und meinte, sie als alte Dame solle in dem Gedränge nicht warten, bis sie endlich nach draußen käme. Sie möge ihm mit ihrer Tochter und dem Enkel folgen. Er führe sie gerne auf einem Sonderweg in die neue Freiheit.

Welch eine Veränderung der Dinge!, wunderten sich die beiden Frauen, als ein anderer Uniformierter ihnen draußen erklärt hatte, wie sie denn am schnellsten hinaus nach Tegel kämen, in den Westen der Stadt. Für Annegret war das unbekannter Boden, den sie bisher nie hatte betreten können. Spontan kam ihr ein Lied in den Sinn, das sie in tiefer DDR-Zeit in Woltersdorf kennengelernt hatte und das sich schon damals immer wieder Umdeutungen und Umdichtungen der jungen Leute hatte gefallen lassen müssen:

„Freiheit, die ich meine, ist kein Schattenbild;
denn mit Himmelsscheine sie das Herz erfüllt.
Freiheit, die ich meine, ist kein Gaukelspiel,
womit man zum Scheine Toren ködern will.

Freiheit, die ich meine, kommt vom Zeitgeist nicht,
kommt vom Sohn alleine und von seinem Licht.
Knechte des Verderbens führen nicht zum Sohn,
und zur Zeit des Sterbens müssen sie davon.

Wen der Sohn befreiet von des Irrtums Nacht,
wen der Sohn erneuet, der wird frei gemacht.
Blutend hat errungen Freiheit uns der Sohn,
der sich aufgeschwungen auf des Vaters Thron.

Darum kommt zum Sohne; der erquicket euch!
Ewgen Lebens Krone in des Vaters Reich,
die kann er nur geben, wenn sein Geist euch treibt,
wenn ihr, wie die Reben, an dem Weinstock bleibt."

Freiheit! Welchen völlig neuen Klang bekam dieses Wort in diesen besonderen Tagen nach dem 10. November 1989! Plötzlich stand für die Menschen der DDR auch die westliche Welt offen. Eine völlig neue Sicht der Gegenwart und Zukunft nahm die Leute in Ost und West in Anspruch, und die Sehnsucht, die sich bald einnistete und lautstark in den weitergeführten Samstags- und Montagsdemonstrationen artikulierte, hieß nun nicht mehr nur: „Wir sind das Volk", sondern auch: „Deutschland einig Vaterland."

Das wurde es dann ja auch, nachdem sich die Mehrzahl der Bürger in der untergehenden DDR bald für den Beitritt ihres Staates zur Bundesrepublik Deutschland entschieden hatte und die Volkskammer – gebildet am 18. März 1990 als Ergebnis der ersten freien Wahlen in der DDR seit vierzig Jahren – diesem Bürgerwunsch gefolgt war. Der 3. Oktober 1990 wurde dann zum Tag der Wiedervereinigung der bisher getrennten beiden deutschen Staaten. Welch ein weiteres wunderbares Ereignis! Für viele Menschen der Zeit ein weiteres Wunder Gottes. In den Kirchen wurde gesungen:

> *„Nun danket alle Gott mit Herzen, Mund und Händen, der große Dinge tut an uns und allen Enden ...!"*

Die „blühenden Landschaften", die Bundeskanzler Helmut Kohl den neuen Bundesländern für ihre gemeinsame Zukunft im Verbund mit den alten prophezeite, ließen sich freilich auf dem maroden Boden der nunmehr ehemaligen DDR nicht so rasch wie gewünscht und erwartet verwirklichen. In manchem einzelnen Leben wurden sie aber bald sichtbar in der verwirklichten neuen Freiheit der Gedanken, der politischen Betätigung, des Planens und Handelns in den persönlichen Belangen, des Reisens, der Erfüllung individueller Wünsche ...

Auch für die drei Kahles schuf die neue „grenzenlose" Freiheit nach und nach neue Lebensqualität, die am gemeinsamen Wohnort Plauen und von hier aus auf Reisen in die „alten“ Bundesländer und in die bisher verschlossene weitere westliche Welt gestaltet werden konnte. Favorisierte Urlaubsziele für die DDR-Bürger waren jetzt nicht mehr die Ostsee, der Spreewald, das Erzgebirge, der Balaton in Ungarn und die Hohe Tatra in der Tschechoslowakei, sondern die Nordsee mit ihren Friesischen Inseln, die Städte und Landschaften an Rhein und Mosel, der Schwarzwald, die Alpen – und vor allem die Insel Mallorca. Die lag wie die bisher ebenfalls unerreichbaren westeuropäischen und überseeischen Länder mit ihren Sehenswürdigkeiten plötzlich vor der Tür.

Annegret schnitt sich von diesem neuen Kuchen ab, was ihr Portemonnaie zuließ, und ihre Mutter beteiligte sich, soweit die Gesundheit und die Kräfte des zunehmenden Alters es noch erlaubten …

Mitte der 1990er-Jahre zeigten sich dann allerdings neue Begrenzungen. Laura Kahle begann gesundheitlich abzubauen und zunehmend zu schwächeln. Für die Tochter wurde es mehr und mehr schwierig, als alleinerziehende Mutter eines Sohnes im Grundschulalter ihren Haushalt und die Pflege der Mutter miteinander zu verbinden. Dieses Problem verringerte sich, als sich für Annegret die Möglichkeit ergab, eine pflegerische Arbeit im neuen Altenheim der Plauener Baptistengemeinde aufzunehmen. Zu der hatte sich die Familie ohnehin in den letzten Jahren gehalten, sodass die alte Mutter bald nach der Eröffnung in der neuen Einrichtung einen Wohnplatz bekam. Die Rund-um-die-Uhr-Pflege reduzierte sich für Annegret dadurch auf die Begegnungen, die es ohnehin jeden Tag gab. Das schonte ihre körperlichen und seelischen Kräfte erheblich.

Ende Juli 1999 verstarb Laura Kahle dann so „rechtzeitig“,

dass sich ihre Tochter – sie empfand den stillen Tod ihrer Mutter gerade zu diesem Zeitpunkt als eine gnädige Fügung Gottes – den lange gehegten Wunsch erfüllen und eine geplante Reise mit ihrem neunjährigen Andreas in die USA antreten konnte. Annegret dankte Gott für die auch hierin neu geschenkte Freiheit aus tiefstem Herzen.

Eines bedrückte sie allerdings immer noch: Die Fragen zu ihrem Leben, von denen sie immer geglaubt hatte, dass die Mutter sie hätte klären können, waren für sie letztlich ohne Antwort geblieben. Nie würde die inzwischen 39-jährige Frau ihrem Sohn etwas von seinen richtigen Großeltern erzählen können, deren Leben und Geschichte wahrscheinlich für alle Zeiten in unerreichbaren dunklen Vergangenheiten verschollen war und blieb …

Epilog

Und doch brachten die folgenden Jahre der neu formierten Bundesrepublik Deutschland zumindest ein wenig Licht in dieses Dunkel der Vergangenheit. Nachdem das wiedervereinigte Deutschland etwa ein Jahrzehnt alt geworden war und die neuen Bundesländer in manchen behördlichen Dingen an den Händen der alten „das Laufen gelernt hatten", fasste Annegret Kahle Mut und ergriff mit Unterstützung ihrer Buckower Freunde Margrit und Carsten – die Verbindung hatte trotz mancher Widrigkeiten gehalten und sollte auch in Zukunft weiter bestehen – die Initiative: Sie schrieb an die Stadtverwaltung von Güstrow, schilderte in gebotener Kürze ihren Lebensweg und ihr vergebliches Bemühen, zu DDR-Zeiten Auskunft zu erhalten über ihre Eltern und über die Hintergründe ihrer, der Tochter, Einweisung ins Clara-Dieckhoff-Haus, und bat um Auskunft darüber, ob es ihre Eltern vielleicht noch gebe, ob da vielleicht Geschwister seien oder andere Verwandte, mit denen sie gerne Kontakt aufnehmen würde und so weiter.

Nachdem die Fragestellerin nach langem, geduldigem Warten Antwort bekommen hatte, wusste sie, dass sie – wahrscheinlich – keine Geschwister hatte, dass die Eltern sich bereits 1958 hatten scheiden lassen, dass die Mutter Agnes Sawetzki – 1922 in Güstrow geboren – nach ihrer Scheidung die DDR verlassen hatte, um fortan unter ihrem Mädchennamen Bergmann in der Stadt Solingen in der BRD zu leben. Dort sei sie 1996 gestorben. Der Vater, Erich Sawetzki, sei 1922 in einem polnischen Dorf bei Danzig geboren. Er habe von 1954 an auch über seine Scheidung hinaus bis zu seinem Tod im Jahr 1995 in Güstrow gelebt. Weitere Informationen könne man dem Personenstandsbuch leider nicht entnehmen.

Das war nicht viel Neues, das Annegret Kahle aus der Barlach-Stadt erfahren hatte. Es bestätigte eigentlich nur die Dinge, die in dem – nach Auskunft der Adoptivmutter – verloren gegangenen Adoptionsvertrag gestanden hatten. Aber jetzt wusste Annegret doch wenigstens, dass ihre leiblichen Eltern nicht mehr lebten und sie die Suche nach ihnen und nach möglichen Geschwistern endgültig beenden konnte.

Vielleicht aber gab es noch irgendwo Verwandte mit den Namen Bergmann oder Sawetzki. Annegrets Suche brachte bezüglich des Namens ihrer leiblichen Mutter keine verwertbaren Informationen. Den Namen Bergmann gab es einfach zu häufig in den Verzeichnissen der Telefon- und Adress-Auskunftsstelle der Deutschen Post. Die genauere Suche würde der nach der berühmten Nadel im Heuhaufen gleichen. Ein Aufwand, der sich nicht lohnen würde. Also, hier musste sie wohl aufgeben!

Der wesentlich seltenere Name Sawetzki versprach dagegen eher einen Sucherfolg. Annegret verbrachte also wieder eine Menge Zeit am Telefon, um über die Auskunft der Deutschen Telekom nach möglichen Verwandten aus der Familie ihres Vaters zu forschen. Irgendwann gab sie dann aber auch diese Suche auf. Es gab zwar einige wenige Leute gleichen Namens in Rostock und Umgebung. Die aber verneinten entweder die mögliche Verwandtschaft oder verweigerten nähere Auskünfte mit dem Argument, die Zeiten des Aushorchens und Ausgehorcht-Werdens seien glücklicherweise vorbei.

Der einzige Telefon-Gesprächspartner, der sich zu einer Verwandtschaft mit Erich Sawetzki bekannte – „Ja, ich bin ein richtiger Cousin von Erich“ –, zeigte sich an einer Begegnung mit seiner Nichte – „... oder was du auch immer für eine Verwandte bist“ – nicht interessiert: „Mein Vetter hat sich zu seinen Lebzeiten nicht gerade mit Ruhm bekleckert. Für die Familie war er so etwas wie eine Dreckschleuder. Aber was einmal vergangen ist, muss man nicht wieder aufwärmen. Außerdem soll man den Toten ihre Ruhe lassen. Lass deinem Vater seine Ruhe, junge Frau. So sehe ich das. Also nimm mir meine Ablehnung nicht übel, Annegret Sawetzki, leb wohl und mach's gut!“ Damit hatte jener Oskar Sawetzki das Telefonat mit seiner Nichte zweiten Grades beendet.

Er hatte freilich in der Anruferin den Wunsch geweckt, den angedeuteten dunklen Punkt in der Biografie ihres Vaters nun doch zu erfahren. Ob der wohl in den Unterlagen der Birthler-Behörde zu finden war, die bis neulich noch Gauck-Behörde geheißen hatte und die die vor der Vernichtung geretteten Stasi-Unterlagen verwaltete und auswertete? Annegret wandte sich an diese Behörde, um herauszufinden, ob ihr leiblicher Vater irgendeine Verbindung zum MfS und zur Stasi gehabt hatte oder ob er aus anderen Gründen für seine Familie zur „Dreckschleuder“ geworden war, worüber sein Cousin nicht hatte reden wollen.

Es dauerte lange, bis die Fragestellerin von der Birthler-Behörde eine Antwort bekam. In dem Schreiben standen freilich ein paar Angaben, die der leiblichen Tochter des Erich Sawetzki für eine Weile Bauchweh verursachten. Man schickte ihr in Kopie einige Dokumente, aus denen hervorging, dass ihr Vater in den 50er-Jahren mehrfach kriminell straffällig geworden war und dafür etliche Jahre in verschiedenen Haftanstalten und Straflagern verbracht hatte.

Man teilte ihr weiter mit, nach seiner letzten Entlassung habe ihr Vater eine Zeit lang als IM unter verschiedenen Decknamen für die Stasi gearbeitet. Dabei habe sich der Mann als unzuverlässig und unproduktiv erwiesen, weshalb er aus der Zusammenarbeit mit dieser Behörde entlassen worden sei. Weiteres zu Erich Sawetzki sei den vorhandenen Unterlagen nicht zu entnehmen. Falls sie tiefer gehende Recherchen wünsche, möge sie einen neuen Antrag stellen …

Nein, das wollte Annegret dann doch nicht tun. Es war ihr jetzt genug, was sie über ihre leiblichen Eltern erfahren hatte. Nein, künftig wollte sie sich dann doch nicht immer wieder nach hinten orientieren, sondern nur noch nach vorne ausgerichtet sein und darauf, welche Wege Gott, der gute Vater im Himmel, und sein Sohn Jesus, ihr Heiland und guter Hirte, für sie selbst und für ihren Sohn in der kommenden Zeit ebnen würde. Andreas, inzwischen mit dem Abitur in der Tasche und einen zugesagten Studienplatz an der Universität Jena vor Augen, würde bald seine eigenen Wege gehen. Das war dann ja auch in Ordnung so.

Aber sie, seine Mutter, wollte den weiteren Verlauf ihres Lebens ungern allein gestalten. Ihre Freunde in Buckow und auch die in Plauen waren ihr gute Weggefährten mit mehr oder weniger großer äußerer und innerer Nähe. Aber sie alle konnten einen Partner nicht ersetzen, einen für das Herz und für ein Leben in vertrauter Nähe. Schon länger war Annegret von der Sehnsucht nach einem Partner erfüllt, der bereit war, ihr Leben künftig zu teilen. Wenn sich da einer fand, wollte sie keine Bedingungen stellen außer der einen: Er durfte es nicht machen wie damals Herbert und lediglich fromm reden und sich nach erreichtem Ziel von allem Geistlichen abwenden. Den damaligen leidigen Streitpunkt „Kinder“ gab es naturgemäß nicht mehr.

Aber woher einen passenden Mann nehmen? In Plauen und den Gemeinden dort kannte Annegret keinen, in den Gemeinden der Umgebung war ihr auch noch kein Mann begegnet, der für sie „passend“ gewesen wäre. Vielleicht gab es aber einen in den „Archiven“ des cpd, des Christlichen Partnerschaftsdienstes? Diese Organisation vermittelte nach eigenen Angaben „keine Personen, die nur flüchtige Bekanntschaften suchen“. Nein, eine flüchtige Bekanntschaft suchte die alleinstehende Frau Mitte fünfzig nicht. Sie suchte einen Mann, der bereit war, mit ihr alt zu werden, wie es eines der bekannten neckischen Pärchen unter dem Slogan „Liebe ist ...“ zeigte.

Annegret machte aus ihrer Sehnsucht ein intensives Gebet. Andere unterstützten sie dabei und halfen auf diese Weise mit, dass sich tatsächlich einer fand, der über den cpd den Kontakt zu ihr aufnahm. Der noch Unbekannte, der sich deutlich als überzeugter und aktiver Christ artikulierte, war bereit, seine eigene, auch alles andere als rosige und gelungene Vergangenheit schriftlich und dann auch mündlich offenzulegen. Der Mann zeigte sich auch sehr ehrlich darin, seine Vorstellungen einer gemeinsamen Zukunft zu beschreiben. Schließlich war er auch bereit zur persönlichen Begegnung und einem Kontakt zunächst einmal auf Distanz zwischen Nordhessen und dem Vogtland.

Am Ende eines langen und intensiven Kennenlernprozesses war Hartmut Range dann gerne bereit, Annegret Kahle vor Menschen und vor Gott sein Jawort zu geben und ihr Ja zu hören. Sie war ebenso gerne dazu bereit, ihren Nachnamen wieder einmal zu ändern und einen erneuten Ortswechsel zu wagen. So tauschte sie die Stadt im schönen Vogtland gegen ein ebenso schönes Dorf im sogenannten Waldhessen ein. Auch dort wurde gut ausgebildetes medizinisches Personal gebraucht und gesucht ... „Es ist nicht gut, dass der Mensch allein sei." Diesem Motto des cpd aus 1. Mose 2,18 konnte Annegret schon lange zustimmen. Und diesmal hatte Gott seine Hand wirklich und spürbar im Spiel.

Aber auch das andere war gut und blieb weiterhin richtig: Annegret Range erinnert noch heute gerne sich selbst und ihren Mann an ihren Konfirmationsspruch aus Jesaja 41,13: „Ich bin der Herr, dein Gott, der deine rechte Hand fasst und zu dir spricht: Fürchte dich nicht, ich helfe dir." Ebenso gerne zitiert sie ihre beiden Taufsprüche aus Jesaja 43,1 und Genesis 28,15: „Und nun spricht der Herr, der dich geschaffen hat, Jakob, und dich gemacht hat, Israel: Fürchte dich nicht, denn ich habe dich erlöst; ich habe dich bei deinem Namen gerufen; du bist mein!" und: „Siehe, ich bin mit dir und will dich behüten, wo du hinziehst." Wenn Annegret daran dachte, konnte sie nur mit Freude danken!

Übrigens gibt es auch an ihrem neuen Wohn- und Lebensort eine Gemeinde, die der vormals „fremden Tochter", jetzt der „fremden reifen Frau" bald ein neues geistliches Zuhause bot.

PS: Annegret Range – Rita Roll – lebt inzwischen mit ihrem Mann glücklich und fröhlich im Heute, ihren Sohn Andreas mithilfe von Telefon, E-Mail und Skype in gut erreichbarer Nähe. Die Last ihrer Vergangenheit drückt sie freilich immer noch gelegentlich. Irgendwann – so hofft sie – wird es ihr gelingen, ihre unbekannte frühe Kindheit endgültig und restlos bei Gott abzugeben, nach dem Motto: Gestern ist vorbei – morgen ist noch nicht da – heute hilft der Herr!